Scarlet
스칼렛

www.bbulmedia.com

Scarlet
스칼렛
www.bbulmedia.com

# 모멘토

C A R L E T • R O M A N C E • S T O R Y

# Contents

# 프롤로그

어지러운 방 안, 홀로 앉아 있는 여자의 모습에 집 안을 정리하던 사람들은 그녀를 보고 수군거렸다.

“남자가 바람이 났다는 소리도 못 들어 봤어?”

수군거리는 소리가 점점 커졌다. 가만히 인형처럼 앉아 있던 여자가 어깨를 흠칫거리고 있다는 것을 눈치채지 못한 채로 사람들은 말을 이어 가고 있었다.

“이혼하자고 하는데 안 하다가 결국 이 사달이 난 거 아냐. 쯧……. 그러게 바람난 남자 뭐하러 기다리길 기다려…….”

“아우 언니, 이 정도 집이면 기다릴 만하지 않아?”

으리으리하다, 라며 덧붙이는 그들에게 결국 서연은 입을 열었다.

“가세요.”

단호한 그녀의 언어가 그들을 놀라게 만들었지만 그녀는 지금 다른 사람을 신경 쓸 처지가 못 됐다. 애초에 이 결혼의 목적이 집안과 집안의 만남이었다지만, 그는 처음부터 자신을 없는 사람 취급했다.

"그 사람더러 정리해서 가져가라고 할 테니 가시라구요."

서연은 자신을 흘긋거리는 사람들을 보니 웃음이 났다. 제아무리 많은 돈을 가지고 있어도, 가문과의 결합이 중요하다 여겨져 좋은 집안과 결혼을 해도 저 사람들은 자신을 이런 취급을 했다.

돈만 많은 어느 기업 회장이 밖에서 낳아 온 자식.

돈으로 좋은 집안에 시집을 보낸 가문의 주홍글씨.

애초에 아버지의 바람은 헛된 것이었다. 자신은 도원그룹의 빨간 딱지일 뿐이라고, 시집올 때 가지고 온 돈과 집이 아니었다면 자신을 받아들일 일이 없었을 것이라고 처음 인사를 갔을 때 수군거리는 소리를 들었다.

철저하게 감추고 살 만한 이유가 있지 않았겠냐는 명백한 비웃음.

그 비웃음에 서연은 남편이라는 사람의 집안에 질렸었다. 그럼에도 결혼을 할 수밖에 없었던 건 자신을 향한 아버지의 애정 때문이었다.

밖에서 낳은 자식이라는 굴레가, 그 잔인한 글씨가 제겐 언제나 따라 붙었다.

허무하게, 그 남자의 자리가 비워져도 외롭지는 않았다. 결혼했던 순간부터 그 남자는 제게 단 한 번도 남자인 적이 없었다.

하다못해 남편인 적도 없었다.

모든 사랑을 다 한 사람이라며 자신이 사랑한다는 여자에 대해 자신에게 말했던 그 말들을 기억한다. 그 여자를 명명하는 단어는 많았다. 그들의 관계 역시 명명할 수 있는 단어는 많았다.

불륜, 내연의 관계, 비밀스러움, 인정받지 못할 관계.

하지만 그는 굳이 '사랑'이라고 말했다. 너는 모를 거라고, 너 같은 존재를 만들기 싫은 자신의 마음을 네가 알 리 없다고 말하는 그를 보며 그녀는 질려 갔다.

모난 말을 뱉어 내는 남자를 보면서, 서연은 아픔이 느껴지지 않았다. 그런 자신을 바라보며 악을 쓰는 남자는 이미 모르고 싶은 남자일 뿐이었다.

"진서연."

"네."

겨우 혼자 있게 된 시간을 빼앗긴 서연은 서원을 바라봤다. 서원이 좋아하는 단정한 크림빛의 원피스를 입고 앉아 있던 서연은 여전히 그가 어려웠다.

"아버지가 있다고 네가 집안 식구라도 되는 양 행동하고 다니지 마라."

"네, 오빠."

"오빠라고도 부르지 말라고, 내가 수도 없이 말했던 것 같은데……."

서원이 자신을 부른 이유를 안다. 일 년도 안 돼서 이렇게 된 자신을 비난하는 것이었다. 도원의 이름에 먹칠을 했다는 경고를 하려 했던 것이 분명하다.

모를 수가 없다.

이미 수도 없이 겪은 일. 가만히 앉아서 지나가길 기다리면 여느 때처럼 조용해질 것이다. 회사를 돌아다니다가 아버지를 만나느니 일찍 집으로 돌아가는 편이 나았다.

"다시 말해 봤자 내 입만 아프지. 네가 그리 현명하지 못하다는 걸 알면서……."

아버지는 왜, 라고 덧붙이는 그를 보며 수긍도 비난도 할 수 없어 더욱 슬퍼졌다.

그녀 역시 아버지가 왜 이 집안으로 자신을 데리고 들어온 것인지 이해할 수 없었으니까, 그녀는 이 지긋한 관계가 끝나기를 소망했다.

아버지는 어째서 이 집안으로 자신을 들인 것인지 이유를 말하지 않았다. 그저 아껴 주는 모양만 취했을 뿐이다.

그 행동들이 결국 다시 자신에게 돌아와 아픔이 된다는 걸 알면서도 아버지는 늘 그랬다. 그 모습을 보며 서원의 여동생인 서진이 분해하는 걸 알고 있음에도 아버지는 그런 행동을 멈추지 않았다.

"조용히 지내기만 해라. 더 이상의 소란은 내가 그냥 보지 않는다."

"네."

서연은 다시 어린아이처럼 대답했다. 그 천진하던 시절은 지났음에도 그들은 여전히 자신을 데리고 인형놀이를 하고 싶어 했다. 자신을 보며 본인들이 우위에 있다는 것을 느끼고 싶어 했다. 그렇게 자신을 내려다보고 조롱과 비난을 하는 걸 당연하다고 여겼다.

명예가 있는 집안에 보내면 그들이 달라질 것이라고 생각했던 아버지가 틀렸다.

사람은 바뀌지 않는다.

✻ ✻ ✻

끝내 그는 자신에게 마지막 예의조차 차리지 않았다. 변호사들끼리 알아서 할 이혼이었고 종국에는 그의 잘못이 낱낱이 드러나고 말았지만 집안에서는 되도록 조용히, 빨리 마무리하길 바랐다.

하지만 서연은 그가 나와서 자신과 함께 변호사들의 말을 듣길 바랐다. 마지막, 최소한 자신을 향한 예의 정도는 차려 줬으면 싶었던 것이 잘못일까 싶었다. 그렇게 그냥 건물을 나오려던 그녀의 두 눈이 커졌다.

세상 그 누구보다 행복한 두 사람을 보고 놀랐다는 말이 옳을 것이다. 익히 잘 알고 있었다.

"오랜만이야!"

웬 남자가 그들을 향해 반갑게 두 손을 흔들었다.

서연은 그 모습을 천천히 좇았다.

저들의 행복이 마음에 들지 않았다.

가식과 이기심으로 뭉쳐 있는 행복을 본 순간, 그 순간을 깨버리고 싶었다. 마지막 예의조차 지키지 않는 두 사람에게 자신도 악할 수 있다는 걸 보여 주고 싶었다.

분란을 만들지 마라.

서원이 분명 경고했지만 그녀는 이번 한 번만은 듣고 싶지 않았다. 최수빈과 그의 아이를 가진 여자의 모습은 마치 자신에게 무례하고 맹렬한 비난을 퍼붓는 것만 같았다.

항상 맹목적인 비난을 당했던 자신이었기에 둔감했다. 누군가가 자신을 향해 마구잡이로 악을 써도 신경 쓰지 않았다.

그게 당연했던 시간들이 더 많았으니까.

헌데 수빈의 행복한 시간을 눈앞에서 직접 보자 그녀는 뒤늦게 알아차렸다. 그가 많이 이기적이고 예의 없었으며 무례했다는 것을…….

조금, 아주 조금 이혼의 마지막을 다르게 하기로 마음먹었다. 도원그룹의 주홍글씨에 이혼녀라는 꼬리표까지 달게 됐는데 적어도 이 정도는 해도 될 것이다, 하고 서연은 그렇게 자신에게 말했다.

적어도, 이 정도는 괜찮아.

저들은 내게 더했었어.

전도유망한 최수빈 검사의 아내에서 이혼한 도원그룹의 사생아가 된 서연을 향한 시선은 곱지 않았다.

서연은 알지 못했겠지만 지금 그녀가 앉아 있는 고급 바의 모든 이가 서연을 알고 있었다.

결혼식은 그만큼 호화스럽게 치러졌었다. 진 회장의 목적은 간단했다.

그 결혼식을 진행한 진 회장의 속내는 진서연은 더 이상 도원그룹에서 배제될 수 있는 사람이 아니라는 것을 보여 주고자 함이었다.

서연을 향한 소문들을 가장 싫어한 것이 진 회장이었다. 그래서 고르고 골라 명망 있는 좋은 혼처를 정했다. 그런 혼처였던지라 이미 주인이 있었지만 몰아낼 수 있는 힘을 가진 것도 그였다.

다행이라면 수빈이 원하던 여자가 별 볼 일 없어 검사가 아닌 사람이 없다는 그 집안에서는 서연을 환영하는 듯 행동했다.

진 회장은 그 모습에 기꺼이 예비 사위를 향한 애정을 숨기지 않았다. 서연의 앞으로 청담동에 있는 집을 내주고 결혼식에 관한 모든 건 일체 그가 진행시켰다.

좋지 않은 건 없앴다. 우환이 끼어들 틈을 주지 않았지만 무언가 이상해지기 시작한 건 결혼식을 올린 후였다.

"오랜만이네?"

설핏, 익숙한 음성에 벽만 바라보던 서연의 시선이 목소리의 주인을 좇았다.

"아……."

제 반응이 참 어리숙했지만 만난 사람이 생각하지 못했던 사람이라 놀랐다. 자신의 어리숙한 반응을 신경 쓰지 못할 만큼.

"어떻게 지냈어?"

"어……. 제가 그쪽을 알아요?"

너무나 편안하게 다가와서 자신을 잘 알고 있다는 말투로 서슴없이 물어보는 남자. 그러나 지금껏 서연이 상대한 범위 내에는 없는 사람이었다.

"몰라?"

게다가 어제 수빈과 그 여자를 보며 반갑게 손을 흔들던 사람이 아닌가. 적대감이 슬쩍 고개를 들려 하고 있었다.

아직 그들에게 상처를 주고 싶은 마음이 가시지 않았다.

"실망인데? 진서연이 날 진짜 기억 못 해? 우리 집도 놀러

오고 그랬잖아."

서연은 고민했다.

기억은 안 나지만 그들을 알고 있는 이 남자를 이용하자는 못된 마음이 불쑥 고개를 내밀었던 것이다.

"아, 아니에요. 기억났어요."

이름조차 모르면서 태연히 기억이 났다고 말하는 자신이 우스웠다. 언제 이렇게 자연스럽게 거짓을 말할 수 있게 된 것일까 싶었다.

"선배! 연호 선배!"

누구인지는 모르겠으나 제때 알맞게 소리쳐 준 누군가로 인해 그녀는 싱그럽게 웃었다. 서원에게나 보일 법한 웃음을 입가에 매달고 있다는 걸 모른 채로 그녀는 연호라는 남자를 바라보았다.

기억은 안 나지만.

불쑥 내밀어진 명함 한 장에 서연은 웃었다.

**변호사 강연호**

"내일 연락 줘!"

아무렴 어때, 라는 마음이 서연을 들쑤셨다. 그러나 저 사람을 이용하면 나도 그와 비슷한 사람이 될 것 같아 서연은 설핏 망설임을 담아 손에 놓인 명함을 지갑에 넣었다.

슬쩍 밀려든 자괴감이 결국 자신을 무너뜨렸다. 방 안에 놓인 침대에 가만히 누워 천장을 바라보는 서연의 시선이 요동치고 있었다.

어지럽게 흔들리는 시선을 잡을 수 없을 정도로 자신이 불안정하다는 걸 인정하고 싶지 않았다.

자신에게만 유독 관대하지 못한 세상이 이제 버거웠다.

아버지의 사랑만으로 살아갈 수 없는 것이 세상이었으니 한결 편안한 삶을 살 수만 있다면 이런 배경들 따위는 버리고 싶었다.

그럴 수만 있다면 그렇게 하고 싶었다.

원하는 걸 마음대로 할 수 없는 자신의 상황이, 사랑조차 제대로 가질 수 없는 자신의 위치가, 그들이 원하는 대로 움직이는 삶이 싫었다.

진저리 쳐질 만큼.

딱 그만큼 싫었다.

지겹게 울어 대는 핸드폰을 멍하니 바라보던 서연은 결국 손을 움직여 전화를 받았다.

"네."

서연은 그런 자신을 어김없이 돌보려 하는 아버지의 마음을 이해할 수밖에 없었다. 여전히 아버지는 자신을 안타깝게 바라본다.

많은 것을 주고 싶어 하지만 그런 것들로 인해 행복하지 못하는 자신을 보며 슬퍼하고 있었다. 그 모습을 자신도 더는 보고 싶지 않았다. 그래서 선택한 길이었건만 결국 자신에게도 아버지에게도 상처로 남게 됐다.

[회사로 오라니까, 서연아…….]

"아니에요. 그냥, 쉬고 싶었어요. 게다가 회사에 제가 가면 어머니께서 좋아하지 않으세요. 아버지, 저는 정말 괜찮아요."

제 엄마가 누구인지 모른다. 후에 안 것은 고아원에 있는 자신을 데리러 온 아버지, 그뿐이었다.

[서연아, 아빠가 미안하다. 정말…… 미안해.]

평범한 집안에서도 밖에서 낳아 온 신붓감을 싫어하는 마당에 법조계의 유명 집안이라니……. 그 집안에서 자신을 쉬이 받아들인 것 자체가 이상했었다. 자신을 아끼는 아버지는 수빈과 자신을 엮고 싶은 마음에 다른 건 보지 않았다.

그것을 이제야 후회하고 있는 아버지는 자신에게 눈이 멀었다. 그 사실을 안다. 알기에 서연은 고운 얼굴을 일그러뜨릴 수밖에 없었다.

서원과 서진이 아버지와 함께 살고 있는 그 집에서 살기 위해 자신은 소리를 내지 않았다. 그렇게 소리 없이 울었고, 소리 없이 비명을 질렀다.

그 울음과 비명에 아파하는 건 자신뿐만이 아니라는 걸 뒤늦게 알아차렸다.

얼음장처럼 차가운 서 여사의 옆에서 아버지의 얼굴은 자신을 향한 미안함으로 가득했다. 결혼식 날 그 모습을 본 그녀는 그날 밤 울었다.

"미안해하지 마세요. 저는 괜찮아요. 정말 괜찮아요. 아버지가 제게 주신 것들, 남들은 쉽게 가지지도 못하는 것들이잖아요. 얼마 살지도 않았는데요, 뭐. 정말 괜찮아요."

자기 연민에 빠지기 싫었지만 그럼에도 후회를 하지 않을 수는 없었다. 차라리 만나지 않았더라면……. 최소한 그가 다른 사람을 보고 있었다는 걸 안 순간 돌아서 버릴걸…….

자신의 머릿속에 끊임없이 떠오른 생각에 서연은 머릿속이 텅 비어 버렸다. 어제 만난 그 남자에게 전화를 걸고 싶지 않았다. 명함을 받은 순간에는 그러겠다고 했지만, 그게 전부였다.

"이만 끊을게요. 아버지 바쁘시잖아요. 저 괜찮으니까 신경 쓰지 마세요. 정말 괜찮아요. 변호사님이 받아 낼 수 있는 건 다 받아 내 준다고 하시니까. 저는 괜찮아요."

그걸로 일 안 하고 평생 먹고살 수 있겠다던데요, 라고 남 얘기 하듯 덧붙였다. 서연은 재미있는 가십거리를 말하듯 몇 마디 가벼운 말을 더 한 뒤 전화를 먼저 끝냈다.

누워 있는 그녀의 얼굴엔 그녀도 알아차리지 못한 사이 눈물이 흘러넘쳤다.

바랐던 건 하나밖에 없었다.

행복.

그 하나가 이렇게 힘들 것이라고는 상상조차 못 했다. 너무 힘들었다.

✻ ✻ ✻

수십억대 소송이 걸린 최검의 이야기에 연호는 고개를 절래절래 내저었다. 아무리 여동생 희원이 좋아하는 남자라지만 결코 좋아할 수만은 없을 것 같았다. 거기다 어렸을 때 제가 좋아했던 서연이 상처를 받는 일이었다.

누구의 편도 들 수 없었다.

"오빠?"

제 앞에서 자신을 부른 희원은 항상 애정에 목이 말라 있었다. 그런 희원의 마음을 어루만져 주는 남자가 있다는 사실이 좋았지만 한편으로는 한탄스러웠다.

'유부남이라니.'

절로 한숨이 쉬어졌다. 자신과 만나고 있을 때는 유부남이 아니었다고 말했지만 결혼을 한 최검의 옆에 계속 있었다는 것 자체만으로도 희원은 이미 잘못을 한 것이었다.

"어. 왜?"

"아니, 딴생각하는 거 같길래. 그런데 오빠, 그 여자가 우리 곰곰이 아빠한테 소송을 걸었다는데……. 괜찮겠지? 곰곰이 아빠는 검사잖아."

검사라도 본인의 책임으로 이혼을 하게 되었으니, 당연히 잘못이었다. 헌데, 희원은 순진하게 그 사실을 부정하고 싶은 모양이었다.

"최검이 어쨌든 결혼 후에도 널 만난 건 사실이니까 쉽지는 않을 것 같더라. 그래도 집안이 집안이니만큼 먹고살 걱정은 안 해도 될 거야. 너랑 애 하나 먹여 살릴 능력은 될 테니까. 너는 그냥 애랑 너 걱정만 해."

순진하게 큰 눈을 깜빡거리는 희원을 보며 연호는 한숨이 절로 났다. 어제 마주친 서연이 떠올라 그는 마음이 더 불편해져만 갔다.

대체 5살 때 아빠가 생겼다고 간 뒤로 무슨 일이 있었던 것인지 알 길이 요원했다. 허나, 좋지 못했다는 건 느낌만으로도 알 수 있었다.

그 작고 예쁘던 어린아이를 자신은 아직 기억한다.

순수했던 시절에 대한 수많은 그리움이 그를 덮쳐 왔다. 단지 그뿐, 그는 다른 생각이 없었다.

그 순간에 대한 그리움만이 가득했을 뿐.

이미 이혼은 조정기간을 거쳐 문제가 없었다. 허나, 문제는 조용히 있을 것이라고 생각하던 수빈의 집안에서 생겼다.

서연은 그 생각에 설핏 삐져나오는 웃음을 막을 수 없었다.

어른들이 눈앞에서 자신을 모난 눈초리로 바라보고 있었지만 긴장되지 않았다.

"당장 취하하거라."

시어머니였던 사람이 당장 소를 취하하라고 언성을 높였지만 누구 하나 경박스럽다고 나무라지 않았다. 되려 잘하고 있다는 얼굴들이었다.

"못해요. 제가 드린 것, 그리고 그 사람이 제게 했던 행동에 대한 보상을 받겠다는데 어떻게 취소하라는 말씀을 하실 수 있는 거죠?"

"네가 우리 집안을 얼마나 우습게 알았으면……!"

더 웃긴 건 이런 상황 속에서 그는 나타나지 않았다는 것이다. 미안하다, 라고 한 마디만 했다면 좋았을 걸……. 서연은 그 생각을 버릴 수 없었다.

미안하다고, 내게 한 마디만 했다면 다 버릴 수 있었을 텐데…….

"저 이 집안 며느리였습니다. 그런 저를 두고 딴 여자랑 새로 시작하겠다고 당당히 저한테 드러낸 사람이에요. 게다가 변호사를 통해서 이혼을 진행하려던 제 작은 제안마저 무시하고 알아서 하라던 사람이 그 사람이에요. 저는 어머님 말씀대로 못 합니다. 저 부르신 거 이러려고 부르신 거 알지만 나왔어요. 절대 그렇게 못 한다는 말 드리고 싶어서 왔습니다."

서연은 굽히지 않았다. 방 안 가득한 수빈의 집안 어른들이 자신을 바라보고 있는 것을 알았지만 굽히고 싶지 않았다.

이런 분위기 속에서 선뜻 뜻대로 하겠노라 말하지 못할 것이라고 생각했던 그들의 얼굴에 떠오른 당황스러움이 우스웠다.

본인들이 당했다면 지금 제가 한 것과 비교도 되지 않을 정도로 난리를 피울 것이었으면서, 제가 하는 건 가당치도 않은 일이 되었다니. 우스운 일이었다.

"그러니 저는 이만 가 보겠습니다. 앞으로 이야기를 하고 싶으시다면……. 그럴 일 없으시겠지만, 그렇게 하고 싶으시다면 변호사에게 말씀해 주세요. 이만 일어나겠습니다."

서연은 이런 이들에게 복수하고 싶다고 생각했던 자신이 우스웠다. 이들은 어차피 자신이 어떤 행동을 해도 복수라고 생각하지 않을 것이었다. 분명 이들은 자신이 발악을 한다고 여기고 있을 것이었다.

"돈으로 딸 결혼 시키려고 했던 진 회장에게 배운 게 겨우 그거구나. 내가 널 너무 높이 봤나 보구나. 그래, 너 같은 아이가 그런 근본 없는 애보다 나을 거라고 생각했던 내 불찰이지."

자신은 물론 아버지까지 힐난하는 그들을 더 보고 있다가는 사람에 대한 환멸이 밀려올 것 같았다. 서연은 빠르지만 천천히, 서두르지 않는 걸음으로 그 집을 빠져나왔다.

왜 이 상황 속에서 제가 다시 상처를 받아야 하는 건지. 그 상처로 인해 아버지가 저런 사람들에게 모멸을 당해야 하는 건지.

알 수 없었다. 이제, 알고 싶어지지 않았다.

연희동 본가로 오라는 연락에 이번 주는 무슨 일이 있는 주인가 싶을 지경이었지만, 순순히 부름에 대답했다.

"기어이 소란을 피우고 있다지."

"어머니."

"누가 네 어머니라고. 서원이가 제대로 전하지 않던? 아니면, 회장님이 주신 돈이 모자라? 그래서 시집갈 때 받은 돈 되찾고 싶은 게냐. 그 집안이 어느 집안이라고 건드려. 네가 그리해도 좋은 상대가 아니라는 걸 그 좋지 못한 머리로 알 리 없겠지만. 내가 이제라도 말했으니 조용히 마무리 지어라."

자신을 향한 경멸의 눈초리. 서 여사는 매번 자신을 그렇게 봤다.

"그……그렇게는 못 하겠어요."

처음.

서연은 처음으로 거부했다.

"못 한다?"

눈꼬리가 올라가는 서 여사와 마주 앉아 그녀는 손에 나는 땀을 치마에 쓱쓱 문질렀다.

"저는 그렇게는 못 하겠습니다. 그 사람이 분명 잘못한 일이에요."

"그렇게 만든 너에게 잘못이 있겠지. 어디서 반편이같이 행동을 해! 머리가 좋지 못하면 조용히 엎드리고 있을 것이지. 내가 너에게 결혼식 전날 이르지 않았어!"

서 여사의 말에 서연은 바람 빠진 풍선처럼 기운이 빠졌다. 잊을 수 없던 그 말, 기억하고 있었다.

'죽은 듯이 살아라. 네가 지금 가는 집안은 니 처지에 꿈도 못 꿀 집안이니. 그 집안에서 하라는 건 무엇이든 해. 최겸이 널 좋아하지 않는 것조차 네 잘못이니 할 수 있는 건 다 해서 최겸 붙들고 살아라.'

그 사람이 자신을 좋아하지 않는 것조차 내 잘못.

서 여사의 요지는 그것이었다. 애초에 사랑 없이 결혼을 했던 건, 가문을 위한 것이라고 말했으면서 그것조차 자신의 잘못이라고 말하는 서 여사가 싫었다.

그 순간 자신을 꼭두각시 인형으로 보고 있음을 처절하게 깨달았다. 가능하다면 이 집안으로 두 번 다시 돌아오고 싶지 않았다. 그가 자신에게서 이렇게 등을 돌리지 않았더라면…… 다시금 이 집안에 발을 딛는 일조차 하지 않았을 것이다. 서연은 못내 이 상황들이 쓰라렸고, 우스웠다.

"잊지 않았어요. 어머니가 무엇이든 제 잘못이라고 하신 말.

헌데, 이번만큼은 아니에요. 이건 물러설 수 없어요."

서 여사가 왜 하필 지금 자신을 불렀는지 집 안에 들어서자마자 알아차릴 수 있었다. 아버지가 없었다.

해외 출장이라는 부엌 아주머니의 짤막한 말에 서연은 오늘 자신을 작정하고 불렀음을 알아차렸다.

"이번은 어머니가 원하는 대로 못 합니다. 이번만큼은 절대 못 해요. 그렇게는……. 정말 그렇게는 못 해요."

억울했다.

가슴을 먹먹하게 짓누르는 억울함이 온몸으로 소리치고 있었다. 이렇게는 살고 싶지 않다, 라고 소리쳤다.

"네가 미쳤구나."

미쳤다 말한다면, 미칠 수밖에.

서연은 그렇게 생각했다. 미쳤다고 생각한다면, 그렇다면 정말 미쳐 보자, 라고.

서연은 한숨을 내쉬고 말았다. 결국 수빈은 자신의 아이를 가진 그 여자와 함께 외국으로 떠났다.

남겨진 것은 자신.

그리고 결국에는 도원그룹 본사에 발을 들인 자신이었다.

"아버지."

묵묵히 자신을 안타깝게 바라보는 그를 향해 서연은 웃었다. 속으론 울고 있었음에도 얼굴은 웃고 있었다.

그 모습이 얼마나 아파 보이는지 스스로는 자각하지 못했다.

"저 나갈게요."

이제 겨우 23살, 누구의 말처럼 결혼을 해서 가정을 꾸리기에도 어렸다. 남자 하나만 바라보고 살기엔 아직 수없이 많은 세월이 남아 있었다.

"서연아……."

"아버지가 도와주시지 않아도 괜찮아요. 저 지금 돈도 많구요. 어머니 눈 밖에도 났으니까 그냥 지금 저 하고 싶은 거 할래요. 저 이 정도는 괜찮잖아요."

"서연아, 그래도 아빠가 도와줄게……. 그래야……."

말이 끊겼다. 슬픔이 말을 먹어 버리는 듯싶을 정도로 우울함이 분위기를 깊게 가라앉혔다.

"아버지가 주신 거 저 많이 받았어요. 그런데 아버지가 주시는 만큼, 어머니는 저를 싫어하시고, 서진이는 저를 경멸하고, 서원 오빠는 저를 받아들이지 않아요. 주시는 걸 받지 않는다고 해도 저는 절대 가족이 될 수 없어요."

서로가 생각하는 마음이 달랐다. 그렇게 서로를 달리 보고 있는 지금 자신이 가족이 될 수 없다는 걸 잘 알고 있었다.

수빈이 최소한 자신이 기댈 수 있는 공간으로 남았더라면 좋았을 것이라는 생각도 더 이상 하지 않게 됐다.

"최검 일은, 어쩔 수 없는 거였어요. 저는 그 사람에게 상처를 받은 만큼, 아니 그보다 더 받을 생각이에요. 그건 아버지가 붙여 주신 변호사님이 잘 하실 수 있다고 해서 믿어요. 그러니까, 이제 저는 거기서 받을 보상으로 다시 시작하고 싶어요."

"서연아, 애야……."

"알아요. 저 좋아하시는 거. 그래서 안타까우셔서, 그 사람에게 보내면 사람들이 절 보는 시선이 달라질 거라고 생각하셨던 거 알아요."

'헌데, 현실은 그렇지 않아요.'

서연은 웃음으로 속말을 삼켰다. 현실은 그렇지 않았다.

"그러니까 아버지, 허락해 주세요. 마무리되면 저는 떠날게요. 그리고 다시 시작해서 올게요. 이번에는 누구도 저를 휘두를 수 없도록. 그렇게 공부도 하고, 하고 싶은 것도 하면서……. 그렇게, 그렇게 돌아올게요."

간절히 바랐다.

다른 그 누군가가 자신을 휘두를 수 없도록.

그 하나가 열일곱 해, 아니, 열여덟 해를 보내는 동안 소원했던 소망이었다.

"그래, 하고 싶은 대로 하렴. 그렇게 해."

어느새 늙어 버린 아버지의 곁을 지키지 못하게 된 미안함이 서연의 발길을 붙들었다. 하지만, 아버지의 허락을 맡고 몸을 일으킨 그녀는 돌아보지 않았다.

만일 돌아본다면, 자신을 바라보는 아버지의 시선에 흔들릴 것 같았다. 후회하지 않도록 더는 뒤돌아보지 않을 것이다.

정말, 돌아보지 않을 것이다.

다른 누군가의 시선은 이제 지겨웠다. 그냥, 다른 누군가의 시선을 신경 쓰기보다 그들이 자신을 바라보는 시선을 바꿀 수 있도록 변화할 것이다.

반드시 그렇게 할 것이다.

01.

# 나도 사람이야

몇 년 사이에 도원그룹 내에서 가장 많이 언급되는 사람은 서연이었다. 사교파티를 가장한 서로의 자식을 선보이는 자리에서 서연의 이름이 거론되는 것 자체로 혜린은 기분이 나빴다.

"서 여사님. 서연 양은 어찌 지내고 있어요? 오 년 전에 그 일이 있은 뒤로는 어디에서 뭘 한다더라라는 소문도 없어서 말이에요."

"어머, 박 여사는 못 들어 봤어요? 우리 애가 지난번에 파리에 갔는데 거기에 서연 양이 있었다고 그러더라구요. 파리 어디더라……."

스페인에서도, 뉴욕에서도 봤다는 이야기는 자신도 자주 들었다. 허나 그뿐, 그 맹랑한 계집애는 자신의 말을 끝내 듣지 않고 소송에서 기어이 이기고 말았다.

절대 등져서는 안 될 법조인 집안 하나와 이로써 완벽히 척을 지게 되었지만 그 후로 매년 자신이 나서서 그 집안을 챙기고 있었다. 행여 그 불똥이 제 아이들에게 튈까 봐 염려된 마음이었다.

"그나저나, 오늘은 서진 양하고 연호 군이 보이지 않네요."

"아이들끼리 놀고 있겠죠. 어디 어른들 있는 자리가 좋기만 하겠어요."

혜린은 겨우 한마디 입을 뗐다.

가뜩이나 강변이 서진의 어디가 그리 마음에 들지 않는지 한사코 혼맥을 잇길 거부하고 있다고 해 안달이 날 지경이었다.

명예가 있는 집안으로 치자면 서연을 보냈던 최 대법관의 집보다 나은 곳이었다. 청렴하기로는 둘째가라면 서러운 곳이라니 서진의 이미지에도 보탬이 될 터였다.

돈이야 친정이 넘치고 흐르니 문제가 될 것이 없다는 자신의 계산과 달리 문제는 강변이었다.

"어머, 그건 또 그렇네요."

벌써 오 년이나 지난 일을 들먹이는 치들을 보며 혜린은 억지웃음을 입에 걸었다. 진서연, 그 아이가 조용히만 있었어도 이렇게 호사가들의 입에 제 집안이 오르내릴 일은 없었을 터였다. 혜린은 그 생각을 버릴 수가 없었다.

아이의 웃음소리가 까르륵 순진하기도 했다. 이제 겨우 네 살일 뿐인 예지를 보는 연호의 시선이 차가웠다.

저 아이가 서연을 하루아침에 서울에서 사라지게 한 이유라는 사실이 자못 서글프기까지 했다.

어린아이는 아무것도 알지 못한다.

연호는 그 사실을 명확히 인지하고 있었다. 그럼에도 불구하고 그는 아이를 따스하게 바라볼 수 없었다.

타인을 향한 그 무심한 시선이 전부였을 뿐 그는 아이에게 철저한 방관자였다.

그럴 수밖에 없는 스스로의 마음에 그는 자조했다. 그 비웃음이 스스로를 찌르고 멍에를 지게 해도 멈출 수 없었다.

오직 그 하나가 어릴 적 기억에 남아 있는 아이에게 미안하다고 말할 수 있는 전부 같아서.

"우리 예지, 삼촌하고 뭐 했어?"

다가온 희원의 물음에도 예지는 연신 방긋 웃을 뿐이었다. 잠시 자리를 비운 그녀를 대신해 자신이 한 것은 없었다. 단지 자신이 한 건 아이가 사라지지 않게 바라보는 정도.

"오빠. 예지 아빠가 그러던데……."

이제 최검이 아니라, 최변이 된 희원의 남편인 그는 여전히 자신의 행복을 위해 고군분투하고 있었다.

이렇게 귀여운 딸을 위해 자신이 할 수 있는 건 다 해야 하는 그를 비난하지는 않는다. 하지만 여전히 연호는 수빈이 서연을 버린 사실을 잊을 수 없었다.

"오빠?"

"왜?"

"아니, 그냥. 뭐 고민 있는 사람처럼 보이길래……."

이혼을 하자마자 수빈의 집에서는 서둘러 희원과 수빈을 미국으로 보냈다. 그곳에서 조용히 일 년만 지내다 돌아오라는 이야기에 그들은 건너갔고, 이후 일은 걷잡을 수 없이 번졌다.

그렇게 아무런 해도 입지 않은 채로 희원은 온실 속 화초처럼 지켜졌다. 서연이 서울에서 그 모든 고통과 인내를 감내하는 동안 희원은 온실에서 상처 하나 받지 않았다는 사실이 그를 더욱 괴롭게 만들었다.

"희원아."

"응? 왜?"

여전히 아이에게서 시선을 떼지 않는 희원을 보며 그는 입을 열었다.

"최변 집안사람들이 너한테 잘해 주니?"

의외라는 듯, 일순 희원의 시선이 연호를 향했다. 그녀의 손에 있던 아이스크림을 이내 예지가 빼앗아 가자 그녀는 정신을 차리고 입을 열었다.

"오빠가 그걸 물을 줄은 몰랐어. 난 솔직히 오빠는 그런 거 관심 없을 거라고 생각했거든."

"왜?"

"오빠, 내가 그 사람 만났을 때 결혼 전이었다는 말 안 믿었던 거 같아서."

순서가 달랐지만, 믿을 수 없었다. 그건 분명히 맞았다. 만일 희원이 결혼을 한 수빈을 놓고 다른 삶을 살았더라면 지금과 같은 나날들은 이어지지 않았을 테니 그는 그녀의 말을 믿지 않기로 했다.

맹렬한 비난을 하지도 않았지만, 그렇다고 믿지도 않았다.

어중간한 그 어딘가에 머문 자신의 시선이 얼마나 한심할지 알면서도 그는 할 수 없었다.

어느 쪽도 선택할 수 없는 스스로가 이제 지긋할 지경이었다.

"뭐, 그 여자한테 시댁에서 얼마나 잘해 줬는지는 모르겠지만 우리 예지 하나만으로도 난 환영받았으니까. 요즘 시어머니도 예지가 하는 행동에 웃으시는데 뭐……."

서연에게는 허락되지 않았던 상황들이 희원에게는 가능했다. 그 하나에 연호는 쓴웃음이 지어졌다.

대체 그 아이가 무엇을 잘못했기에…….

연호의 물음은 꼬리에 꼬리를 물었다.

벌써 오 년 동안 나타나지 않는 서연의 행방은 묘연했다. 누군가는 파리에서, 또 다른 누군가는 뉴욕에서, 그리고 이내 스페인에서 봤다는 사람들의 말이 들렸지만 어디에 있는지 정확히 아는 사람은 없었다.

그는 여전히 돌아오지 않는 그 아이가 가련했다.

＊ ＊ ＊

사람들의 환호 속, 한 여자가 서 있었다.

여자는 아름다웠고 신비로웠다. 쇼에는 서지 않지만 피사체가 되어 주는 것에 조건을 달지 않는 여자.

"서연."

자신을 부르는 소리에 환한 얼굴로 뒤돌아본 여자는 이내 곧 입가에 더할 나위 없는 웃음을 걸쳤다.

"웬일이야?"

"너 오늘 촬영이라고 런던에 온다면서……."

"아……. 그거."

"그거? 게다가 할 말도 있고."

네가 워낙 잘 잊어서 말이지, 라고 가볍게 덧붙인 그를 가만히 바라봤다. 오랜 친구이자, 오랜 조력자, 그녀에게 있어서 그를 지칭할 수 있는 말은 많았다.

오 년이라는 시간이 흘렀음에도 서연은 돌아갈 수 없었다.

아직, 돌아갈 수가 없었다.

이곳에서의 자신은 사람들이 환호해 주는 모델일 뿐, 다른 수식어는 필요치 않았다. 이 삶이 좋았다. 이 삶을 버리고 다시 서울에 가면 자신이 얻는 것이 무엇일까, 그녀는 가끔 고민했다.

이 삶을 포기하면 내가 무엇을 얻을지 깊은 고민을 하지 않을 수 없었다.

"가자. 네 사무실로……."

이전의 자신을 모르는 이들이 있는 곳에서 나눌 대화가 아님을 알고 있었다. 적어도 이런 거리에서 그런 말들을 나누고 싶지 않았다.

서연은 아직도 서울에서의 '진서연'이 한없이 작고 초라할까 봐 돌아가기 두려웠다.

현우는 처음 뉴욕에서 서연을 본 기억이 생생했다. 무엇을 할지 몰라 방황하는 모습은 20대 여자의 여느 것과 다르지 않았지만, 그녀에겐 신비로운 분위기가 있었다.

선뜻 손을 내밀었던 건 그 때문이었다.

"서연. 진짜 돌아가지 않을 생각이야?"

얼마나 많은 상처를 안고 이곳으로 왔는지 자신은 모른다. 어렴풋이 짐작만 할 뿐이었다. 고작 23살이었던 아가씨가 왜 그렇게 슬픈 얼굴로 웃는 것이냐고 물을 수 없었다. 자신이 아는 걸 서연에게 표라도 냈다간 지금과 같은 관계는 유지할 수 없었을 것이다.

그는 그녀가 애처로웠다. 오직 어른들의 일만으로 판가름되고 결정된 인생을 그녀는 스무 해 넘게 살아왔다.

스스로가 결정한 바가 아닌 타인의 시선.

그녀는 매 순간 다른 사람들의 시선을 견뎌 냈다.

"아직……."

애써 덤덤하려고 노력하는 말투였지만 두려움이 일렁이고 있음을 고스란히 드러내고 있는 서연의 모습에 현우는 다시 입을 열었다. 이렇게 둔다고 바뀌는 건 아무것도 없다.

차라리 그들과 마주하고 다시 오라고, 그렇게 말하고 싶은 걸 애써 돌려 말할 수밖에 없었다. 자신은 그 정도의 위치였기에…….

"모델 서연과 도원그룹 딸 진서연은 달라."

현우는 확실하게 자신의 생각을 전했다. 서울에 들어간다고 네가 모델 서연이었던 사실이 없어지는 건 아니라고, 그렇게 널 세상에 없는 사람으로 만들지 말라고.

현우는 서연이 아스라이 사라질 것 같은 기분에 자신의 감정마저 눌러 담고 있다는 걸 자각하지 못했다.

"네가 여기서 한 것들은 없어지지 않아. 세계 곳곳에서 오는 콜을 다 받아들이면서, 유달리 서울에서 하자는 작업들만 거절한다면……. 그게 더 오해를 불러일으킬 거다. 너도 알잖아."

분명 서연도 알고 있을 것이었지만, 현우는 말을 멈출 수 없었다. 오늘만큼은 서연을 설득해 서울로 떠나는 비행기에 태워 보낼 것이다.

"네가, 네가 아닌 적은 없어. 그러니 그런 걱정은 하지 마. 너를 아는 내가 있잖아."

"알아. 네가 있는 거."

간단한 대답이 돌아왔지만, 그뿐이었다. 이렇다 할 결정은 하지 않은 그녀가 여전히 불안하게 휘청이는 기분이었다.

저 불안함을 잠재워 주고 싶다.

현우의 마음에 그 생각이 요동치고 있었다.

무슨 생각이었던 것인지, 현우에게 무슨 말을 건넨 것인지 기억이 나지 않았다.

처음 뉴욕 땅을 밟았을 땐 그녀는 무슨 일을 해야 할지 몰랐다.

그때 우연히 만난 현우는 자신에게 모델 일을 해 보자고 했고, 서연은 그 순간 충동적으로 결정했다. 자신에게 제약이 없는 이곳에서 무엇이든 해 보자고.

어쩌면 무모한 패기였을지 모르겠지만, 패션계에서 유명한 대학교에 지원했고, 그렇게 한 해 한 해를 보냈다.

패션쇼에 서지 않는 건 어쩌면 너무나 당연한 일이었는지도 몰랐다.

소파에 기대듯 앉아 있던 서연은 이내 몸을 일으켰다. 그녀의 눈은 여전히 소파 앞 테이블에 있는 제안서에 못 박힌 듯 붙어 있었다.

제 얼굴조차 알아보지 못 하는 가족이라니…….

제안서를 노려보던 그녀의 눈이 어느새 어지러운 불빛을 뿜어내는 거리를 바라보기 시작했다. 모델 일을 한 건 무모했지만 곁에서 도와주겠노라 선언한 그가 있어서 가능했다.

어떤 물음도, 이유도, 조건도 달지 않고 곁에 다가와 손 내밀 사람이 있을 것이라고 생각하지 않았던 그녀에게 다가온 사람이 바로 신현우였다.

마치 이국의 땅에서는 무엇을 해도 괜찮다는 듯 자신을 다독이려 했던 그가 고마웠다.

그녀는 그와의 관계를 명명할 수 없었다. 아니, 이 생경한 감각을 좀체 알 수 없었다.

그 모든 고민을 뒤로하고 그녀는 다시 불빛이 가득한 거리를 보며 고민했다.

이제 익숙한 이 도시를 잠시 떠나도, 나는 다시 괜찮아질 수 있을까?

그녀의 안에서 깊은 신음이 비명처럼 터져 나왔다. 괜찮을 수 있냐고, 너는 그렇게 다시 살아갈 수 있냐고.

그 비명에 서연은 이제 확실히 대답할 수 있었다.

내가 괜찮을지는 모르겠지만, 적어도 그렇게 살지는 않을 수 있다고.

그렇게 그녀는 창가에 서서 한참을 움직이지 않았다.

'제멋대로.'

연호는 서진을 생각하면 그 생각이 들었다. 지금도 제 사무실로 말도 없이 방문한 그녀는 자신을 위한 서프라이즈라고 말했지만 실상 그녀의 생각을 모르고 있는 건 아니었다. 한사코 그녀를 거절한 자신에게 여자가 있는 것은 아닐까 궁금해서 온 것이라는 걸 모르지 않았다.

"또 멋대로 왔네, 진서진."

"아, 오빠!"

발랄하게 대답했지만 이 아가씨의 속이 많이 쓰릴 것이라는 것쯤 누구나 예상할 수 있는 문제였다. 집안에서 놓치기 싫다고 하니 이렇게 행동하는 것이겠지……. 그렇게 치부해 버린 연호는 사무실 밖에 있던 직원을 불렀다.

서진의 행동은 오직 어린 마음의 치기일 뿐, 진심이라고는 깃털만치도 없을 것이라고 그는 그렇게 여겼다.

"손님 나가니, 이후 일정 시작하죠."

서진을 보면 너무나 자연스럽게 서연이 생각났다. 겨우 서연과 마주쳐 어릴 적의 순간을 떠올릴 수 있을까 싶던 찰나에 희원이 저지른 행동들이 서연을 밖으로 내몰았다. 그리고 거기엔 그녀의 가족도 포함되어 있었다.

"오빠!"

순간 서진이 언성을 높였고, 그런 그녀를 직원이 놀란 눈으로 바라보았으나 그는 아랑곳하지 않았다.

자신의 마음은 무엇이었을까, 고민하지 않았다. 그냥 안쓰러울 뿐이었다. 가족을 찾았다던 아이는 잘 있을까, 라는 고민 정도였다. 눈앞에서 그 모습을 볼 수 있었으면 좋겠다는 생각. 그 정도일 뿐 다른 건 없었다.

어린 날의 그리움을 그렇게 풀어내고 싶었다.

다시 만나면 잘 지냈냐고 물어보기도 하고, 즐거운 나날들을 보냈는지 들어 보고 싶었다. 희원이 제 집에서 생활하며 즐거워했듯 너 역시 그러했느냐고 묻고 싶었다.

"나가. 너도 네 일이 있는 애가 평일 오전부터 여기에 있으면 안 되지. 가서 너도 일해. 사주가 아버지인 애들 놀면서 돈 버는 거 싫다고 말했던 게 지난주야. 그거 니 입으로 말했어."

"그, 그건!"

당혹감을 미처 지우지 못한 서진은 아직 어렸다. 바에서 마주쳤던 서연이 23살 어린 여자의 모습을 지우지 못했듯.

"그러니까 가."

명백한 축객령에 서진은 꼬리를 내린 강아지마냥 축 처진 채 연호의 사무실을 나갔다. 하지만 그는 서진이 나가는 모습을 보지 않았다.

지난주 주말에 본 희원과 그녀의 아이가 생각나 그는 잠시 생각을 멈췄다. 책상에 걸터앉아 창문 밖을 내려다보는 그의 얼굴에 문득 웃음이 흘렀다. 어느덧 사람들이 긴팔을 입을 정도로 추워졌구나, 싶어서.

사무실 문이 부서져라 닫혔다. 그 소리에 긴장하는 건 서진을 곁에서 보좌하는 비서였다.

"사장님. 오늘 이후 일정은……."

"없애요! 그리고 그 모델이라는 사람한테선 연락이 없어요?"

제인인지 뭔지 하는 그 여자 말이에요, 라고 묻는 서진을 향해 비서는 무어라고 하고 싶었지만 참았다.

"조건이 맞다면 하겠다고 연락하셨습니다."

비서의 말에 서진은 코웃음을 쳤다. 일개 모델이 세계 무대에서 이름 좀 알렸다고 너무 콧대만 높다고 짜증을 부렸다.

겨우 모델 주제에, 라고 말하는 그녀와 달리 그녀가 지금 잡으려는 모델은 세계 유명 브랜드에서도 잡으려고 안달이 난 사람이었다.

알려지지 않은 사람.

그 모델에게 연이 닿기 위해서 갖은 수단을 쓰는 브랜드들이 널렸다. 그 사실을 모르는 것은 오직 서진뿐이었다.

서진의 행동은 마치 어린아이가 떼를 쓰는 것과 다르지 않았다. 도원그룹 안방마님인 서 여사의 자식사랑이 좋지만은 않다는 것이 그룹 내 임원들의 평에서 서서히 고개를 들기 시작하고 있었다.

그녀의 비서인 세린은 서진을 보며 그런 생각을 했다. 지금 도원모직은 상황이 좋지 않다. 자신의 연애사업을 펼치기보다 회사를 어떻게 할지 걱정해야 할 때라는 걸 이 아가씨는 모르고 있었다. 아니, 알고 싶지 않은 듯 행동했다.

인천공항, 서연은 웃음이 일어났다. 이곳을 지나온 것이 불과 얼마 전 일 같은데……. 벌써 오 년이라는 시간이 흘러 있었다.

"서연."

자신을 부른 소리에 서연은 앞을 보던 시선을 곁에 선 이를 향해 돌렸다.

곁에 현우가 다가와 섰다. 그가 자신을 위해 오지 않아도 될 걸음을 했다는 것에 서연은 미안했다.

"오지 않아도 괜찮다니까. 네 말처럼 내가 변하는 것도 아니고."

"아냐, 내가 볼일이 있기도 하고. 네 말처럼 네가 변하는 건 아니지만 혹시 알아? 진 회장님이 나더러 너 어디 있는지 알면서도 말 안 했다고 괘씸하다고 하시면 좀 살랑거리기도 해야 하니까."

현우의 말에 웃음이 일어났다. 터져 나오는 맑은 웃음을 굳이 막지 않는 자신을 현우가 빤히 바라보고 있다는 사실조차 모른 채로 공항 앞에 서서 그렇게 웃었다. 사람들이 지나가며 쳐다보고 있다는 사실도 신경 쓰지 않았다.

타인의 시선을 신경 쓰지 않는 척, 그렇게 행동했다.

마치 다른 사람들이 어떻게 보든 상관없다는 식의 그 행동이 더 슬픈 몸짓이 되어 마음을 아프게 한다는 것도 모른 채로…….

"어디로 간다고 그랬지?"

문득, 현우가 서연을 향해 물었다.

"호텔로 가려고. 여긴 아주 잠시만 온 거니까."

서연은 전에 살던 집으로 돌아가고 싶지 않았다. 그렇다고 연희동 본가에 가기도 싫었다. 그곳은 더욱 가고 싶지 않았다.

"그럼 난 네 옆방을 잡지 뭐……."

장난스레 말하는 현우로 인해 서연은 기분이 한결 편안해졌다.

지금 도원모직의 주인이 된 서진이 자신을 본다면 분명 경멸하는 시선으로 볼 것이었다.

분노를 담아서 자신을 바라보겠지. 하지만 이제 그런 것은 상관하지 않을 수 있을 것이라고 그렇게 생각했다.

그런 건 신경 쓰지 않고 살아가는 걸 배웠다고 생각하고 싶었다. 그렇게 더 단단해졌다고 그녀는 믿고 싶었다.

계약서에 관한 사항을 검토하고 싶다는 사람의 말에 변호사를 대동하고 사무실에 앉아 기다리고 있던 서진이 짜증을 내기 시작했다.

회사를 대표하는 모델과의 계약이 번잡해지자 그녀는 인내심이 바닥을 치는 걸 느꼈다.

그리고 점점 짜증에 미간이 일그러질 무렵, 문제의 모델이 도착했다. 문을 열고 들어온 사람을 보고 반색을 하던 서진의 비서는 그 얼굴을 확인하자마자 굳어 버렸다. 서연이 들어올 것이라고 예상하지 못한 얼굴이었다.

서연은 이전과 확연히 달라져 있었다. 그들이 좋아하던 무채색의 옷을 벗고, 자신이 좋아하는 스타일의 캐주얼한 청바지에, 롤업 블라우스와 톤 다운된 와인색의 스카프를 둘렀다. 손에는 사각의 빅 클러치가 하나 들려 있었다.

선글라스를 벗는 서연의 모습에도 먼저 입을 떼는 사람이 없었다.

"안녕하세요. 제인입니다."

서연은 말을 마치고 서진과 변호사의 앞에 앉았다. 그 누구도 앉으라고 말하지 않았지만, 서연은 거리낌 없이 행동했다.

서진은 서연이 달라졌음을 깨달았다. 아니, 애초에 눈앞에 있는 사람이 서연이라고 판단하는 데까지 시간이 오래 걸렸다.

스스로를 모델 제인이라고 말한 서연은 이전보다 더 아름다워져 있었다. 이전에는 그 사실을 모르고 인형처럼 찌르면 찔리는 대로, 움직이라면 움직이는 대로 살아왔다면 지금은 무언가 바뀌었다.

그녀는 비명과 같은 소리를 질렀다.

"너!"

"네 언니야. 게다가 좀 실망스럽던데……. 가족 얼굴도 못 알아봐서."

무엇이 우스운지 서연이 웃었다. 그 모습에 서진은 더욱 분노할 수밖에 없었다. 엄마에게 이 여자가, 그리고 이 여자의 엄마가 얼마나 아픈 기억인지 잘 알고 있기에 회사에 서연을 불러들인 스스로가 한심할 지경이었다.

"네가 왜!"

"니가 계약하자고 계약서에 도장을 먼저 찍었잖아. 기억 안 나? 나 너 아니어도 괜찮아. 이미 국내로 들어왔다고 네가 소문내 놔서, 너랑 안 한다고 하면 바로 다른 데에서 하자고 덤빌걸."

서연의 말에 서진은 얼굴을 구겼다. 종이처럼 일그러지는 얼굴을 하고서도 서진은 자리를 박차고 일어나지 않았다.

다혈질인 그 성격에 고분고분 이야기를 듣지도 않았지만 그녀는 서연을 회사에서 내보내야겠다는 생각밖에 없었다.

언제나 눈치를 보며 하라는 대로 굴던 진가의 주홍글씨, 개, 인형.

그 모든 수식어를 달고 있던 여자가 이제 스스로 움직이고 행동했다. 그 행동의 결과를 생각하지 않는 것이 분명하다고, 서진은 자기 좋을 대로 판단하고 생각했다.

"싫다면 마다하지는 않겠습니다. 헌데, 계약서에 명시하신 것처럼 위약금 10배 물으셔야 할 겁니다. 제가 싫다고 한 게 아니니까요, 진 사장님.”

“네가 이미 완료된 계약을 엎겠다고?”

서진의 물음에 서연은 데자뷔를 경험했다. 어쩐지 반복되는 것만 같은 상황들이 그저 우스웠다.

“계약서 도장 너도 찍고 나도 찍었어. 그리고 각각 한 부씩 가지고 있고. 이 자리, 내가 알기로는 의례적이었던 걸로 알고 있는데. 아니니? 싫다고 소리 지른 건 너야. 난 이 건을 그대로 진행해도 상관없는 사람이야.”

서연의 말에 서진은 숨을 급히 삼켰다.

오랜 기간 동안 계약을 하지 않아 애를 태운 모델 따위, 괘씸하게 생각했었다. 그랬기에 계약서에 위약금에 관한 사항을 통상 적용되는 범주에서 벗어나 과할 정도로 책정해 넘겼다.

그 사실이 자신의 목을 조를 것이라고 생각하지 못한 채로…….

“네가 이렇게 돌아온 걸 알면 엄마가 가만히 있을 거라고 생각…….”

“생각 안 해. 근데 말이야……. 넌 그 나이 되도록 아직도 사모님을 찾니?”

서연의 마지막 말에 서진이 비명을 질렀다. 그 비명이 서연을 날카롭게 찔러 피 흘리게 만들어 달라는 소망을 담아.

엄마를 내치고, 오빠와 자신을 버리려 했던 아버지의 행동.

그 행동의 이유에는 언제나 배다른 언니가 존재했다. 그녀는 절대 서연과 같이 일할 수 없었다.

서연의 엄마가 저 외국을 떠돌며 살아가고 있고 아버지가 그 여자를 잊지 못하는 한.

그녀에게도 역시 서연의 존재는 그 자체로 악몽이었다.

서연과 현우는 호텔 르네에 각자 룸을 잡고 서로의 생활을 했다. 아침에 일어나 함께 조식을 먹는 건 오랜 습관이었다. 현우를 만난 뒤로 그가 항상 지켜 온 사소한 습관.

"어머, 진 회장님 딸 아니야?"

평소와 다른 것이 있다면 자신을 보고 떠드는 소리들이었다. 사람들의 수군거림이 이어지자 서연은 두 눈을 감고 귀를 닫았다. 오랜 기억 하나가 들춰지고 있는 것만 같았다.

현우는 서연을 조심스럽게 살폈다. 서연의 행동을 하나하나 살피는 그 눈빛과 손길이 퍽 다정스러웠다.

"신경 쓰지 마."

말로는 신경 쓰지 말라고 하지만, 사실 현우도 저들의 이야기에 당혹스러운 건 비슷할 것이었다.

"어차피 저들은 너를 모르잖아. 그러니까 저렇게 말할 수 있는 거야."

"괜찮아."

말로는 괜찮다고 했지만, 실상은 아니라는 걸 알고 있었다.

"그래. 괜찮아."

괜찮다고, 그는 그렇게 따라 말했다. 그들의 오만을 깨뜨리고 싶은 마음이 그릇된 것이 아니라는 걸, 누군가를 통해 확인받고 싶은 생각이 서연으로 하여금 현우에게 다시 묻게 했다.

"괜찮아?"

"그래, 괜찮아."

그 생각을 고맙게도, 그는 매번 확신을 담아 얘기했다. 이상하게도 그의 얘기를 듣고 나니 더 이상 자신을 보며 수군거리는 음성이 들리지 않았다.

자신을 다독였다.

괜찮다, 괜찮을 수 있다.

* * *

어느덧 긴팔을 입고 다녀야 할 계절이 다가오자 업계에서는 도원모직의 생사를 두고 말들이 많아졌다. 올해를 버틸 수 있겠냐는 평과 이제 그만 도원에서 의류사업을 포기하고 손을 들어야 하지 않겠냐는 말이 무수히 돌아다닐 정도로 위태로웠다.

"오랜만이구나."

"네."

오랜만에 온 본가가 무척이나 낯설었다. 그리고 이곳에 오기 전, 서연은 아버지를 먼저 만나고 싶었다.

아버지가 지금 서울에 없지만 않았어도…….

"거기 아무 데나 앉아."

쳐다도 보지 않고 툭 말을 내뱉는 서진을 흘긋 본 서연은 서진보단 혜린과 가까운 자리에 앉았다.

5년 전이라면 상상도 하지 못할 일이었겠지만, 지금은 상황이 달랐다. 자신이 이 사람들의 눈치를 볼 일은 없었다.

그렇게 무수히 말해 준 유일한 친구가 제게도 있었다.

"의외구나. 서진이 옆에 앉을 줄 알았더니."

눈꼬리가 치켜 올라간 혜린의 모습에 서연은 얌전히 내려두었던 손을 들어 어느새 제 앞에 놓인 찻잔을 들었다.

도원그룹의 마님인 혜린의 눈치를 보는 사람은 많았다. 그중에는 자신도 포함이 돼 있었다. 아버지인 한호 역시 혜린의 눈치를 봤다.

그것은 자신으로부터 기인했음을 알고 있었다. 제가 조금 덜 눈치를 받고 편안하게 살게 하고 싶다는 아버지의 마음 때문에, 그리고 그 미안함 때문에 혜린의 앞에서 아버지는 약자로 살 수밖에 없었다.

그 하나의 소망이 아버지를 이 집안에서 가장 나약한 사람으로 만들었다.

아버지와 어머니의 일은 그녀에게 있어선 어쩔 수 없는 일이었다. 그런 인연으로 만나지 않았더라면 좋았겠지만 그녀는 그 일을 자신이 돌려놓을 수 없다는 걸 알기에 입을 다물었다.

바꿀 수 없는 현재의 일과 과거의 일에 대해서는 말하지도, 후회하지도 않는다.

그것이 지난 오 년간 외국에서 홀로 지내며 깨달은 바였다.

"말씀……하세요."

서연은 자신을 부른 목적을 말하라고 입을 열었다. 오늘 미리 잡아 뒀던 미팅을 미룰 만큼 중요한 일이기를 바랐다.

그렇지 않다면 이건 자신에게도 시간 낭비인 셈이니, 그녀는 부디 그러기를 바랐다. 모델로서 서울에서 활동할 수 있는 입지를 다지는 일이 될지도 몰랐던 것.

그것을 미룰 만큼 오늘 이 만남이 의미가 있는 자리이기를 간절히 바랐다.

"모원모직이랑 계약을 했다지."

"네, 먼저 연락이 왔었습니다."

멍청한 서진이 자신을 알아보지 못해 벌어진 해프닝이라고 치부하기엔 속이 쓰린 모양이었다.

"네 덕에 내가 지금까지도 최검 집을 매해 챙기고 있는 건 알고는 있는지 모르겠구나."

혜린의 말이 의미하는 바를 서연은 짐작할 수 있었다. 하지만 그녀는 태연히 모르는 척하고 싶었다.

"그렇게 하신 줄은 몰랐네요. 그 말씀을 하고 싶으셔서 부르신 것이라면 돌아가겠습니다."

철저하게 혜린의 취향에 맞춰 꾸며진 집 안을 둘러보는 일도 지긋지긋했다. 이미 이 집이라면 잘 알고 있었다.

달리 시선을 던질 곳을 몰라 주변을 휘둘러보던 서연의 시선이 문득 맞은편에 앉아 있던 서진을 향했다. 그리고 서진의 시선을 보자 그녀는 자신의 안에 숨죽이고 있던 화가 들끓는 기분을 느꼈다. 비웃는 듯한 서진의 시선은 5년 전과 같았다.

자신은 이제 달라졌음에도 이들은 자신을 인정하지 않았다.

달라진 것을 인정하기에는 이들에게 자신의 존재는 그 자체로 부정이었기에 그 뿌리를 부정하는 이들에게 자신이 할 수 있는 것은 없었다.

"네가 서진이만큼만 현명했다면 애초에 이런 일이 벌어지지 않았겠지."

이들에게서 나오는 한마디 말조차 살갑지 않았다. 처음부터 자신을 향한 서늘한 칼날을 숨기지 않는 사람들이었다는 걸 잠시 잊었다는 사실에 우스워졌다.

"제가 도원모직의 모델로 일하는 것이 싫다면 계약을 파기하세요."

이처럼 하늘을 날아다닐 수 있다는 걸 그 누구도 알려 주지 않았다. 자신도 날아다니고 싶었다. 다른 사람들처럼 자신에게도 그럴 권리가 있다는 걸 보여 주고 싶었다.

"그러니 이와 같은 행동으로 절 휘두르려 하지 마세요."

서연은 부디 이 사람들이 자신의 앞을 막지 않기를 소원했다. 그들이 제게 한 모든 것들을 뒤로하고 그녀는 이들과 더 이상 엮이지 않기를 원했다. 그녀가 원했던 것은 다만 다른 사람이 누릴 수 있는 평범한 행복이었다.

짧게 인사를 건네고 사라지는 서연을 서진은 멍하니 쳐다볼 수밖에 없었다.

그 행복을 바라고, 원하고 그녀는 그렇게 짤막한 소망을 바랐다. 그럼에도 불구하고 마음 저편에 아직 남아 있는 갈망이 그녀를 앞으로 걸어 나가게 만들었다.

이들에게 자신이 당한 것만큼만 돌려주기를 바라는 그 소망.

서연이 나온 패션쇼 촬영 영상을 보며 현우는 저절로 올라가는 입꼬리를 내릴 줄 몰랐다.

“그만 웃어.”

가볍게 힐난하는 소리에도 그는 여전히 웃음을 멈추지 않았다. 진 회장이 싫어할 수 있었지만 그는 서연을 반드시 사람들 앞에 세우고 싶었다. 그리고 끝내 모두가 그녀를 좋아하게 만들고 싶었다.

“서연은 언제 와?”

서연의 스케줄을 관리하는 것은 현우였지만 그녀는 학교에서 만난 이들과 함께 팀으로 움직였다. 서연의 결심에 현우는 그저 따라 들어온 것이었고 오늘 저녁 도착한 엘리와 메이슨은 그런 서연과 언제나 함께하는 친구이자 동료들이었다.

“곧? 집에 다녀온다고 했으니까…….”

현우는 시계를 보며 시간을 가늠했다. 아마 거기서 출발하면 적어도 1시간은 걸릴 것이라는 추측으로 미루어 보아 10분 안에 그녀가 올 것이라는 예상을 할 수 있었다.

"그 멍청한 동생은 본인이 누구랑 계약한지도 확인 안 하고 이 난리를 만든 거야?"

엘리의 비웃음에 메이슨이 그런 그녀를 막았지만 소용없었다. 어차피 엘리의 성격이야 알 만큼 아는 현우조차 그러고 싶지 않았다. 사실, 엘리의 말이 맞았다.

회사를 대표하는 모델과 계약하면서 사진조차 확인 안 하는 멍청함과 게으름에 그 역시 비웃어 주고 싶었다.

그 덕에 서연의 주가가 더 올라가겠지만.

"그러게나 말야."

언제 문을 열고 들어온 것인지 서연이 어느새 룸으로 들어와 대화에 끼어들었다.

"서연!"

조용히 다가와 가방을 내려놓는 그녀를 향해 뛰어든 엘리가 아니었다면 현우는 언제 왔냐고 한마디 정도 물어봤을 것이다.

"엘리. 언제 왔어?"

말이라도 하고 들어오지, 라고 아쉬움을 토로하는 서연을 향해 대답을 한 건 언제나 그렇듯 메이슨이었다.

"엘리가 거기 일 빨리 마무리하고 가자고 졸라 대서. 여기 시간으로는 두 시간 전? 그때 도착했어."

메이슨의 말에 웃음을 터트리는 서연의 모습을 보며 현우는 탁자에 놓인 맥주 병을 잡으려 했다. 하지만 그보다 서연이 먼저 맥주 병을 집어 드는 바람에 그의 얼굴엔 놀라움이 가득 번졌다.

"마시게?"

"그럼 술을 마시려고 들지 뭐 하려고 들어?"

장난을 슬쩍 치는 모습에 그는 정말 그녀가 괜찮은 것이 맞는지 살펴보고 싶었다. 앞에 앉혀 놓고 맑은 두 눈을 보며 묻고 싶었다.

'괜찮아?'

하지만 그렇게 하지 않은 건 오랜 시간이 지나 더 단단해진 그녀를 믿기 때문이었다. 가다가 정말 힘들면 자신에게 기대지 않을까, 라는 믿음이 그런 의구심을 빠르게 지워 나갔다.

"계약은 어떻게 하기로 했어?"

돌려 말할 줄을 모르는 메이슨의 물음에 서연이 해맑게 대답했다.

"나랑 하기 싫으면 계약서에 명시된 대로 위약금 물고 깨라고 했어."

처음 만났을 때 현우는 서연이 누구인지 알고 있었다. 그 이야기를 당시에 바로 꺼내지 않았던 건 그녀를 향한 일종의 배려였다. 자신을 아는 사람이 싫어서 외국으로 나온 서연을 보고 알은척할 수 없었다.

서연이 가진 아름다움이 그녀를 더욱 빛나게 만들어 줄 것이라는 생각에 그는 긴 기다림을 택했다.

그렇게 천천히 서연의 옆에 자리 잡을 때쯤이면 그녀의 다친 마음이 아물지 않을까라는 생각으로 그는 기다렸다.

"잘했네."

현우는 서연의 말에 문득 상상을 하게 돼 웃었다. 도원그룹 안방마님이 얼마나 당황했을지는 보지 않아도 그려졌다. 그는 서연의 옆에서 웃을 수 있는 이 하루가 좋았다.

✻ ✻ ✻

까만 정적을 깨고 빛을 들인 건 회의실에 앉아 있던 서진이 아니었다. 서진이 제아무리 천방지축으로 날뛴다고 할지라도 굳은 얼굴로 앉아 있는 서원의 옆에서 어린아이처럼 굴 정도는 아니었다.

서연은 서진이 그쯤은 한다는 걸 알고 있었다.

"모두 이렇게 모여 계셨네요?"

살이 비칠 정도로 하늘 거리는 검은 블라우스에 블랙 진을 입고 선글라스 쓴 서연이 어둑한 정적을 깼다. 예전이라면 서원과 친해지고 싶어 입지 않았을 옷들을 그녀는 일부러 골랐다.

"일부러 그렇게 입은 거라면 소용없다. 그보다 네가 이 회사에서 할 일은 없을 것 같으니…….”

그와 같은 일련의 행동에 대한 이유를 안다는 듯 말하는 서원의 모습에 서연은 웃었다. 친애하는 오빠에게 보여 주려고 입은 옷만은 아니었다. 그저 무채색 같았던 자신이 조금 달라졌을 뿐인데 모두가 같은 반응이었다.

그들은 모두 자신의 변화를 생경하게 받아들였다.

마치 이 모든 것이 억지스럽고 부담스럽다는 듯.

“제가 왜 그렇게 한다고 생각하세요? 게다가 저와 계약을 한 건 도원모직 아니었나요? 한 회사가 계약서를 내밀었을 때는 그만한 사전조사를 하지 않나 싶은데……. 아닌가요, 오빠?”

서연은 자신이 그에게 ‘오빠’라고 지칭하는 것을 싫어한다는 걸 알면서 일부러 그 단어를 붙였다. 억울한 기분을 이렇게라도 풀고 싶었다.

아주 조금 이렇게 장난을 치다가 계약을 파기하겠다고 서진이 또 한 번 날뛰면 그렇게 할 생각으로 서연은 이 자리에 응했다.

어차피 서원이 합석했다는 것부터 계약을 실행할 의사가 없다는 것이었으니. 그녀는 잠깐의 장난으로 충분히 즐거웠다.

“장난 그만해라.”

화가 난 서원을 보면서 서연은 어깨를 으쓱거릴 뿐 다른 말은 하지 않았다.

"그래서 계약 파기 못 한다고?"

서진의 말에 서원이 귀를 기울이고 있다는 걸 서연은 알고 있었다. 그녀는 그 모양에 속으로 혀를 찼다. 그리고 이내 선글라스를 벗어 브라운색의 샤첼백 안에 집어넣으며 느릿느릿 입을 열었다.

"내가 할 수는 없어. 그랬다가 그 어마어마한 위약금을 내가 다 물어내라고? 나는 누구랑 하든 상관하지 않으니 정 하기 싫다면 네가 파기해."

상대방에 대해 알아보지 않은 건 너니까, 라고 덧붙여 말한 서연은 자신의 모양새가 퍽 얄밉겠다는 생각이 들었다. 이전에 서진이 자신에게 했던 행동에 비한다면 턱없이 모자랐지만 그녀는 문득 그런 생각이 들었다.

"그럼 내가 파기한다고 하면 하는 거야? 그럼 내가 파기할게."

"서진아!"

꽤나 자신과 함께 일하는 게 싫었던 모양이라는 생각이 그 순간 서연의 머릿속을 지나갔다. 그렇지 않고서야 계약금의 10배를 물어 주는 일이 쉽지 않을 것이라는 건 어린아이조차 알 수 있는 일이었다.

"고마워. 덕분에 난 돈 많아지겠다. 그럼 먼저 갈게."

서연은 자리를 털고 일어섰다. 등을 돌리고 나가는 그녀를 향해 서원의 서늘한 음성이 날아왔다.

"네가 이러고도 한국에서 활동하고 싶다는 건 아니겠지."

사람은 변하지 않는다는 걸 진작에 깨달았지만 다시금 확인하니 그녀는 괜스레 웃음이 밀려들었다.

"아니요."

서연은 변하지 않는 이들이 이제 안타까울 지경이었다.

"저는 제가 원하는 대로 할 거예요. 더 이상 시키는 대로 움직이는 인형이 아니라."

서연의 마지막 말이 회의실을 울리자 서원의 얼굴이 구겨졌다. 그러나 이내 그는 아무 일 없다는 듯 굳은 표정을 유지하고 있었다.

02.

# 너, 나 그리고 우리

서진은 쉬운 대상이었다. 그걸 모르고 있었던 시간이 우스울 만큼 서연은 두려움에 두 눈이 멀었던 시간이 한탄스러웠다.

"혼자 앉아서 술 마시는 여자."

어느새 옆에 누군가가 다가와 앉은 사실도 깨닫지 못한 채로 그녀는 홀로 블루 하와이를 마셨다. 옆에 앉은 사내가 말을 하지 않았더라면 서연은 끝내 자신의 옆에 누군가가 앉았다는 사실을 자각하지 못했을 것이었다.

"위험해. 오랜만이야."

그리고 이내 그가 누구인지 기억해 냈다. 서연의 얼굴에는 희미한 웃음이 걸렸다. 5년 전과 비교하자면 많이 나아졌지만 그녀는 그 아픈 기억이 싫었다. 그걸 떠올리게 만드는 그 어떤 것도 싫었다.

"아, 강 변호사님."

그래서 그녀는 반듯한 선을 그었다. 그가 제아무리 자신을 안다고 말해도 그녀의 기억에 강연호라는 사람은 존재하지 않았다.

"거리, 좀 둬 주셨으면 하는데요."

사실 바 안의 남자들이 아까부터 그녀를 흘긋거리며 쳐다보고 있었다. 대개의 경우는 서연을 알아보지 못했지만 연호는 달랐다. 그는 그녀를 한눈에 알아보고 다가왔다.

너무나 오랜만이라 그는 그녀가 아니라고 생각했다. 언제나처럼 그냥 자기 자신이 만들어 낸 허상에 불과하다고 여겼다.

"아, 거리."

그녀가 하는 말을 따라 하면서도 그는 웃고 있었다.

"언제 들어왔어?"

마치 어제 만난 사람처럼 행동하는 그를 물끄러미 보던 서연은 대답을 하지 않았다.

이럴 때는 자리를 피하는 것이 낫겠다 싶어 그녀는 자리에서 일어났다. 잔에 남아 있던 칵테일을 단숨에 들이켠 서연은 뒤도 돌아보지 않고 연호를 스쳐 지나갔다. 이전의 아픔을 떠올리게 하는 것이 무엇이든 그녀는 보고 싶지 않았다.

이 사내는 그녀로 하여금 그날 행복하던 한 쌍의 남녀를 떠올리게 만들었다.

연호는 의외의 만남에 웃음이 일어났다. 집에서 강행하는 서진과의 약혼을 순간 잊어버릴 정도로 그는 서연이 다시 한국에 들어왔다는 사실에 매우 기분이 좋아졌다.

"진서진하고 약혼한다며."

이미 한바탕 소문이 돈 것인지 연호는 자신을 안줏거리 삼아 이야기를 나누는 친구들을 흘긋 바라볼 뿐 말을 하지 않았다. 이런 애매한 태도가 가장 나쁘다는 걸 알고 있었지만 그는 집에서 정하는 혼처를 물릴 재주가 없었다.

재주라기보다는 적당한 이유가 없었다. 서진을 거부할 만한 이유, 그 명분이 없었다.

"그 집에서 가장 귀하게 자란 딸이잖아."

서진에 대한 이야기를 나누던 친구들이 옆길로 새기 시작했다는 걸 연호는 뒤늦게 깨달았다. 잠시 자리를 비운 사이 한창 무르익은 이야기는 어느새 서연을 주제로 이뤄지고 있었다.

"가장 불쌍한 건 걔지. 진서연."

"아, 그 정신 나간 최수빈이가 아무것도 없는 집 딸이랑 결혼한 얘기. 그게 왜?"

당시에는 정말 충격적인 이야기였다. 도원그룹의 딸이 보잘것없는 여자에게 밀려났으니 사람들은 서연에게 문제가 있었던 게 아니냐며 수군거리기 시작했고 그게 기정사실화되고 있었다.

사실 서연이 소송을 걸지 않았더라면 모든 오명은 서연이 독차지했을 것이 분명했다. 수빈도 서연이 집안과의 관계 때문에 끝까지 가지는 않을 것이라는 확신으로 관계를 어그러트렸던 게 분명했다.

"그거 진서연이 제대로 소송 걸어서 평생 먹고살 수 있는 충분한 돈을 받았다잖아. 최수빈이 돌아서 한 짓이지 뭐."

연호는 세간의 평가가 어떻게 돌아가든 당사자들만 잘 살고 있으면 될 일이라고 생각했던 자신이 어리석었음을 인정했다.

그는 타인의 입을 통해 흘러나온 이야기로 그런 생각들이 오만이었음을 인정하지 않을 수 없었다.

"게다가 진서연 이쁘지 않았냐?"

여기저기서 맞장구치는 소리에 그는 재킷을 챙겼다. 한시도 이곳에 더 머물고 싶지가 않아졌다.

그는 어렸던 그 아이가 다시 보고 싶었다. 조금 전 자신이 마주친 서연은 제가 알고 있던 아이가 아니었다. 조금 전 마주친 서연은 이전과 다른 분위기와 색채를 띠고 있었다. 이전처럼 무난하고 평범한 색이 아니라 화려한 그 무언가로.

서연이 기억을 하든 못 하든 그는 그녀를 알고 있었다. 그 사실만으로도 괜찮다고 생각했던 마음에 어느새 균열이 일어나고 있음을 연호는 미처 알아차리지 못했다.

✽ ✽ ✽

소파에 누워 스케치를 하고 있는 서연의 모습에 현우는 조심스레 다가가 그녀의 머리 위에서 주스 잔을 흔들었다.

단순히 자기 자신을 위해 틈틈이 하는 간단한 디자인 스케치일 뿐이었지만 현우는 그런 서연의 움직임을 반겼다. 학교에서 배운 것들을 잊지 않고 스스로를 위해 해 나가는 모습을 보는 것이 좋았다.

반색하고, 좋아하고, 그런 오롯한 감정을 비치는 사람은 그녀의 곁에 그가 유일했다. 그 마음이 고마워 그녀는 그를 밀어낼 수 없었다.

가끔 이토록 가까웠나 싶을 정도로 놀라는 순간이 찾아와도 그녀는 현우를 기꺼이 곁에 뒀다.

"어?"

놀란 서연의 시선이 잔을 따라 움직이는 것을 보고 그는 고갯짓으로 시간을 가리킬 뿐 다른 말을 하지 않았다.

서연이 이처럼 집중한 걸 근래에는 잘 보지 못한 것도 있었지만 조금 더 보고 싶었던 마음이었다.

조금 솔직해지자면, 서연이 예쁘게 준비하고 나가는 시간을 방해하고 싶었던 것일 수도 있었다. 그냥 진서연의 모습을 자신만이 보고 싶었다.

"나 늦었네?"

덤덤하게 일어나 주스를 받아 든 서연의 모습을 보며 현우는 장난스러운 웃음을 입가에 걸쳤다.

“어차피 여기서 십 분 거리인데, 뭐.”

오늘따라 서둘러 움직이지 않는 서연의 마음도 조금은 이해가 됐다. 그는 서연이 진 회장을 만나러 간 사이에 오랜만에 집에 들러야겠다는 생각을 하고 있었다.

“그렇긴 한데 이 모습으로 갈 수는 없잖아.”

말과는 다르게 홈웨어 차림의 서연을 보면서도 현우는 잘 어울린다고 생각하고 있던 중이었다.

“참, 나…….”

주스를 다 마시고 탁자에 놓은 서연이 이내 일어서서 방으로 들어가기 전 걸음을 멈췄다. 현우는 이제 서연이 무슨 말을 할지 행동만 보고도 쉽게 짐작할 수 있었다. 그럼에도 아는 척을 하지 않는 건 그가 지키는 일종의 선이었다.

“그 위약금 다 받을 거야.”

서연의 말에 그는 짐작은 했지만 아주 조금 의외인 면도 있어 그녀가 꺼낼 다음 말을 기다렸다.

“그러니까 그거 다 받아 줘.”

서연의 다짐에 현우는 그녀가 어제의 일로 상처받은 것이 아니라 다행이라고 생각했다. 그는 그녀가 상처받지 않기를 바랐다.

오직 그 하나만을 바라고 살아온 스스로의 삶을 돌아보지 않은 채로 그것만 바랐다.

"그래, 다 받아 줄게."

현우는 이내 방으로 사라지는 그녀에게서 시선을 떼지 못하고 그대로 서 있었다. 서연이 다시 나올 때까지 그는 그 자리에 오도카니 서 있었다.

옛날 한옥을 고수하던 할아버지의 마음을 어떻게 돌린 건지, 현우는 오랜만에 들른 집이 신기했다.

"할아버지 마음은 어떻게 돌린 거예요?"

"네 할아버지도 별수 있니. 때마다 보수해야 하고 쓸고 닦아야 윤이 나는 마루도 좋지만, 아궁이에 불을 지피는 것부터 예전 건 너무 손이 많이 가서 내가 힘들더구나."

어머니의 대답에 현우는 결국 웃음을 터트렸다. 며느리 사랑이 극진했던 할아버지가 결국 한옥을 현대식으로 개조하는 걸 허락한 것이 분명했다.

"넌 언제까지 외국에서 안 들어올 거니."

정인의 물음에 그는 슬쩍 대답을 회피하며 앞에 놓인 유자차를 마셨다.

"얘."

다시금 어머니가 자신을 불렀지만 그는 슬며시 시선을 피했다. 지금 대답을 할 수 있는 질문은 아니었기에 그는 딴청을 피웠다.

"여긴 안 본 사이에 많이 바뀌었네요."

"얼마나 있을 거니."

결국 먼저 손을 든 정인이 출국 날을 물어보는 것으로 더 이상의 질문을 하지 않겠다는 것을 암묵적으로 보여 주었다.

"글쎄요."

현우는 달리 계획이 있어서 들어온 길이 아니었다. 서연이 들어와야 할 상황이었고 자신은 그저 옆에 있고 싶어 없어도 괜찮은 보조 역할을 자처한 셈이었다. 모델 에이전시의 대표가 할 일이 없는 사람은 아님에도 그는 그렇게 했다.

소속사의 모델을 관리해 줄 수 있는 사람들은 많았다. 그럼에도 불구하고 그가 직접 지켜 내는 유일한 모델, 그 사람이 바로 서연이었다.

그에게 유일한 사람이 된 여자는 오직 서연뿐이었다.

오래전 언젠가부터 품었던 마음이 이토록 오랫동안 지속될 줄은 그도 몰랐다.

"언제까지 그렇게 지낼 거야. 혼자 있는 거 외롭지 않니?"

외로움을 묻는다면 달리 할 말이 없지만, 그는 확언할 수 있었다.

"아뇨. 아직은 괜찮아요."

외로움은 진서연이라는 여자가 더 이상 자신의 옆에 있지 않을 때 가능한 일이었다. 지금은 옆에서 동료든, 친구든 무엇이든 간에 함께할 수 있으니 그것으로 괜찮았다.

그러니, 외롭지 않다.

"어미 말 한번 잘했다."

언제 들어오신 건지 기척 없이 들어온 할아버지의 등장에 현우는 단번에 몸을 일으켜 세웠다.

"들어오셨어요."

"네가 무슨 홍길동이 아비도 아니고. 오면 온다 연락을 해야 할 게 아니냐."

투덜거리는 소리에 현우는 그저 웃고 말았다. 평소 같으면 연락 없이 들어온 게 괘씸하다고 못 본 척 지나치셨을 분이 어쩐 일인지 투덜거리니 귀엽기까지 했다.

"할아버지."

현우는 자리에서 일어선 김에 인사를 올리고 나가야겠다고 생각했다. 그런 그의 생각과 달리 할아버지가 왜인지 딴청을 부리기 시작해 그는 난감했다. 지금 일어서야 서연이 진 회장님과 만나고 헤어질 즈음이 될 것 같았기 때문이다.

할아버지가 방을 나가 안채로 들어가 버리셨다. 덕분에 서연이 좋아하는 마카롱도 사 들고 들어가려고 했던 그의 계획이 조금씩 수정되기 시작했다.

"할아버지."

안채 앞으로 가 다시 한 번 더 불렀지만 불러도 대답이 없는 할아버지를 보며 현우는 어쩔 수 없이 안채에 발을 디뎠다. 들어오라고 말씀하시지는 않았지만 듣지 못한 것은 외려 할아버지이므로 그는 뻔뻔스럽게 굴었다.

"저 가요."

"저가 누구고."

으레 집을 나설 적마다 건네는 인사라는 걸 알면서도 할아버지는 늘 이렇게 발길을 붙드셨다.

"다음에 다시 올게요."

현우는 인사를 건네고 자리를 털고 일어섰다. 곧장 안채를 나서는 그의 등 뒤로 정정한 음성이 날아들었다.

"다음에는 손주며느리나 봤으면 원이 없겠다. 안 그러냐, 어미야."

할아버지의 말에 정인이 소리 죽여 웃는 모습을 보며 현우는 고개를 슬며시 내저었다. 당분간은 오지 않는 것이 좋겠다는 생각을 하며 그는 서연이 돌아올 호텔로 걸음을 옮겼다.

* * *

현우가 서연을 본 것은 정말 우연이었다. 그는 앞으로의 삶의 방향을 정하고 싶었던 평범한 대학생이었다.

헌데, 어지러운 마음을 다스릴 겸 갔던 강가에서 그는 그녀와 마주쳤다. 고즈넉한 강가에 서 있던 여자의 모습이 마치 한 폭의 그림처럼 아름답다고 생각할 정도로 그는 오직 그녀 하나만을 눈에 담았다.

집에서 자신을 찾는 전화가 울릴 때까지.

이내 그녀가 떠나고 어둠이 주위에 가득히 내려앉을 때까지 그는 자리를 뜨지 못했었다.

나중에야 안 사실이지만 도원그룹에서는 서연을 웬만한 자리에는 내보내지 않았기에 일면식조차 없을 수 있었던 것이다. 자신 또한 그런 사교적 활동을 싫어했으니 마주칠 수 있는 확률은 적었다.

설령 만났다고 할지라도 그때의 그 모습처럼 강렬하게 남지는 않았을 것이라는 생각이 지배적이었다.

"무슨 생각 해?"

서연의 물음에 현우는 다시 현실로 돌아왔다. 잠시 생각에 잠긴 그를 보며 고개를 갸웃거리는 그녀의 모습이 사랑스러웠다. 친구가 아닌 연인이었다면 이런 감정이 더 짙어질 수 있겠지만 그는 애초에 반쯤 포기하고 이 관계를 택했다.

미국에서 처음 만난 서연에게 있어서 '남자'는 수빈과 연관되어 있었다. 그런 상태에서 다가가는 것은 무리였다. 그는 애초에 승률이 적은 관계보다 오래 지속될 수 있는 그런 관계를 원했다.

비록 지금의 관계가 후에 자신에게 상처를 입히게 될지라도 후회는 할 수가 없었다. 지금 이 순간에 감사할 수밖에 없으니까.

"그냥. 너 강가에 서 있었던 거?"

생각했던 것 대신 현우는 다른 때를 이야기했다. 하지만 서연은 그게 언제를 말하는 것인지 바로 알아챘다.

"아…… 그거. 그땐 뭐, 좀 상황이 그랬잖아. 근데 갑자기 그건 왜? 나 그렇게 있는 모습이 보기 좋았던 거야?"

그때와 달리 이제 그녀는 많이 표현할 줄 아는 사람이 되어 가기 시작했다. 현우는 그 모습을 보며 늘 지금만 같기를 소원하던 마음을 다시 돌아볼 수밖에 없었다.

정말 이대로가 좋은 것인지.

"글쎄. 근데 진 회장님하고는 뭐 했어?"

"그냥, 밥 먹었어."

서연의 말에 생각을 멈춘 현우는 그녀가 하는 이야기에 귀를 기울였다.

"근데, 그 집 사람들 요즘 분해하고 있데……. 내가 나온 화보가 좀 사기이긴 한데. 어떻게 그럴 수 있냐던데? 못 알아본 건 그 사람들 아냐?"

서연의 말에 현우는 웃음을 터트렸다. 보지 않아도 도원그룹의 안방마님이 얼마나 분해했을지 상상이 돼 절로 웃을 수밖에 없었다.

"그건 네 말이 맞다. 얼마나 광고를 하고 다녔는데. 너 화보 웬만한 건 다 받아 줬잖아."

그래서 요즘 진 회장님이 그 집안에서 시달리시는 모양이었는데 서연의 정확한 계획을 아는 그는 그저 웃을 수밖에 없었다.

"너 여기서 멈추고 싶으면 말해."

그 계획은 서울로 들어오기 전 서연이 자신을 먼저 찾아왔던 것으로부터 시작됐다.

"아냐. 난 꼭 그렇게 하고 싶어."

늘 그렇게 어린아이같이 떼를 쓰는 서진의 성격상 계약이 파기될 걸 서연은 미리 알고 있었다. 그럼에도 그녀는 서울로 들어가겠다고 말했다. 그리고 모델 제인이 도원모직과 함께 일하는 사실을 모든 곳에 알리게 했다.

사실, 그 과정에서 현우는 애를 먹었지만 굳이 서연에게 알리지는 않았다. 서연이 원하는 것이 무엇이든 들어주고 싶었다.

"가다가 이 길이 아닌 것 같으면 말해."

그렇지만 그는 그녀가 아파하지 않았으면 좋겠다는 바람이 더 컸다.

"정말 아닌 것 같으면 말해."

그는 다시 한 번 강조했다. 그녀가 행여 후회하고 있음에도 멈추지 못하고 앞으로 나아가게 될까 봐.

"아냐."

단호한 음성이 이어졌지만 현우는 말을 이어 갔다.

"돌아올 수 있는 길, 내가 만들게. 그렇게 할 수 있어."

지금 혜린은 도원과 서연을 두고 골머리를 앓고 있을 것이었다. 이 상황조차 서연이 원했고 자신이 계획한 것이었다. 이

내 그들은 10배의 위약금 대신 주식을 주겠다는 제안을 하게 될 테니.

그것조차 그녀가 원했다.

그리고 자신이 그렇게 만들었다.

그렇게 그는 그녀가 원하는 것이 무엇이든 다 들어주고 싶었다. 설령 그것이 자신의 모든 것을 걸어야 하는 일이라고 할지라도 그는 그렇게 해 주고 싶었다.

현우는 이내 마카롱이 맛있다며 이야기하는 서연의 음성에 귀 기울였다. 그리고 아무 일도 없었다는 듯 그는 그녀의 옆에 앉아 서연의 모습을 스케치를 했다.

.이내 서연이 스케치를 하다 자신의 어깨에 기대어 잠들 때까지 그는 움직이지 않았다.

현우가 계획한 대로 흘러가는 상황에 서연은 웃음이 났다. 혜린은 자신에게 당한다는 생각에 두 눈이 멀어 버린 모양이었다.

"돈으로 물어야 한다는 계약은 없었으니 주식으로 받아 가."

서원의 말에 서연은 입가를 비집고 나오는 웃음을 막을 길이 없었다. 이들이 계산하지 못한 경우도 있다는 사실이 그저 놀라웠다. 그건 외국으로 훌쩍 떠나 버리기 전의 그녀였다면 상상하지 못할 일이었다.

"그렇게 할게요."

"도원그룹 주식으로 환산해서 줄 테니 그렇게 알고 있어."

서연은 웃음이 났다. 서진의 주식을 자신에게 줘야 하는 이 상황에서 그들은 어떤 생각으로 움직이고 있는 것일까 싶었다.

"그럼 제가 가진 주식이 얼마나 되는 건지 물어봐도 될까요, 오빠?"

그녀의 말에 서원의 얼굴이 일그러졌다. 그는 그녀에게 '오빠' 라는 호칭을 진심으로 듣기 싫은 모양이었다.

"네가 가진 건 고작 12%밖에 안 돼. 쓸데없는 생각을 한다면 내가 네가 가진 전부를 빼앗아 올 거다."

그의 경고가 이제는 무섭지 않았다.

"그거 경고 맞죠? 저는 말이에요. 사실 다시 들어오고 싶은 생각이 거의 없었어요. 서진이가 계약서를 보내면서 하도 계약을 해 달라고 해서 이렇게 들어오게 된 거거든요."

서연은 오늘 잡힌 또 다른 약속이 하나 떠올랐다.

"아실지 모르겠지만 저는 한국에서 오는 화보촬영 건만 제외하고는 많은 활동을 하면서 지냈어요. 사실 사진으로 찍힌 사람과 저를 매치시키는 게 힘들다고는 하지만 몰라봤다는 게 의외였어요."

인정을 했든, 하지 않았든 가족으로 지낸 시간이 있었음에도 몰라봤다는 사실에 놀란 것은 외려 그녀였었다. 처음 아버지를 통해 들은 그 이야기에 놀라 웃음을 터트린 것도 무리가 아니었다.

"이제 그만 가."

지친 기색이 역력한 서원의 음성에도 서연은 움직이지 않았다. 처음 앉은 그 자리에 그대로 앉아 그에게 말을 하고 있었다.

"저에게 양도가 끝나면 나갈게요. 그러니 지금 진행해 주세요. 제가 확실한 서면으로 보장받을 수 있게."

"너."

서원이 화를 냈지만 서연은 그조차도 두려워하지 않았다. 문득 이토록 화를 내는 서원의 모습에 그녀는 한 가지 가정이 떠올라 입을 열었다.

"이제 도원에서 서진이가 있을 자리는 없겠네요. 그렇지 않나요? 아니면 오빠가 사랑하는 동생을 위해 주식을 일부 포기한 건가요?"

이 사람에게도 동생을 위하는 극진한 마음이 있는 것인가 싶어, 그녀는 궁금했다.

"네가 상관할 바 아니다."

선을 그어 밀어내는 그의 말에 서연은 더 이상 상처를 받지 않았다. 이제는 익숙해져 버린 말과 행동들에 그녀는 어느새 타인이 되어 버렸다.

"그렇죠. 헌데, 저 이제부터는 이사회도 참석할 수 있겠어요. 12%면 어머니의 보유량과 비슷하지 않나요?"

굳은 얼굴로 있던 서원이 결국 화를 내며 변호사가 적은 서류라고 종이 뭉치를 던져 줄 때까지 그녀는 그의 신경을 긁는 말을 계속했다.

일부러 그를 화나게 하기 위해 말한 것은 아니었다. 그저, 궁금한 게 있으면 물어보고 말하고 싶은 것이 있으면 했을 뿐이었다.

그녀는 변호사가 작성하고 서원의 사인이 들어간 계약서를 받고 자리에서 일어섰다.

그리고 이내 그녀는 간단한 인사만을 건네고 서원의 사무실을 나섰다.

오랜만에 서연의 화보촬영을 처음부터 함께한 현우는 기분이 새로웠다. 서연은 서연일 뿐인데 사람들은 그 앞에 수많은 수식어를 붙였다.

그는 그런 수식어들이 마음에 들지 않아 그녀가 '진서연'이라는 사실이 새어 나가지 않게 막았다.

원래부터 그녀에 대한 이야기는 루머나 소문밖에 없었으니 이럴 때는 혜린의 얄팍한 수가 고마웠다. 모델도 이미지로 먹고 사는 것이 생명이니 미리 포장을 하기도 전에 사람들의 머릿속에 선입견이 각인된다면 되돌리는 데 시간과 노력을 많이 기울여야 할 것이었다.

"혼자 할 수 있다니까. 안 바빠?"

어느새 옷을 갈아입고 옆에 앉은 서연의 물음에 현우는 웃을 뿐 별다른 말은 하지 않았다.

"나 때문에 미안해."

갑작스레 서연이 미안하다는 이야기를 꺼내 그는 놀랐다. 혹여 며칠 전 위약금을 받겠다고 혼자 오빠를 만나러 가서 무슨 일이 있었나 싶었다.

"왜?"

하지만 그는 내색하지 않고 물었다. 그는 침착하지 않고서는 이 모든 것들을 컨트롤할 수 없게 된다는 걸 누구보다 잘 알고 있었다.

"내가 피해만 주는 거 같아서……."

현우에게는 서연이 왜 그런 생각을 하게 됐는지는 중요하지 않았다. 그가 중요하게 생각하는 건 그녀의 마음이 어디를 헤매고 있는지였다.

"그렇게 생각하지 마."

기다리다 보면, 그렇게 기다리다 보면.

어느 날에는 서연이 행복해지고, 자신이 그 옆에 있는 날이 있지 않을까.

일말의 기대가 자신에게는 살아갈 수 있는 거름이 된다는 사실을 서연이 알게 된다면 두려워하지 않을까.

그는 그녀가 그런 생각을 할까 봐 두려웠다. 그런 생각들이 머릿속을 잠식하고 그 마음들이 자신에게 닿아 절망이 제 모든 것을 뿌리째 흔들면 견딜 수 없을 것 같았다.

"하지만, 네가 하는 것들은……."

그는 서연이 자신을 향한 마음에 미안함을 덧입히기 전 서둘러 말을 꺼냈다.

"그 주식 어떻게 해야 하는지 알고 있지?"

그의 물음에 그녀는 작은 몸짓도 하지 않았다. 그저 가만히 앉아 천천히 입을 뗐다.

"알아."

도원그룹에서 진 회장님의 주식보유량과 서연의 것을 합치면 세 사람을 위협하는 일쯤은 간단해진다. 그동안 그들이 자금을 모두 쏟아 주식을 사 들이지 않는다면 분명 자리가 위태로워질 거라는 것쯤은 간단하게 알 수 있는 사실이었다.

그리고 그에 대한 대비책으로 분명 흔들리는 도원모직을 팔 것이 분명했다. 누구에게 파는지는 그들에게 중요하지 않았다.

지금의 위기를 넘기고자 아버지가 아끼는 모직을 팔게 되는 것으로 충분한 경고가 될 것이었다.

"나는 악해질 거야."

그녀의 말에 그는 웃었다. 어느새 서연은 이만큼이나 단단해졌다. 여리고 순종적이었던 서연을 생각하던 사람들은 당황할 것이 분명했다.

그들의 머릿속엔 분명 결정적인 순간에는 서연도 이내 그 모습을 벗고 순종적으로 돌아올 것이라는 생각이 있는 것이다.

"그래, 그렇게 해."

그녀가 그렇게 해도 괜찮을 만큼의 시간을 보낸 것을 알고 있는 그로서는 다른 말을 할 수가 없었다. 섣부른 위로는 상처가 될 수 있다는 걸 그는 잘 알고 있었다.

* * *

누가 먼저라고 할 것도 없었다. 서연은 작고 귀여운 아이를 안고 있는 여자를 봤고, 그들은 서연을 봤다. 그리고 그 자리에 서서 움직이지 못하고 있었다. 결국 먼저 걸음을 옮긴 것은 서연이었다.

"오랜만이야."

그녀는 그들의 앞에 섰다. 누가 무어라 해도 단란한 한 가족이 된 그들을 보자 알 수 없는 감정이 그녀를 덮쳐 왔다.

아이는 어린 날의 자신처럼 순진무구했다.

"아, 어."

"그때 나오지 그랬니."

그녀는 내내 하고 싶었던 말을 꺼냈다. 자신이 그토록 했던 부탁은 무시하고 지금의 아내가 된 여자에게 갔던 남자였다. 한 번은 마주칠 수 있을 것이라고 생각했지만 지금 이렇게 마주친 것은 조금 의외였다.

"그, 그만 가세요."

얼굴을 보여 주지 않고 꽁꽁 숨겨 놓던 그의 여자. 서연은 아직도 그 사실들에 상처를 받지 않았다. 그저 오늘의 이 우연이 과연 우연이었을까 싶었다.

마치 아이가 들으면 상처가 될 것이라는 듯 여자는 자신을 경계하며 품에 안고 있던 아이를 땅에 내려놓고 등 뒤로 숨기기에 급급했다.

"가벼운 인사였는데, 제가 무슨 사자라도 되는 것 같네요."

"가던 길이면 가라."

그들은 여느 부부들처럼 행복한 얼굴로 서 있었다. 자신은 고작해야 오늘 이곳에서 있을 미팅에 참석하려고 온 것뿐이었다. 그 행복한 얼굴들을 보니 궁금증이 일어나 말을 먼저 건넸다.

"만일에 말야."

아버지의 바람대로 자신이 참았더라면, 이라는 가정이 문득 생겼지만 그럴 확률은 적었을 것이다. 그 여자의 품 안에서 바르작대는 여자아이를 본 순간 그녀는 자신의 어린 시절이 떠올랐다.

그 순진함에 서원도, 서진도 그리고 그들의 엄마인 혜린도 자신을 어쩌지 못해 싫어하고 미워하는 것뿐이었다.

그 사실을 알고 있었지만 그녀 역시 인정하고 싶지 않았다. 그걸 인정하면 스스로가 그들이 말한 것처럼 진짜 세컨드의 자식, 주홍글씨로 굳어지게 될까 봐 인정하고 싶지 않았다.

그녀는 그들을 한 번 쳐다보는 것으로 하고 싶었던 말을 접었다. 아이가 움직이는 모습을 보던 그들이 뭔가 안절부절못하는 것처럼 보였다.

이미 소문은 다 났는데 숨길 것이 있을까 싶었다. 자신은 그룹에서 얼굴이 나가지 않게 막아서 알려지지 않았지만 그는 검사 활동을 하면서 그 분야에서는 얼굴을 모르는 사람이 없었다. 더욱이 이혼으로 한 번의 홍역을 앓고 난 뒤에도 그는 적당한 잠적기를 가진 뒤 서울로 돌아와 살아가고 있었다.

그녀는 오늘 자신이 이곳에 온다는 걸 누가 알고 있는지 머리를 굴렸다. 우연이라고 하기엔 석연치 않은 부분이 있었다.

그사이 그들은 서연을 지나쳐 바삐 걸어가기 시작했다. 그들이 멀리 사라지는 모습을 보면서도 그녀는 돌아설 수 없었다. 갈 길이 다른 서로의 모습이 이제 낯설지만도 않았다.

기쁘게 지금의 삶을 받아들이고 기꺼이 즐길 것이라고 생각했던 스스로의 다짐 하나가 무너지는 기분이었다.

"서연!"

생각에 잠겨 걷던 그녀를 엘리가 불렀다. 서연은 환한 얼굴로 손을 흔드는 그녀를 보며 걸음을 서둘렀다. 현우가 오늘 일이 있다고 하더니 엘리를 붙인 모양이었다.

"어떻게 왔어?"

"현우가 보냈어. 안 가면 프리랜서고 뭐고 해고라던데?"

현우의 흉내를 내는 엘리를 보며 서연은 웃었다. 오늘의 자리는 의외의 부분에서 시작되긴 했지만 그녀는 거절하지 않았다. 적어도 기획 정도는 들어 보고 싶었다.

이전에 혜린으로 인해 일방적으로 약속을 깼던 적이 있었기에 미안하기도 해서 그녀는 다시 연락을 취해 온 사람을 만나러 온 것이었다.

이야기를 경청하던 서연은 비어 버린 잔을 응시하다 천천히 입을 열었다.

"그래서 서지원 PD님은 절 심야라디오 진행자로 올리고 싶으시다는 거네요?"

얼마 전 알레로 잡지에 실린 인터뷰를 보고 연락을 했다는 PD는 좋은 라디오 프로그램을 만들어 보고 싶다고 열의에 가득 차 말을 하기 시작했다.

"사실 서연 씨가 나온 화보는 다 봤는데, 화보랑 실제랑은 조금 다르시다고 생각했습니다. 하지만 지금 모습이 사람들에게 더 좋게 다가갈 거라고 생각하는데요."

그의 말에 서연은 기분 좋은 웃음을 터트렸다. 다른 이들의 이목이 집중되기 시작했다는 걸 잊을 정도로 그녀는 기분이 좋았다.

모델로서 이름을 알리긴 했다. 하지만 그건 어디까지나 같은 업계에서 일하는 사람들 사이의 일이었고, 대중에게는 잘 알려지지 않았다.

오늘의 일은 대중에게 이름을 알릴 수 있는 기회가 될 것이었다.

한국에서 활동을 하지 않았던 건 가족들을 마주치고 싶지 않아서였다. 그러나 이미 한국에 들어왔고, 그들을 몇 번이나 마주친 이상 더는 자신에게 온 기회를 걷어차는 행동은 하지 않을 작정이었다.

"저는 받아들이고 싶지만……."

"서연!"

엘리의 외침에도 서연은 물러나지 않았다. 그녀는 현우가 위험은 모두 막아 줄 것을 알고 있었다. 무엇을 하든 가장 안전한 길을 일러 주는 이 역시 그라는 걸 그녀는 알고 있었다.

5년 전 그때처럼 그는 항상 그러할 것이라는 믿음이 그녀 안에 자리 잡고 있었다. 어쩌면 가장 이기적인 사람은 자신일 수 있었다. 스스로의 아픔을 무기 삼아 그를 흔드는 가장 나쁜 여자.

"보시다시피 이런 반응들이라. 저도 좀 걱정이네요. 저 좋자고 흔쾌히 받아들이기도 어렵구요."

"그런 걱정은 하지 않으셔도 괜찮을 것 같아요. 다만, 그 인터뷰에서 말씀하신 내용이 에디터가 대부분 가공하지 않은 서연 씨의 진솔한 이야기였다면, 저는 하고 싶습니다."

그녀는 이야기가 이렇게 흘러가자 PD와 단둘이서 이야기를 해야겠다고 생각했다.

"엘리, 나 부탁 좀……."

"노. 절대 안 돼. 현우가 네 옆에서 한 걸음도 떨어지지 말라고 신신당부했어."

엘리의 단호한 말에도 서연은 웃음 지었다. 계속해서 우겨도 결국 옆 테이블에 옮겨 앉는 정도로 현우의 당부를 지킬 친구라는 걸 알기 때문이었다.

5년 전에는 결코 가지지 못한 삶이 제게 있었다. 그러니 더는 혜린이 무섭지 않았다.

무엇을 하든 자신은 하고 싶은 걸 할 수 있는 자유가 있었다. 그런 마음이 넘실거려 손에 잡히기까지 했다. 그녀는 서 PD가 결코 알지 못하는 사실을 말해 주고 싶었다. 그래도 할 수 있을지가 의문이었지만 남을 속이면서까지 프로그램을 맡고 싶지는 않았다.

오늘의 제안은 그녀에게 의외의 프러포즈였기에 그녀는 솔직해지고 싶었다. 거짓으로 받아들이는 자리는 필요 없었다. 내가 해냈지만 내 것이 아닌 기분이었기에 그녀는 적어도 그렇게 하고 싶었다.

*** 

브루클린의 주택가. 그 앞 계단에 멍하니 앉아 있는 여자를 본 남자는 차마 걸음이 떨어지지 않았다.

"여기 살아요?"

결국 그는 여자의 앞에 섰다. 그게 얼마나 멍청하게 보였을지는 신경 쓰지 않았다. 다만, 그는 여자의 태가, 그 모습이 눈에 박혀 떨어지지 않아 어쩔 도리가 없었다.

"……아뇨."

여자의 대답에 그는 천천히 그 옆에 앉아 여자를 바라봤다. 그리고 이내 기억해 내고 말았다. 그가 20살이었던 해 어느 자선파티에서 본 여자. 그곳에서 한눈에 반해 내내 찾았지만, 그가 찾고 난 후에는 이미 늦어 버렸던 여자.

겨우겨우 찾아낸 여자가 22살의 어린 나이에 결혼식을 올렸다는 소식에 그는 미뤘던 학업을 마치기로 계획했다. 그렇게 다시 공부를 시작하고 건너온 미국이었는데 이렇게 만나게 될 줄은 몰랐다.

"누구 기다려요?"

"……아뇨."

내내 같은 대답을 하고 있었지만 그는 채근하지 않았다. 그는 그녀가 왜 이곳에 혼자 있는 것인지 궁금했다. 도원그룹의 첫째 딸은 남매 중에서도 진 회장이 가장 아끼는 자식이라는 소문도 있었다. 한때는 그랬지만 그녀의 결혼으로 인해 그 소문은 거짓이 아니겠냐는 추측들이 대부분이었다.

"혼자 왔어요?"

짧은 물음이 지속적으로 이어지자 여자는 대답 대신 자신을 바라봤다.

"그렇게 보지 말아요. 그냥 여기에서 한국 사람을 만났다는 게 반가워서 그런 거니까."

그는 여자가 조금 더 웃었으면 좋겠다고 생각했다. 지금처럼 우울한 얼굴로 무표정하게 있는 것이 아니라 다채로운 표정으로 감정을 표현했으면 좋겠다는 바람을 마음에 품었다. 지금으로서는 그거 하나면 바랄 것이 없을 것 같았다.

"절…… 아세요?"

여자의 물음에 그는 대답하지 않았다. 다시 물을 뿐이었다.

"태가 고운 거 알아요? 그렇게 주저앉아 있어도 한눈에 보일 만큼."

두 눈을 동그랗게 뜨는 여자의 모습에 그는 웃음을 터트렸다. 여자는 자신을 두고 하는 말인지 짐작조차 하지 못하는 눈치였다. 오늘 그가 해야 할 일은 분명했다. 진 회장의 첫째 딸에 대한 모든 이야기를 모으는 일.

"그쪽이요. 그렇게 입고 앉아 있어도 예쁜 거 알아요?"

여자가 입고 있는 건 색바랜 청바지와 하얀 민소매 티 하나였다. 그는 그렇게 있는 모습이 어쩐지 아름다워 보였다. 뉴욕에 있는 그 어떤 모델과도 비교할 수 없을 만큼.

"……저요?"

멍하니 묻는 여자를 보며 그는 진 회장에게 어떻게든 연락을 해야겠다고 생각했다. 그는 조금씩 여자의 옆에 설 생각이었다.

"네. 내 이름은 신현우예요."

그렇게 친구이든, 동업자이든 상사이든……. 그 어떤 형태로든 여자의 옆에 서서 함께 가고 싶었다.

"모델 해 볼래요?"

현우는 진서연이라는 여자가 이곳에 온 이유가 무엇이든 개의치 않을 생각이었다. 어쨌든 지금은 자신의 옆에 있으니 무엇이든 상관없었다.

* * *

문득 스쳐 지나간 과거의 기억에 현우는 웃음을 흘렸다. 그 모습을 보던 한호는 의아할 수밖에 없었다.

서연의 아버지이자, 이 모든 사달의 원인을 제공한 그가 자신의 모습을 보고 웃는 것도 어느 정도 이해할 수 있었다.

그는 오직 그녀를 위해 움직였고, 생각했으며, 행동했다.

그것이 생을 살아가는 유일한 목표라는 듯 그렇게 결정한 것에 후회는 없었다.

"자네가 이렇게 해 준 건 고맙지만……."

사업할 때 가장 중요한 이익도 제대로 챙기지 않으면서까지 딸아이를 위해 주는 현우는 한호에게는 은인이나 마찬가지였다.

딸의 안부가 궁금했지만 그는 직접 연락할 수 없었다. 연락하지 말라던 딸의 당부가 있었기도 했지만 그는 스스로가 죄인 같았다.

만일 자신이 서연의 결혼에 나서지 않았더라면, 이라는 가정 하나를 포기할 수 없었다. 좋은 집안이라고 시집을 보내지 않았더라면 더 나은 삶을 누릴 수 있었을지도 모른다는 마음이 그를 무겁게 눌렀다.

"저는 그저 서연이가 행복했으면 하고 바랄 뿐입니다."

그 긴 시간 그가 바란 것은 오직 그 하나뿐이었다.

"자네……."

한호가 자신을 신경 쓰는 이유는 분명했다. 눈에 넣어도 아프지 않은 딸이 상처투성이가 되어 울부짖는 소리를 다시 듣고 싶지 않기 때문이라는 것을. 현우는 이 모든 상황이 우스웠다.

"그래서 저는 서연이가 원하는 것이 무엇이든 다 들어줄 생각입니다."

"어르신이 자네의 혼처를 그리 꼼꼼히 따진다지."

한호의 말에 현우는 말을 멈췄다.

"우리 아이가 어르신의 눈에 들지 않을 걸세. 그러니 그냥 동료로만 남아 주면 좋겠네. 그간 자네가 우리 아이에게 해 준 일은 두고두고 내 고마워할 걸세."

"그러지 마십시오."

도원그룹 안에서 한호와 이런 이야기를 주고받는 것 자체가 이미 선을 넘은 것이었다. 현우는 그를 잘 알고 있었기에 다시 입을 열었다.

"그러지 않으셔도 됩니다. 저는 서연이가…… 그저 행복하기를 바랐을 뿐. 대가를 바라지 않습니다. 그 마음에 부담으로 남기를 바라지도 않습니다."

서연이 자신을 친구 이상으로 보지 않고 있다는 사실이 오늘따라 슬펐다. 현우는 그 사실에 주저앉아 울고 싶을 정도였다. 자신의 입으로 뱉어 낸 사실조차 슬펐다.

대가를 바라지 않았지만.

더없는 고통이 스스로를 옭아매고 있었다.

그녀를 바라지 않았지만.

그녀를 가지고 싶어 하는 마음이 마음을 베어 내고 있었다.

* * *

연희동 본가의 거실에는 진가 사람들에 더해 연호가 함께 있었다. 식구들이 모두 모인 자리에서 연호가 집중하지 못하고 있자 서진은 입술을 삐죽거렸다.

"오빠?"

"아……."

연호가 답지 않게 멍하니 앞을 쳐다봤다. 그 모습을 지켜보던 서원의 시선이 날카롭게 빛났지만 그는 한호가 있는 자리에서 자신의 생각을 입 밖으로 내뱉지는 않았다.

"오빠가 우리 결혼식은 언제로 잡으면 좋을지 물어보잖아. 오빠는 언제가 좋아?"

해맑게 웃는 서진의 얼굴을 볼수록 연호는 5년 전 서연의 얼굴이 떠올랐다. 쉬이 대답을 하지 못하고 시간을 끌고 있는데 부엌에서 일하던 아주머니가 서둘러 거실로 나왔다.

"회장님, 아가씨가 오셨습니다."

이 집에 아가씨라고 불릴 사람, 연호는 서진을 제외하고 단 한 명 남는다는 것을 알고 있었다. 혜린이 그렇게도 숨겨 놓고 키우고 팔아 치우듯 시집을 보낸 도원그룹의 첫째 딸.

그리고 어린 시절 제 첫사랑.

그 사람이 오늘 온다는 사실을 그는 몰랐다. 그리고 이 자리에 있는 사람들 중 한호를 제외하고는 다들 몰랐던 듯했다.

"늦어서 죄송합니다. 오늘 선약이 있었어요."

거실로 들어선 서연은 무채색에 가까웠던 이전과 달리 화려한 색을 가지고 있는 것 같은 모습이었다.

"아니다. 왔으니 됐다. 앉아라."

이미 이 자리에 있어서 서연은 스스로가 불청객이라는 사실을 알고 있을 것이었다. 혜린과 서원의 시선이 매서웠다. 이 가족들 중 한호만이 유일하게 서연에게 다정하게 말하고 행동했다.

그 모습이 마치 한 편의 희극과도 같았다.

"바쁘면 오지 말지 그랬어. 이렇게 애매하게 와서 내 결혼식

날 잡는 거 방해하지 말고."

서진의 태도에 연호는 입안이 썼다. 그동안의 시간들을 애써 추측하지 않아도 알 수 있을 정도로 이들은 서연을 싫어했다. 그리고 적대적이었다.

배다른 동생, 그리고 언니인 그녀를 달갑게 맞이할 리 없는 사람들이라는 걸 잘 알고 있었음에도 그는 바랐었다.

그녀에게 다정한 오빠, 여동생이 생긴 것이기를…….

"그러게. 사모님이 미리 언질을 주셨으면 좋았을걸. 아무도 말해 주질 않으니 몰랐네."

사모님, 이라고 부르자 혜린의 몸이 흠칫 굳는 것을 쉽게 알아차릴 수 있었다.

"강변이 오해하겠네. 오해하지 말아요. 워낙 본데없이 밖에서 돌아다니는 걸 좋아하는 아이라……."

혜린의 말에 앞에 놓인 아이스 커피를 들던 서연이 입꼬리를 말아 올리며 말했다.

"아니. 제가 사모님 딸 아닌 거 모르는 사람 있나요."

"서연아."

한호가 서둘러 서연을 불렀다. 하지만 그녀는 멈추지 않았다. 거실로 들어선 순간 연호의 시선이 자신에게 고정되어 있음을 알아차린 그녀는 쉽게 알 수 있었다.

5년 전에 바에서 만난 남자가 그라는 걸, 그리고 5년 만에 돌아와 같은 바에서 다시 만난 남자 또한 그라는 것을.

"모른다고 하는 사실이 더 웃기지 않을까요. 게다가 얼마 전 제가 인터뷰를 했거든요. 사모님도 그렇게 대놓고 떠드셨잖아요."

서연은 혜린이 자신을 두고 안 좋은 이야기들을 흘리고 다니는 걸 알고 있었다. 알고 있었음에도 어떤 행동도 할 수 없었다.

가지지 못한 자는 아무것도 할 수 없는 것이 자신이 속한 세상이었고, 이들이 사는 세계였다.

그러니 그녀는 꽁꽁 묶어 뒀던 스스로의 존재를 밝혔다.

그 모든 것이 자신에게만 아니라 이들에게 날아가 상처를 만들어 낼 것이라고 확신할 수 있었기에 할 수 있는 행동이었다.

"내일이면 나가겠네요, 방송. 서진이가 절 좀 유명하게 만들어 줬어요. 그저 모델로만 알고 있던 사람들이 이제 다 알 거예요. 사모님이 그렇게 싫어하시는 진실이 드러나면 사모님도, 저도 좀 편안해지겠죠. 어차피 공공연히 떠들어지고 있는 사실인데 이제야 수면 위로 올라온 것뿐 달라질 건 없지 않나요."

서연은 그 말을 하면서도 웃고 있었다. 연호는 이전의 서연이라면 있는 듯 없는 듯 조용히 머물다 사라졌을 거라는 것을 알고 있었다. 일탈을 해 보겠다고 홀로 들어갔을 바에서도 너무나 조용해서 눈길이 갈 정도였으니까.

"야!"

서진이 언성을 높이며 화를 내기 시작하자 연호는 자리에서 일어섰다.

"날은 어머니와 상의하시죠. 시간이 늦었습니다. 이만 일어나겠습니다."

그는 반듯하게 인사를 건네고 일어섰다. 다만 그가 예상하지 못했던 것은 서연의 행동이었다.

"저도 일어날게요. 바쁜데 온 거라, 가서 조정해야 할 일이 좀 있어서요."

"앉아."

서원의 말에도 서연은 아랑곳하지 않고 몸을 일으켰다.

"진서연. 앉아."

태생부터 다르다고 생각한 사람들 틈에서 서연이 겪어 낸 상황들이, 그 일들이 연호는 안쓰러웠다.

"어쩌죠, 정말 일이 있어서."

"호텔에서 남자 끼고 살림 차렸다는 소리가 파다하다. 앉아라."

아침마다 신가의 장손과 함께 아침을 먹는다, 라고 하더라는 서원의 말에 문을 열던 연호의 걸음이 멈췄다. 저절로 그의 시선이 서연을 향했다.

"아, 현우."

서연이 재미있는 이야기라는 듯 웃음을 터트렸다. 나풀거리는 그녀의 머릿카락이 흩날렸다. 그 움직임을 따라 머리카락이 가리고 있던 하얀 어깨가 드러났다.

"걱정하는 게 그런 거라면 더욱 자주 아침을 함께 먹어야겠네요. 그저 오랜 습관이었을 뿐인데요."

비웃는 것이 역력한 서연의 얼굴을 마주한 순간 연호는 그녀가 달라져서 돌아왔음을 알아차릴 수 있었다.

그녀는 달라졌다.

그리고 자신의 위치도 달라졌다.

더는 연락하라고 서연에게 말할 수 있는 위치에 있지 않았다. 자신이 만일 그렇게 한다면 그건 수빈과 다를 바 없는 행동이었으니, 연호는 그저 약혼녀의 언니로 서연에게 선을 그어야 했다.

그 사실을 새삼 깨달은 연호는 찬물을 끼얹은 듯 무언가로 세게 맞은 기분이었다.

현관문을 열고 나온 서연은 옆에 선 연호의 존재가 불편했다.

"가세요. 저 때문에 오늘 좋은 자리 망치셨네요."

"정말, 저 기억 안 납니까."

알아차리기 어려운 질문에 서연은 고운 얼굴을 찌푸렸다.

"기억이라……. 글쎄요. 바에서 명함 준 건 기억하지만, 그 외에 또 있나요?"

"아닙니다."

연호가 물러섰다. 그 사실에 서연은 입꼬리를 말아 올리며 웃다 현관문을 열고 나오는 서진을 발견했다. 그녀는 롤 클러치에서 명함을 한 장 꺼내 그날의 연호처럼 행동했다. 그저 가볍게, 마음에 없는 말투로 장난스럽게.

"그 기억, 찾고 싶어졌네요. 말해 주고 싶으면 연락해요."

다가오던 서진의 얼굴이 일그러지고 있었다. 유치한 행동이었지만 서연은 그 모습을 보며 재미있다고 생각했다.

"어쨌든 한 가족 될 사이 아닌가요. 친해지죠, 우리."

서연은 그렇게 연호의 손에 명함을 쥐여 주고 걸음을 옮겼다. 연희동 집에 왔다 가는 일에 점점 지쳐 간다고 생각하며 그녀는 현우가 있을 호텔로 돌아갔다. 가는 길에 그가 좋아하는 와인을 살까 고민하며 점점 걸음을 서두르고 있었다.

소파에 기대어 눈을 감고 있는 현우의 모습에 서연은 살금살금 걸어 발소리를 죽였다.

처음 현우가 모델을 제안했을 때 분명 한국에 있는 가족들이 알아챌 것이라고 생각했던 것과 달리 그 누구도 진서연이 제인인 줄 몰랐다.

그러기 위해서 현우가 무엇을 하고 다녔는지 알지 못하지만 분명한 건 그가 해 준 일들이 있어 도원그룹의 첫째 딸 진서연과 모델 제인이 서로 동일인이라는 것은 알려지지 않았다는 것이다.

그녀가 한 것은 그저 촬영장에서 사진에 찍히는 일.

그것 단 하나뿐이었다. 그녀는 담요를 방에서 가져와 그의 몸에 덮어 줬다. 꼼꼼히 덮어 주면서도 자신 때문에 사람들의 입에 오르내리는 현우가 괜찮지 않을까 봐 걱정했다.

신경 쓰지 않았으면 좋겠다고 생각하면서도 그녀는 일순 자신이 이전처럼 사람들의 말과 시선을 걱정하고 있다는 사실이 싫었다.

담요를 덮어 준 서연은 물끄러미 그를 바라보다 몸을 돌려 자신의 방으로 돌아가려 했다.

"다녀왔어?"

돌아선 서연의 손을 현우가 잡아챘다.

"일어……났어?"

서연은 어색하게 웃었다. 잠이 든 그를 깨우지 않으려 조심스럽게 움직였는데, 어느새 깬 것인지 눈을 뜨고 자신을 올려다보고 있었다. 느린 움직임으로 소파에서 일어난 현우의 눈빛이 낯설었다.

"어."

"아, 미안……. 나 때문에 깼나 보네. 다시 자. 난 나갈게."

서연은 서둘러 손을 빼고 현우의 방을 나가려 몸을 움직였다.

식탁 위에 올려놓은 클러치에서는 핸드폰이 울리는 소리가 끊임없이 울리고 있었다. 그 소리가 미묘한 정적을 채웠다.

"아니. 너 때문에 깨지 않았어."

현우의 말에 서연은 아찔할 정도로 깊은 와인의 향에 놀라 그를 바라봤다.

"술…… 마신 거야?"

좀 전에는 알아차리지 못했던 사실이 공기 중에 부유하고 있었다.

"조금."

그에게 무슨 일이 생긴 건가 걱정을 하기도 전에 강한 악력에 의해 순식간에 벽으로 밀쳐진 서연은 눈앞에서 자신을 내려다보는 현우의 모습에 그의 시선을 따라 같이 시선을 마주했다.

"나는. 나는. 나는……."

그가 반복하고 있는 그 말 끝에 무엇이 있을지 두려웠다. 서연은 그럼에도 그의 입에서 나올 말에 귀를 기울였다. 밀착된 몸의 열기로 인해 더웠다. 열린 창문을 통해 선선한 바람이 가득 들어오고 있었음에도 그녀는 더웠다.

이미 그녀 역시 그가 하려는 말이 무엇인지 알고 있었다. 다만, 그 이야기를 입 밖으로 내지 않는 건 이 관계를 오래도록 유지하고 싶은 이기심 때문이라는 걸.

그도, 자신도 안다.

"너에게 뭐야."

친구도, 연인도 그 무엇도 아닌 애매한 관계.

그걸 정립한 건 서로였다.

서연은 그 순간, 무엇이 되었든 이 관계가 새롭게 다시 쓰여질 것을 예감했다.

"나는 남자가 될 수는 없는 거니."

그의 말에 서연은 눈을 감았다. 그녀의 입술 위에서 느껴지던 열기가 어느 틈에 사라졌다. 천천히 눈을 뜬 서연은 보았다. 그가 그녀의 클러치에서 지겹게 울어 대던 핸드폰을 대신 받고 있는 모습을.

"문 잘 잠가."

통화를 끝낸 그가 한마디를 툭 내뱉고는 핸드폰을 벽에 던졌다. 서연은 생전 처음 보는 현우의 모습에 놀라 그를 바라봤다.

핸드폰이 망가졌다. 하지만 아깝거나 그 사실이 안타까운 것은 아니었다. 서울에 온 이후로 단 한 번도 밤늦게 호텔을 나선 적 없던 그가 늦은 밤에 홀로 나가고 있었다.

서연은 전화가 누구에게서 온 것이었든 중요하지 않았다. 이 관계가 오랜 시간을 넘어 흔들리고 깨지기 시작했다는 사실에 멍하니 그 자리에 주저앉아 문을 쳐다봤다.

오래도록 쳐다보고 있으면 언제나처럼 그가 다시 문을 열고 들어와 괜찮냐고 물어볼까 봐 그녀는 움직이지 않았다.

바뀌고 싶은 관계 앞에서 그는 오랜 시간 기다리던 여자의 대답이 거절일까 봐 몸을 돌려 그 말을 듣지 않았다. 이내 어제의 일이 허상이었다는 듯 부엌에서 아침을 만들고 있는 스스로가 지겹도록 멍청하게 느껴졌지만 그는 어떻게 할 수가 없었다.

이렇게 하지 않으면 여자를 보지 못할까 봐.

그건 자신의 목을 스스로 조르는 일과 다르지 않아 그는 술에 취해 기억나지 않는다고 할 작정이었다.

"현……우?"

밤새 잘 자지 못한 듯 뒤척이던 서연을 물끄러미 내려다보던 현우는 분명 피곤하고 졸렸을 것이 분명한데 티를 내지 않았다.

"잘 잤어?"

놀란 서연을 보며 현우는 어색하지 않게 웃으려 노력했다. 서연을 보고 웃다 울다……. 그 모든 것들이 마치 허구였다는 듯 그는 그녀를 보고 자연스럽게 웃고 있었다. 이 관계마저 놓치고 싶지 않은 몸부림으로…….

"아……. 내가 어제 술을 좀 마셔서 필름이 끊겼네."

쉴새 없이 말하는 것은 서연의 입에서 어제의 일이 튀어나올까봐 두려운 마음에 아무런 말이나 하는 것뿐이었다.

"어……. 어제 연희동에 갔다가……. 그보다 진짜 기억…… 안 나?"

서연의 말에 웃으며 그는 고개를 저었다. 마치 진짜 기억나지 않는 사람처럼…….

“어. 오늘 지난번에 얘기 들어왔던 화보 건 때문에 로엠 관계자 만나기로 한 거 잊지 않았지?”

자연스럽게 로엠의 이야기를 하면서 식탁 위에 샐러드와 음료수를 꺼내는 그의 모습에 결국 그녀는 그를 살폈다. 언제 들어온 건지 알아차리지조차 못하고 잠에 취해 있었던 것도 제법 오랜만이었다.

“어, 그……그렇긴 한데……. 현우는?”

서연이 자신의 스케줄을 물으며 자리에 앉았다. 식탁에 앉는 그 행동을 보며 그는 빙긋이 웃었다.

“아, 난 오늘 밀린 일을 좀 처리해야 할 것 같아.”

언제까지 밖에서 돌 거냐는 할아버지의 말이 이제 밖에서 하던 일을 접으라는 경고라는 걸 잘 알고 있었다. 그는 우선 집안의 문제부터 해결해 놓을 생각이었다.

그는 자잘한 모든 것들을 다 치울 생각이었다. 행복하지 않을 요소들을 제거하고 난 뒤에야 저 고운 손을 잡아 볼 작정이었다. 그 전까지는 입 밖으로 말을 뱉어 내지 않을 생각이었다. 그는 다짐하고 또 다짐했다.

반드시 그렇게 하겠노라고…….

저 왔습니다, 라고 말하며 집 안에 들어선 현우의 모습에 기뻐했던 것도 잠시 정인은 안채에서 들려오는 시아버지의 노기 어린 음성에 바싹 긴장했다. 안채 밖에서 서성이던 그녀는 결국 안으로 조심스럽게 들어섰다.

"네가 단단히 돌은 게야."

"원하시지 않으셨습니까. 손주며느리 만들어 오라고."

"그 물건은……! 도원그룹에서도 창피해서 밖으로 못 내놓는 물건이 아니냐!"

정인은 단단히 화가 난 시아버지인 정훈의 말에 놀라 아들을 바라봤다. 도원그룹에서 못 내어놓는 딸이라면, 한차례 이혼으로 사람들의 입에 오르내린 첫째 딸이었다.

"세상에……!"

그녀는 놀라 말이 나오지 않았다.

"할아버지가 하라는 거 다 하겠습니다. 만약 그 사람이 제 손을 잡고 이 집안에 인사하러 왔을 때 허락하신다는 약속을 해 주신다면, 무엇이든."

그것이 무엇이든 하겠노라는 이야기를 하는 아들의 표정이 행복해 보이지 않았다. 정인은 현우가 정훈처럼 정계에 진출할 수 있을 것이라고 생각하지 않았다. 아들이 잘 하는 것은 자유로운 일이었다.

스스로가 정하고 일궈 내는 것에 더 관심이 많은 아이라는 걸 그녀는 알고 있었다. 그런 자유를 포기하고 다른 사람의 뜻에 인생을 맡기겠다는 말을 하는 모습을 보는 그녀는 더 이상 말을 할 수도 그렇다고 가만히 지켜볼 수도 없었다.

"네가 하는 말이……. 뭔지는 알고 있는 게야?"

이미 정계에 진출한 현수가 있었다. 하지만 정인은 분명 정훈에게 다른 생각이 있을 것 같았다. 길길이 화를 내던 그 모습을 감쪽같이 지운 시아버지의 모습에 그녀는 불길함을 느꼈다.

"네."

"그럼, 그 집안."

이전부터 도원과는 사이가 좋지 못했던 정훈이라는 것은 이 나라 사람이라면 모두 다 잘 알 법한 일이었다.

"그 집안을 지탱해 주는 그 기업."

시아버지의 입을 통해 흘러나오는 이야기는 그녀의 상상을 뛰어넘었다.

"삼켜 봐라."

그 정도 그릇이라면 허락하마, 라고 말하는 정훈의 말에 정인은 아연실색했다.

"하겠습니다."

그러나 현우는 이미 그녀가 아는 아들이 아니었다.

"그 집안 삼키죠. 그렇게 삼켜서 그 여자에게 줄 겁니다."

말을 마친 현우의 눈이 형형하게 빛났다. 정인은 생전 처음 보는 아들의 모습이 낯설었다.

그 입에서 이어진 말에 이미 그녀가 말릴 수 있는 일의 범위를 넘어갔다는 걸 깨달았다.

"모두 줄 겁니다. 삼킨 이후의 일은 신경 쓰지 않으실 거라 믿습니다."

호텔에서 이리저리 전화를 하며 간단하게 에이전시 사업의 보고를 받는 형태로 돌리기 시작한 현우의 모습에 메이슨은 혀를 찼다. 이 노력을 모르는 건 오직 현우가 이 사실을 숨기고 보여 주지 않는 서연밖에 없었다.

"이외의 것들은 모두 너에게 연락이 갈 거다."

어느새 통화를 마친 현우가 냉장고 안에서 물 한 병을 꺼내 들이켜며 설명하기 시작했다.

"내가 결정해야 할 큰 건은 말하고, 아니면 네 선에서 알아서 처리해."

"이렇게까지 하는 이유가 뭐야."

굳이 집안의 말을 따르지 않아도 되지 않냐는 물음에 현우의 입꼬리가 올라갔다.

"해야 해."

"그러니까 왜."

메이슨은 엘리와 서연이 로엠의 관계자를 만나러 나간 사실에 안도했다. 하지만 그것도 잠시, 현우가 이 모든 것을 계산에 넣고 움직였을 것이라는 생각에 고개가 절로 내저어졌다.

"그래야 그 손을 잡을 기회가 생기니까."

그래야 잡을 수 있다, 라는 것도 아니고 그럴 수 있는 기회가 생긴다는 말에 메이슨은 그저 웃었다.

오랜 시간 두고 보기만 한 친구의 사랑이 그저 안쓰러울 따름이었다.

"그러지 마라."

메이슨은 진심에서 우러난 충고를 했다.

"제발 그러지 마라."

그도 서연이 행복하기를 바랐다. 하지만 지금처럼 현우가 스스로를 무너트리면서까지 서연의 행복을 바란다면 그건 반대하고 싶었다.

"이 사실을 서연이 안다면."

그는 금기시됐던 이야기를 꺼냈다.

"너의 그 마음이 부담스러워 다신 돌아보지 않을 거야."

날카로운 현우의 눈에도 메이슨은 다시 입을 열었다.

"그러니까, 너도 좀 챙겨 가며 서연을 좋아해."

그렇게 사랑해도 괜찮아, 라고 말했다. 다른 사람들에게는 평범한 그 사랑이 왜 네게는 평범할 수 없냐고 소리쳤지만 그저 웃기만 하는 현우를 바라볼 수밖에 없었다. 그 깊은 사랑과 집착의 경계선 위를 머무는 친구의 그 마음이 메이슨은 안타까웠다.

오랜 기간 바라보기만 한 사랑을 잡으려는 친구의 노력이 가련했고 애처로웠으며 이제는 불쌍하기까지 했다.

"그래도 괜찮아."

스스로를 비웃듯 웃는 현우의 모습과 말에 메이슨은 결국 입을 다물었다. 이 모든 노력과 상처를 오직 홀로 끌어안는 그가 허허로워 보이기까지 했다.

"그럴 수만 있다면 괜찮아."

결국 그는 다가가지도, 그렇다고 멀어지지도 못하는 현우의 모습에 이 관계가 무엇으로 끝나든 서둘러 마지막을 볼 수 있기를 소망했다.

*＊＊

집안끼리의 싸움이 팽팽했지만 혜린은 언제나처럼 여유롭게 연호의 어머니를 상대했다.

"아이들 결혼식은 한 달 뒤가 좋겠네요. 우리 서진이도 그즈음이면 회사 일이 바쁘지 않을 테니. 게다가 요즘 의류 쪽은 영 재미가 없어 매각하고 서진이에게 퍼스널 숍이나 하나 차려줄까 생각 중이랍니다. 서울에 서너 개 운영하며 강변 내조나 하라고 할 생각이니 사부인도 너무 걱정하지 마세요."

"결혼식은 간소하게 했으면 좋겠네요."

"저희 바깥양반 체면도 있는데 어느 정도 선은 지켜 주셨으면 하네요. 솔직히 지난번에 갔던 그 댁 작은어른 자제분 결혼식은 남 보기가 민망할 정도로 소박하더군요. 그런 결혼식을 생각하시는 거라면 처음부터 끝까지 제가 준비했으면 합니다만."

혜린은 하나밖에 없는 딸의 결혼식을 대충 해서 보낼 생각이 없었다.

"저희 집안은 본래 과하게 쓰는 것을 좋아하지 않습니다. 사부인께서도 적정선은 지켜 주셨으면 합니다. 우리 연호가 이야기를 하지 않던가요."

"물론 들었습니다. 강변은 참 그런 부분도 마음에 들어요. 몇 년 뒤에 도원에 들어오면 사장 자리 하나 맡아도 충분할……."

"연호가 그 댁 회사를 맡으러 결혼하는 게 아니라고 분명히 선을 그은 것으로 아는데요."

혜린은 사부인의 말에 싱긋 웃으며 가볍게 입을 열었다.

"물론이죠. 그저 한번 해 본 말이었으니 너무 염려하지 마세요."

혜린은 처음부터 대충 치러 냈던 서연의 결혼과 달리 하나하나 신경 쓸 것이 많은 서진의 결혼이 피곤하고 힘들었지만 기쁜 마음으로 해내고 있었다.

달리 명문가가 아니라는 생각이 들 정도인 예비 사부인의 태도에 그녀는 좀 피곤하긴 했지만 일일이 자신들의 기준을 어느 정도 맞춰야 한다는 걸 설명했다.

"그러니, 제가 결혼식 준비를 하는 것이 낫지 않겠습니까."

결국 상대방으로부터 그러라는 말을 들은 뒤에야 혜린은 활짝 웃는 얼굴로 식사 자리를 마칠 수 있었다.

내내 멍하던 정신을 붙들고 겨우 로엠과의 회의를 마친 서연은 엘리와 함께 호텔로 돌아와서도 멍하니 허공을 쳐다보는 일이 잦았다.

"서연?"

엘리의 말에 서연이 화들짝 놀라며 엘리를 쳐다보자 그녀는 어깨를 으쓱거리며 다시 말했다.

"우린 밖에 나가서 저녁 먹을 건데. 서연은?"

"아……. 난 그냥 있을게. 맛있게 먹어."

서연은 룸을 나서는 엘리와 메이슨을 배웅하고는 문을 닫았다.

혼자가 된 룸은 조용했지만 고요해 어딘지 모르게 외로웠다. 늘 소파에 앉아 일을 하던 현우의 모습이 손에 잡힐 듯 그려져 그녀는 허공을 향해 손을 뻗었지만 그는 없었다. 그의 부재가 이처럼 자신에게 큰 영향을 미칠지 몰랐던 탓에 서연은 당혹스러워하고 있었다.

일이 생겼다고 잠시 뉴욕에 다녀오겠다며 떠난 그가 돌아오지 않고 있었다. 서연은 대수롭지 않은 척 굴었지만 그가 좋아하는 와인을 소파 앞 테이블에 올려놓고 물끄러미 바라봤다.

'오늘 돌아왔으면 좋겠다…….'

그녀는 간절한 바람을 빌었다.

오랜 시간 옆에서 아빠 같고, 오빠 같았으며 또한 친구 같았던 그가 사라지자 관계를 다시 정립해야 한다는 사실을 잊을 정도로 그녀는 그가 그리워졌다.

늘 잠시 곁을 떠나도 오래지 않아 나타나던 그가 아직까지 돌아오지 않고 있다는 사실이 그녀를 외롭게 만들었다. 초조하게 만들었다.

무엇이든 좋으니 새로운 관계를 만들어 낼 수도 있었다. 그러나 서진을 약 올리기 위해 연호를 만나는 것도 현우가 없으니 불안한 감정만 솟구쳐 할 수 없었다.

"언제…… 와?"

그녀는 핸드폰에 보이는 그의 전화번호를 누르면 간단히 물어볼 수 있는 질문을 허공에 대고 하고 있었다.

친구, 혹은 파트너였던 그녀가 스스로 선을 넘어가는 일이기에 그녀는 하지 않았다. 그저 물끄러미 핸드폰과 와인을 번갈아 쳐다볼 뿐이었다.

문을 열고 룸으로 들어서던 현우는 소파 위에 웅크리고 앉아 있는 서연의 모습을 본 순간 마음이 아렸다.

오 년 전에 저 모습을 자신이 발견했다는 사실에는 감사했지만 그는 자신이 떠난 삼 일 사이에 무슨일이 생긴 것인가 싶어 테이블 위에 앉아 서연을 바라봤다. 짐은 이미 현관 앞에 내려놓은 지 오래였다.

서연을 안아 올려 방에 눕힐까 고민하던 찰나 천천히 그녀가 얼굴을 들어 그를 봤다. 그 희미한 시선으로 울음을 가득 참은 목소리로 말했다.

"왔네."

"응. 왔어."

서연의 말과 모습에 연호는 잠시 말을 잊었다. 에이전시에 관한 일을 처리해야 해서 서둘러 떠났던 길이 이처럼 길어질 줄은 몰랐다. 하루면 될 줄 알았던 일이 꼬박 삼 일이 걸리는 동안 그는 정말 한국으로 돌아오고 싶었다.

그러나 그녀에겐 차마 네 집을 집어삼키기 위해 내가 지금 바쁘다고 말할 수가 없었다.

"왜 여기서 이러고 있어."

"기다렸어."

서연의 말에 현우는 아주 조금 용기를 냈다. 반쯤 허락한 할아버지는 곧 서연을 온전히 받아들일 것이었다. 중요한 건 서연이 어떤 마음을 품고 생각하고 있느냐 하는가였다.

"나."

그는 호흡을 가다듬고 다시 물었다.

"네게 남자가 될 수는 없는 거니?"

희미한 서연의 웃음이 그를 불안하게 만들었다. 그는 그녀의 얼굴 앞에 바싹 얼굴을 가까이 가져갔다.

"그럴 수 없다면…… 내가 네게 이용당해 줄게."

그는 서연에게 도원의 모든 것을 주고 싶었다. 그들을 발아래에 놓은 서연이 아팠던 시간만큼의 분노를 쏟아 내는 모습을 보고 싶었다.

그녀가 원하든 원하지 않든.

사실 그녀가 원하는 건 진가의 모든 이들에게 있어서 더 이상 무시할 수 없는 존재가 되는 것뿐이었지만 그는 그녀가 모든 것을 가지기를 소망했다.

"그러니까, 남자가 될 수 없다면 나를 이용해. 나는 그것만으로도 충분하니까."

그는 마음이 아팠지만 동시에 괜찮았다. 이렇게 함께할 수 있다면, 그렇게 옆에서 걸어갈 수 있다면 그것 역시 함께할 수 있는 괜찮은 관계라는 사실을 떠올리며 스스로를 다독거렸다.

"도원을 뺏어 줄게."

너를 위해.

그리고.

나를 위해.

현우는 서연을 향해 그 말을 뱉어 냈다. 아직 사랑한다는 말을 하지 않은 건 더 이상 다가가는 것은 그녀가 부담스러워한다는 걸 알고 있기 때문이었다.

# 03.
# 나를 이용해

주식을 이미 12%나 넘게 가지고 있는 서연을 도원그룹의 주총에서 제외하는 건 말이 되지 않는 일이었다. 한호는 힘을 잃은 아들과 딸을 서연을 통해 억누를 수 있어 다행이라고 생각했다.

"이 사람 자리 만들어 주세요."

서연이 회사로 한호를 찾아오는 일은 드물었지만 그보다 더 드물었던 건 서연의 입에서 회사에 자리를 마련해 달라는 이야기였다.

"서연아."

"제 대신이라고 생각해요."

"서연아."

현우는 고마운 대상이었지만 전(前) 국무총리 신정훈과 엮이는 일은 사양하고 싶었던 한호는 서연의 말에 망설였다.

"신현우입니다."

서연은 모르고 있는 한호와 현우의 관계는 아직 비밀이었다.

"흠."

그는 애써 덤덤하게 인사를 받았다.

"자리 주세요."

서연이 이처럼 당당하게 요구해 오는 것이 현우 때문이라고 믿고 싶어진 한호는 서연의 말을 듣기 싫다는 듯 외면했지만 그녀는 말을 멈추지 않았다.

"도원. 그거 저 주세요. 제가 가지고 싶어졌어요."

"그건 차차……."

"아니요. 제가 가질래요. 꼭 가져야겠어요. 서진이 손에도, 서원 오빠 손에도 넘기지 않을래요."

서연이 아무런 욕심을 가지지 않았을 때는 무엇이든 다 들어줄 것 같던 한호는 막상 12%가 넘는 주식을 보유한 그녀가 도원을 가져야겠다는 말을 하자 망설였다.

그가 틀어쥐고 있는 것은 이제 회사만 남은 것 같아 불안하기도 했다.

"자리 만들마."

결국 한호는 서연의 부탁대로 현우의 자리를 만들라고 지시했다. 본사 본부장 자리를 내어 주는 것으로 일을 마무리 지은 그는 곧 들이닥칠 서원을 예측했다.

로엠과의 일은 빠르게 처리되고 있었다. 마치 그걸 바랐던 사람처럼 서연은 도원모직과 경쟁하는 로엠과의 일을 그 어떤 때보다 기쁘게 받아들였고 화보는 순조롭게 흘러갔다.

"오버사이즈 룩이네."

현우가 소파에 나른하게 기대 스케치를 하는 서연의 등 뒤로 다가섰다. 놀란 서연이 연필을 떨어뜨리자 그가 천천히 연필을 주워 그녀에게 건넸다.

"핸드폰 이걸로 써."

현우가 건넨 핸드폰을 받아 든 서연은 아무 말 없이 핸드폰만 만지작거렸다.

"뭐든, 사소한 일이든, 중요한 일이든 내게 먼저 연락해."

그의 말에 서연은 웃음지었다. 현우와의 관계가 미묘하게 달라져 있었지만 그녀는 신경 쓰지 않았다.

그러기엔 그를 잃고 싶지 않은 마음이 컸기에 그녀는 그가 모르는 척하는 이상 말하지 않았다.

"응. 그럴게."

하지만 그에게 연락을 할 정도로 큰일은 벌어지지 않을 것이다. 서연은 이미 순조롭게 흘러가는 일이 모두 그의 생각대로 되고 있다는 걸 알고 있었다. 주식으로 주면 받으라는 것도, 일이 그렇게 되도록 계약서를 수정한 것도 모두 그였다.

남자가 될 수 없다면 자신을 이용하라던 그의 얼굴 표정은 단조로웠지만 서연은 외려 그 모습 이면에 어떤 표정이 숨어 있을지 상상이 되지 않았다.

"다음번에는."

그가 말했다. 서연은 여전히 자신에게 고백하던 그의 얼굴이 떠올라 현우의 앞에서 쉬이 말할 수 없었다.

"웃어. 웃는 게 보기 좋아."

"어?"

그가 내려놓은 잡지에 실린 자신의 얼굴이 어색하게 굳어 있었다. 자연스럽게 하려고 최대한 노력했고, 촬영 당시 현장에 있던 사람들도 모두 자연스럽다고 했지만 현우는 단 한 장의 사진만으로 알아차렸다.

"이거, 어색해. 너는 웃는 게 아름다워."

내 아름다운 피사체, 라고 언젠가 속삭였던 현우의 음성이 그 순간 떠올라 서연은 스케치 위로 고개를 박았다. 발끝이 간질거릴 만큼 그녀의 마음이 간지러웠다.

"네 모든 것을 사람들이 좋아하게 만들어 주겠다는 건."

그는 요즘 들어 늘 이런 말을 했다.

"아직 유효해. 그러니까, 내가 하라는 대로……. 내가 해 주는 것이 무엇이든 다 가져가."

그가 어떤 노력으로 자신이 서 있는 위치를 만든 건지 알지 못했다. 그럼에도 그녀는 오늘도 염치를 모르는 사람처럼 그를 이용했다.

그녀에게 그녀의 위치와 상황을 이용할 테니 그 자신을 이용하라고 말했던 것을 지키기라도 하듯 현우는 요즘 회사 일로 매우 바빴다.

그럴 필요가 없었음에도 도원의 모든 것들을 빠른 시간 안에 파악하기 위해 그는 사무실을 벗어나서도 서류와 씨름했다.

그런 그가 자신이 한 활동은 무엇이든 챙겨 보고 있었다는 사실에 현우가 새삼스럽게 다정해 보였으며, 놀라웠다.

"바쁘잖아. 이거 볼 시간…… 없지 않아?"

메이슨이 준 것인가 싶었지만 서연은 굳이 그 이름을 꺼내지 않았다. 자신이 알기로 메이슨은 지금 현우 대신 그의 에이전시를 관리하고 있어 이전처럼 그렇게 한가롭지 못했다.

"네가 나가는 건 시간이 없어도 챙겨. 그런 걱정 하지 말고, 웃어. 그 어떤 행복을 가진 사람보다 더 환하고 밝게. 아름다운 얼굴을 찡그리거나, 울적해하지 마."

네게는 그게 더 어울려.

그의 말에 서연은 살포시 웃음이 터졌다. 결국 그러겠다고 대답한 서연의 머리를 몇 번이고 매만진 뒤에야 그가 다시 자신의 방으로 돌아갔다.

고요한 정적이 찾아온 거실에서 서연은 앞으로 현우가 제일 처음으로 할 일이 무엇인지 알고 있었다.

팔아 버리려는 도원모직을 헐값에 시장에 내어놓는 일.

그는 그 모든 일을 자신에게 설명했다. 이런 사람이 자신의 옆에 있는 것은 마땅히 고마워해야 하지만 그녀는 그가 행여 아픈 것은 아닐지 걱정이었다. 늘 자신의 마음과 건강을 걱정하고 염려하는 그였다.

하지만 정작 생각해 보니 그녀는 그를 걱정한 적이 없었다. 그 오랜 기간 동안 그는 늘 한결같이 옆에 서 있었으므로 그런 생각조차 하지 못했다. 그가 괜찮은 건지, 그래서 이처럼 자신을 도와줘도 괜찮은 것인지 그녀는 그가 걱정이었다.

* * *

칵테일 드레스를 입고 서 있는 서진을 보던 연호의 시선이 따분했다. 그런 연호의 옆에 있는 희원의 존재에 서진은 심사가 뒤틀렸다.

진서연도 모자라 최수빈의 내연녀였던 '그 여자' 가 연호와 가까운 척하는 것만으로도 서진은 패악질을 부리고 싶었지만 감정을 억누르며 연호의 턱시도를 골랐다.

서진은 자신을 제외한 젊은 여자가 그의 곁에 있는 모습조차 보기가 싫었다. 그래서인지 요즘 들어 엄마가 서연을 보고 느꼈을 기분을 십분 이해할 수 있었다.

엄마가 자신의 것과 비교도 되지 않을 만큼의 분노를 가지고 있을 거란 생각에 그녀는 고개를 내저었다.

"오빠, 오빠 치수 재야 돼."

그녀는 숍에 이미 연호의 치수가 적힌 파일이 있다는 걸 알지만 일부러 그를 불렀다.

"그래."

그는 아무런 의심 없이 쇼룸으로 들어갔다. 그가 들어가고 나자 붉은 와인빛의 오픈숄더 드레스를 입은 서진이 희원의 옆에 다가가 앉았다.

"보기보다 뻔뻔하네요."

서진은 웃는 얼굴로 희원을 향해 말을 천천히 이어 갔다.

"오빠가 오라고 한 건지 그쪽이 오겠다고 한 건지 모르겠지만, 그쪽 도원그룹하고 최검 어떤 사이인지 알지 않아요? 아, 이제 최변이죠."

서진은 여자의 얼굴이 굳어 가는 걸 보면서도 기분이 나아지지 않았다. 연호의 핸드폰에 찍혀 있던 여자의 전화번호에 이처럼 기분이 나빠졌음을 알고 있었지만 그녀는 분풀이를 하지 않으면 안 될 것 같아 희원을 향해 일부러 더 모욕스러운 말을 건넸다.

"최변 조심해요. 한 번 바람핀 남자가 두 번은 못 하리라는 법 없으니까. 게다가 취향이 좀 격이 떨어져서 누구든 가능할 것 같으니까 말이에요. 오빠한테는 친동생 같은 사람이라고 하니 건네는 충고예요. 진심에서 나온……."

연호가 쇼룸에서 나올 때쯤 서진은 희원의 손을 매만지며 웃었다. 그리고 이내 일어나 연호의 앞으로 다가가 그 앞에서 한바퀴 빙글 돌며 얼굴 가득 미소를 머금었다.

이 모든 것이 이 남자를 가지기 위한 대가라면 거부하지 않을 것이라고 그녀는 생각했다.

서진은 연호가 좋았다. 말로 다 할 수 없을 만큼 좋았지만 그 집착이 사랑인지, 가지고 싶은 무언가에 대한 지긋한 소유욕인지 알 수 없었다.

"이거 어때?"

"결혼식, 화려한 건……."

"걱정 마. 어머님하고 우리 엄마하고 얘기 끝내셨다고 그랬어. 게다가 우리 아빠 체면도 있는데 너무 소박한 건 우리 집에도 실례야. 오빠도 알잖아."

서진이 연호를 향해 한껏 말을 늘어놓고 있다가 갑자기 말을 멈췄다.

"너……?"

서진은 문을 열고 들어온 서연과 외국 여자를 바라보다 고개를 다시 돌려 연호를 봤다. 그리고 이내 굳은 얼굴로 앉아 있던 민희원을 보더니 웃음을 터트렸다.

"막장 드라마가 따로 없네. 너 때문에 창피해서 여기서 맞춘 드레스 다 버려야겠어."

서진의 말에 서연도 희원과 연호를 발견하고 웃었다. 그 웃음이 상황과는 맞지 않을 만큼 그림같이 아름다워 눈이 부셨다.

서진은 늘 그게 싫었다.

배다른 언니가 싫었던 이유 중에 가장 큰 비중을 차지했던 것이 눈이 부시도록 아름다운 외모였다.

스스로 그 사실을 모른다는 것이 그녀로 하여금 늘 서연보다 우위를 선점하게 하였으며, 아버지의 행동들이 미워해도 괜찮다는 면죄부가 되어 줬다.

"나도 네가 여기 있었다면, 더욱이 저 여자가 있다는 걸 알았더라면, 친구가 같이 가자고 해도 오지 않았을 거야. 엘리, 인사할래? 내 사랑스러운 동생이야."

서연의 말에 엘리가 서진을 훑어보다 어깨를 으쓱거릴 뿐 인사를 하지는 않았다.

"뭐하러. 나 기분 별로야. 나가자. 여기 별로 좋은 곳 아닌 거 같아. 메이슨하고 나중에 다시 올 때 같이 와 줘. 오늘은 구경할 날이 아닌가 보네."

서진은 외국 여자의 말에 코웃음 쳤다. 이 상황에서 누가 봐도 불청객은 그들이었다. 그녀는 불청객을 추가하고 싶은 생각이 없었다.

서연을 연호가 붙들기 전까지 그녀는 그들이 나가는 모습을 바라보기만 할 뿐 아무 말도 꺼내지 않을 생각이었다.

"오빠! 지금 뭐 하는 거야?"

서진의 고함 소리가 숍을 울렸다. 외치지 않을 수 없었다. 그가 진서연의 손을 붙들다니.

그녀는 상상하고 싶지도 않았다. 엄마처럼 다른 여자에게 제 사람이라 생각했던 남자를 빼앗겨 버릴까 봐 불안했다.

그리고 그 사람이 진서연이라는 사실이 더욱 그녀를 불안하게 만들었다.

“놓으세요. 전 동생 약혼자에게 손 잡혀서 다시 막장 드라마 주인공 되고 싶은 생각이 없으니까.”

“동생 드레스 고르는데 안 보십니까.”

그의 말에 어이가 없는 건 모두였다. 숍 안에 있는 모두가 그의 말 자체는 너무나 당연하다는 걸 알고 있었지만 황당해할 수밖에 없었다.

평범한 가족이라면 언니가 동생의 드레스를 함께 골라 주며 즐거운 한때를 보냈겠지만 도원그룹의 진서진와 진서연이라면 그 이야기가 판이하게 달라진다.

그 사실을 모르는 쇼퍼는 없을 정도였고, 심지어 까다롭기로 유명한 진서진이라, 굳이 진서연이 아니더라도 그녀가 매장에 들어가는 날이면 그녀가 나가기 전까지 문을 닫을 정도였다.

“제가 오늘 들은 말 중에 가장 황당한 이야기네요.”

“기억, 찾고 싶지 않나요?”

그가 자신이 모르는 말을 할 때면 서진은 늘 불안했다. 그래서 항상 아는 척, 괜찮은 척. 척을 했다.

그렇게라도 해야 괜찮을 수 있을 것 같아서 하는 행동들이었다. 그로 하여금 자신에게 느끼고 있는 감정에 지긋함을 추가하게 하는 것인 줄 모르는 채로.

"아……. 그 기억."

연호가 끊임없이 그녀를 붙들었다. 그 모습에 서진이 머리에 올리고 있던 티아라를 벗어 던졌다.

입고 있던 드레스도 마구잡이로 벗어 버린 서진은 슬립 차림이 되었지만 개의치 않았다. 그 누구도 신경 쓰지 않았지만 서진은 그들을 쏘아보고 있었다. 놀란 매니저가 다가와 가운을 덮어 줬지만 서진은 서연을 노려보고 있었다.

"기억났어요. 제가 최수빈에게 변호사와 함께 조정하자고 나오라던 날. 최수빈과 저 여자와 함께 있었던 남자."

당신이었죠, 라고 짧게 덧붙인 목소리가 매력적으로 빛났다. 서진은 그 순간 서연과 희원이라는 여자를 번갈아 쳐다봤다.

이 순간, 가장 찬란하게 빛나고 행복해야 할 주인공은 다름 아닌 자신이라는 생각이 그녀를 다그쳤지만 무엇도 할 수 없었다.

"진서진에게 어울리는 남자네요. 그날 최수빈이 그 자리에 나오기만 했더라도 제가 소송을 걸지 않았을 테니까."

"그게 아니라……!"

연호가 무언가 할 말이 있는 듯 입술을 달싹였지만 이내 서연이 말을 막듯 손을 들어 보였다. 그 움직임에 연호는 말을 멈추고 가만히 서 있었다.

"갈게. 네 약혼자 단속은 네가 시켜. 네 어머니가 그러셨지.

그 사람이 널 좋아하지 않는 것도 네 잘못, 그 사람이 널 안지 않는 것도 네 잘못, 또한 그 관심이 너를 향하지 않는 것도 네 잘못."

"야!"

서연의 말에 결국 서진이 소리를 질렀다. 지르지 않고는 견딜 수 없는 감정이 해일처럼 그녀를 덮쳤다.

"그러니까 이 막장에서 난 좀 빼 줄래? 이미 알겠지만 나에게는 현우가 있거든."

서연이 숍을 빠져나가는 모습을 보면서 서진은 견딜 수 없는 화에 비명 같은 소리를 질렀다. 그런 서연의 곁에 있던 동행이 무어라 속삭이는 모습 역시 곱게 보일 리 없었다.

서연이 나가자마자 그녀는 연호를 붙들어 몸을 돌렸다. 그가 더 이상 서연을 바라보지 않도록 자신을 향해 돌린 뒤에야 마음에 눌렀던 말들을 쏟아 낼 수 있었다. 그리고 옷을 갈아입고 밖으로 나오면서까지 그녀는 연호에게 화를 퍼부었다.

"오빠, 미쳤어?"

그 화가 그를 향한 것이 아니라 서연을 향한 것이라는 사실에 안도하면서도 화를 숨기지 않았다.

"걔가 어떤 애인지 몰라? 지금 걔가 내게서 뭘 가져갔는지 몰라? 그런데 내 드레스를 같이 보자고? 그것도 모자라 그 말은 뭐야? 기억? 오빠는 다음 달이면 나랑 결혼할 사람이야. 나라고, 나!"

서진이 소리를 지르면 지를수록 지나가던 사람들의 이목이 집중됐지만 차를 끌고 오는 사람이 대부분인 숍에 지나다니는 행인은 많지 않았다. 다행이라면 다행인 점이라고 생각하며 연호는 서진을 차에 태웠다.

"알았으니까, 타."

그는 미리 기다리고 있던 운전기사에게 출발하라고 말하며 문을 닫았다.

서진이 함께 있다는 사실을 망각할 정도로 그는 서연에게 말하고 싶었다. 여섯 살 때 자신의 집에 놀러 오던 일이 기억나지 않느냐고…….

서진을 태운 차가 출발하고 나서야 그는 다가오는 희원의 모습에 쓰게 웃었다.

"그러게 오지 말라니까."

"그냥……. 오빠 턱시도 입은 모습이 보고 싶었어. 나 결혼식에는 못 가……잖아."

희원이 풀이 잔뜩 죽어서 말하는 모습이 안타까웠다. 그럼에도 그 시선, 행동, 말투 그 모든 것이 서연의 존재에 대해 궁금하다고 표현하고 있었다.

자신이 서연을 알고 있다는 사실에 대해.

"너도 궁금한 거네."

"그 여자는…… 예지 아빠랑……. 어떻게 오빠가……."

"너도 기억이 안 나는구나."

자신의 기억에만 존재하는 시간인가 싶어 연호는 씁쓸해진 기분을 감출 수가 없었다.

"걔 서영이잖아. 너랑 그렇게 붙어서 놀던 서영이."

기억나지 않느냐고 묻기만 할 뿐 서연에게는 늘 말하지 않던 그는 희원에게 어렸을 때의 일을 말했다. 적어도 너는 그 아이를 기억했어야 한다고 외치고 싶은 기분을 누르며 그는 희원을 바라봤다.

"어……?"

놀란 희원의 두 눈에 죄책감이 설핏 스며드는 것을 본 연호는 웃음이 터졌다. 이 모든 상황에서 자신도, 그리고 희원도 할 말이 없는 죄 많은 사람일 뿐이었다.

"그러지 마."

그는 단호하게 희원을 향해 말했다. 단호함에는 자신 역시 포함되리라 여겼다.

"이미 넌 다른 사람에게 저질러서는 안 되는 일을 했어."

그건 자신 역시 마찬가지였을 테지만 그는 서영과 서연이 동일인이라는 확신을 가지기까지 많은 시간을 보냈다. 확신을 했을 때는 이미 최수빈과 결혼식을 올린 후였다.

지금은, 결국 서연의 동생인 서진과 결혼을 앞두고 있었다. 이 결혼이 엎어질 확률은 적었다. 부모님들이 결정한 사항을 뒤엎는다는 건 어려운 일이라는 것을 수빈의 경우를 보며 알 수 있었다.

그럼에도 그는 이 결혼을 처음부터 엎고 싶었던 생각을 끝내 떨치지 못했다.

엎고, 다시 시작하고 싶었다.

숨을 가쁘게 쉬는 서진을 보며 혜린은 당장 서연을 불러들일까 고심했지만 나무랄 수 있는 명분이 없었다.

당시 그 장소에 자신이 있었다면 가능했겠지만 지금으로서는 과하게 반응하는 꼴이니 어떻게 할까 고심할 뿐이었다.

"강변 그렇게 안 봤는데, 그런 족속을 좋아하는가 보구나."

혜린은 그 여자의 딸인 서연을 받아들이고 싶지 않아 일부러 고아원에 버렸다. 서연은 어렸고, 고작 1년의 기억이었으니 아마 기억에 잘 남지 않았을지도 모른다.

그때의 이름은 지금과 달랐으니.

"엄마! 오빠는 그런 사람 아니라고!"

"넌 그 모욕을 당하고도 강변을 감싸고 싶으니?"

"하, 하지만……."

게다가 요즘 서연의 남자친구라고 소문이 파다한 신가의 장손이 본부장을 맡아 회사에서 일을 하고 있으니 눈엣가시 같았다.

딸아이의 주식을 거의 다 가져간 서연은 이제 자신보다도 조금 더 많은 주식을 보유해 도원그룹의 모체가 되는 도원홀딩스의 이사회 참석 자격을 가지기까지 했다.

그 꼴이 보기도 싫어 요즘엔 회사 근처에 가지도 않지만 결국 모두 자신의 손과 아들의 손에 쥐여질 것이었다.

"요즘 신가의 그놈이 서원이 자리를 넘볼 것처럼 일한다는 소문이 파다해."

혜린은 혀를 차며 서진에게 자중하라고 당부를 하고 또 했지만 마음이 놓이지 않았다.

"너도 당분간은 네 일도 좀 열심히 하고."

"내가 뭐 할 게 있나. 대부분 차 비서가 알아서 하는데 뭐."

서진의 여유로운 말에 혜린은 고개를 내저으며 지난 일을 상기시켰다.

"그러다가 네 주식의 절반과 내 주식의 절반을 날렸지 않니. 다음은 없어. 또 그런 일이 생긴다면 그 자리 내려놓아야 할 거다."

"알았어. 알아서 할게……."

서진은 결국 풀이 잔뜩 죽은 목소리로 그러겠다고 대답하며 혜린의 눈치를 살폈다. 그 일로 인해 회사 내에서 오빠의 입지가 조금 불안해졌다는 이야기를 들었기에 그녀는 요즘 조용히 지내는 중이었다.

그녀 나름의 기준에 따라서는 지금 조용히 자숙하는 중이었다. 하지만 깊은 마음 안에서는 오빠가 그렇게 쉽게 물러날 리 없다는 마음이 지배적이었다.

"별 쓸모도 없는 모직은 팔아야겠구나. 우리 회장님, 그래야

내 말을 들을 게 아니겠니. 감히 그 아이의 애인이라고 소문난 놈을 회사에 들이셨으니 말이다."

혜린의 음성이 서늘했다. 그런 혜린을 보며 서진은 조금 고소하다는 생각을 하며 서연을 비웃었다.

* * *

— 삶은 언제나 그렇듯 주는 것이 있으면 가져가는 것이 있기 마련이죠. 어떤 이에게는 사랑이, 또 다른 이에게는 아픔이, 또 누군가에게는 기억이, 가족이…… 그렇게 누군가의 아픔이 되었을 당신의 하루를 위해 시작합니다. For you.

서연은 오프닝 멘트를 한 뒤에 싱긋이 웃었다. 엘리가 서지원 PD의 옆에서 손을 흔들며 잘하고 있다고 입술을 벙긋거리고 있었다.

그 모습에 결국 서연은 웃음이 나왔다. 자신이 해도 될까, 하는 마음이 있었지만 의외로 현우는 무엇이든 하라고 되려 일을 빨리 진행시켰다.

— 안녕하세요. 저는 모델 서연입니다. 해외에서는 '제인'이란 이름으로도 활동했었고요. 앞으로 For you 가족분들과 함께 일하게 돼 기쁜 마음으로 이 자리에 앉았지만, 아직 부족한

것이 많은 초보 DJ예요.

서연은 시트에 적인 멘트를 천천히 읽어 내려갔다. 상대방에게 말을 걸듯, 조금 느리지만 결코 느리지 않게 그 말에 감정을 실어 이야기했다.

그 모습을 보고 있던 지원이 결국 한마디 했다.

"서연씨는 진작 DJ를 했어도 괜찮았을 거 같아요."

"글쎄요. 사실 서연이 원하지 않았더라면 현우도 싫어했을 거예요."

서연이 이렇게 방송을 타는 건 별로 좋아하지 않으니까, 라고 덧붙인 엘리의 말에 지원은 낮게 웃으며 부스 안을 바라봤다.

지난번 미팅 때와 확연히 다른 차림이었지만 저 여자가 그 유명한 모델 서연이라는 건 한눈에 알아볼 수 있었다.

하얀 블라우스와 블랙진에 힐을 신었을 뿐이었지만 연예인들이 일상다반사로 돌아다니는 방송국 안에서도 단연 눈에 띄는 존재였다.

"그보다 끝나면 저희 술 한잔 할 건데, 같이 하고 가세요. 작가들하고도 친해지실 겸."

지원의 말에 엘리는 어색하게 웃었다. 그녀는 이런 제안은 자신이 판단할 문제가 아니라고 생각했다. 더욱이 자신보다는 서연을 위한 자리 같아 보였다. 판단은 어디까지나 서연이 할 것이고 자신은 따를 뿐이다.

지난날들부터 이어져 온 이 관계를 흐트러뜨릴 마음이 그녀에게는 없었다.

"전 집에 있는 애인을 봐야 해서. 대신 서연이 나오면 물어봐요."

메이슨과 함께 오늘 라디오 방송에 대한 이야기를 나눠 보기도 하고, 때맞춰 나간 인터뷰로 인해 서연에 대한 사람들의 생각이 어떤지 알아보기도 해야 했다. 현우가 혼자 모두 처리하던 일이 무엇인지 알게 된 엘리는 결코 마음이 가벼울 수 없었다.

몰랐을 때면 모를까.

이제는 현우가 한 모든 일들을 알게 되어 마음이 무거웠다. 현우가 서연을 위해 한 것은 말 그대로 모든 것이었다.

모든 것.

고요한 사무실 안. 직원들이 모두 퇴근해 어두워진 그 안에서 현우의 사무실에만 불이 켜져 있었다. 아무것도 들리지 않는 그 틈에 유일하게 들리는 음성에 현우는 입가에 웃음을 머금었다.

— 삶은 언제나 그렇듯 주는 것이 있으면 가져가는 것이 있기 마련이죠. 어떤 이에게는 사랑이, 또 다른 이에게는 아픔

이, 또 누군가에게는 기억이, 가족이…… 그렇게 누군가의 아픔이 되었을 당신의 하루를 위해 시작합니다. For you.

창가에 걸터앉아 서류를 보고 또 보는 그는 이제 제법 도원에 대해 모든 것을 안다고 할 수 있었지만 아직 완벽하지 못하다는 생각에 자료를 보고 또 봤다. 하지만 그가 알 수 없는 단 한 가지가 있었다.

도원홀딩스에 관한 자료는 결코 그에게 들어오지 않았다. 새로 시작하는 사업을 위해 필요하다고 자료를 요청했지만 번번이 담당자가 부재중이라 안 된다는 이야기만 들을 뿐이었다.

— 안녕하세요. 저는 모델 서연입니다. 해외에서는 '제인'이란 이름으로도 활동했었고요. 앞으로 For you 가족분들과 함께 일하게 돼 기쁜 마음으로 이 자리에 앉았지만 아직 부족한 것이 많은 초보 DJ예요.

그는 그녀의 목소리를 들으며 핸드폰을 들었다. 망설이는 기색이 역력한 그의 움직임이 이내 결심을 한 듯 번호를 눌렀다.

"형."

곧장 전화를 받는 상대방의 성격에 현우는 그를 부르고 한 번 웃었다.

"나 필요한 게 있어."

서연의 일로 도움이 필요하면 연락을 했던 현수에게 그는 다시 연락했다. 지난번 서연의 개인 정보를 막는 것이 마지막 부탁이라고 말했던 것이 제 기억에도 생생했다. 그럼에도 그는 현수에게 연락할 수밖에 없었다.

신가에서 지금 할아버지의 뒤를 이어 정계로 진출해 이름을 알리고 있는 현수였으니 힘을 쓸 수 있는 사람도 그였다.

자잘한 일에 작은아버지에게 도움을 청할 수는 없었으니 현우는 사촌 형인 현수를 찾을 수밖에 없었다.

[일단, 만나자.]

현수의 말에 현우는 쓰게 웃으며 시간을 확인했다.

"두 시간 뒤에 만나."

알겠다는 대답이 들린 뒤 끊어진 핸드폰을 바라보다 그는 라디오가 흘러나오는 스피커를 뚫어져라 바라봤다.

서연의 프로그램이 끝나면 그녀를 데리러 가려 했기에 그는 당장 만나자는 사촌 형의 말을 듣지 않았다.

늦은 시간이지만 그녀도 홀로 집에 갈 수 있다는 걸 알고 있다. 하지만 그는 그녀의 모든 것을 자신의 손으로 해 주고 싶었다.

이미, 그에게 그녀는 전부였다.

이런 스스로가 어리석음을 잘 알고 있었다. 그럼에도 포기할 수 없는 마음은 이미 한계를 넘어갔다.

아파도 괜찮아.

상처 입어도 괜찮아.

네가 행복할 수 있다면, 나는 괜찮을 수 있어.

행복할 수 있다면 무엇이든 하는 사람들과 달리 자신이 너무 무덤덤하게 살아왔음을 깨닫자, 서연은 스스로가 한심했다. 수빈이 그런 행동들을 하지 않았더라면 자신은 여전히 인형처럼 움직이지 않았을까 생각했지만 서연은 고개를 내저었다.

사람은 바뀌지 않는다, 라고 말했지만 자신은 어떤지 정작 생각해 본 적이 없었다.

“서연 씨, 같이 갈 거죠?”

지원의 말에 그러겠다고 대답하려던 서연의 입이 그대로 굳어 멈췄다. 그간 무심한 듯 행동하던 현우로 인해 서연은 그가 오지 않을 것이라고 생각했다.

늘 자신의 촬영장은 빠지지 않고 찾아오던 그가 이번만큼은 오지 않을 것이라고 그렇게 생각했다. 그냥 소속 모델이 라디오 DJ를 했다면 기꺼이 즐거워했을 그가 자신이 DJ를 하고 싶다고 말하자 불쾌한 기색을 드러냈다.

그녀의 존재를 앞에 드러내야 하는 일이기에 그가 그토록 좋아하지 않을 줄 알았다.

더불어 그의 물음에 대답하지 않아서 더 이상의 다정한 말과 행동이 없을 것이라는 생각이 들었다. 그 모든 것을 지나 자신을 더 이상 전처럼 대하지 않을 것이라는 불안이 그녀를 덮쳤었다.

내색하지 않았지만 그녀는 그가 그럴 것이라고 생각했다.

"서연 씨?"

지원이 대답을 재촉했지만 서연은 멍하니 맞은편 도로를 바라봤다. 인적이 드문 늦은 밤, 심야 시간까지 일을 한 것이 분명한 차림이 그녀의 눈을 의심스럽게 만들었다.

"아, 저……."

서연은 그렇게 자동차에 등을 기대고 자신을 바라보는 그를 마주했다. 이 세상에서 유일하게 자신을 위해 움직이고, 자신을 위한 일을 하고, 자신만을 위한 생을 사는 단 한 사람.

그녀는 생각보다 더 그에게 기대고 있는 스스로를 깨닫고 웃어 버렸다.

"죄송해요. 다음…… 다음에 같이 갈게요. 오늘은 안 될 것 같아요."

이 관계가 무엇이라고 말해야 할지 모르겠지만 서연은 단 하나 확신할 수 있었다. 이 관계의 끝이 무엇이든 절대 그를 놓을 수 없다는 것.

자신의 이기심이 그를 아프게 할지라도 절대 저 손을 놓을 수가 없었다. 그런 행동들이 그를 아프게 한다는 걸 알고 있음에도 그녀는 결국 현우의 앞으로 달려갔다.

베이지 톤의 면바지와 니트를 즐겨 입는 평소의 모습과 달리 지금의 그는 정장 차림이었다.

자신을 위해 도원을 뺏어 주겠다는 그 말을 지키려고…….

도로를 가로질러 달려오는 서연을 보며 놀라 뛰어 나가려던 현우의 걸음이 무색하리만치 서연이 빠르게 그의 앞까지 달려왔다.

"왔네."

이내 그를 앞에 두고 그녀는 말갛게 웃고 있었다.

"너! 위험했다고! 여기 길가 아니야, 도로라고!"

바보처럼 화를 내는 그의 모습이 자신을 위해서라는 걸 알고 있었다. 그의 마음이 어떨지 짐작하지 못하지만 그래서 자신은 이기적일 수 있는 것이지만.

서연은 이런 모습을 온전히 가지고 싶었다.

다른 사람은 이런 마음을 받지 못할 것이라고 믿고 싶었다. 이 사람에게 이런 마음을 받을 수 있는 유일한 사람은 자신이어야 한다고, 그녀는 그렇게 생각했다.

"네가 있잖아."

서연이 웃음을 머금은 그 얼굴로 말했다.

"현우가 있잖아."

그녀는 멍하게 웃는 현우의 얼굴을 마주 보고 해맑게 웃음을 터트렸다. 라디오 프로그램을 진행하는 스텝들이 자신과 현우를 보고 있음을 알고 있었다.

그럼에도 그녀는 웃음을 멈추지 않았다.

"가자. 데려다줄게."

그가 말했다. 그리고 그날처럼 손을 내밀었다. 서연은 그 손을 주저하지 않고 잡았다. 무엇이든 다 주겠다는 그의 말처럼 그녀는 그를 믿었다.

남자 신현우를 믿은 것이 아니라 사람 신현우를 믿었기에 망설이지 않고 그의 손을 잡을 수 있었다.

어지러운 상황 속 자신을 지켜 주겠다고 나선 유일한 사람, 이라는 생각이 머릿속에 들자마자 그녀는 이런 마음으로 자신을 바라볼 사람이 다시는 없을 것이라고 생각했다.

"응. 가자."

내 이기심으로 널 이용하고 내 마음을 채우고 있다고 말하고 싶었다. 현우는 잠이 든 서연의 얼굴을 보다 결국 그녀의 방을 나왔다. 호텔 바에서 만나기로 한 현수가 이미 도착했다는 연락을 받은 지 제법 됐다.

"미안."

그는 그녀가 듣지 못할 말을 허공에 내뱉고 나서야 룸을 나올 수 있었다. 늦었던지라 그는 걸음을 서둘렀다.

현우는 어둑한 실내의 바 안에 들어섰지만 현수가 있는 자리를 찾을 수 없었다. 그는 결국 직원의 안내를 받아 현수가 기다리고 있는 자리를 찾을 수 있었다. 입구에서는 보이지 않는 가장 안쪽 자리였다.

"서울에 와서 연락 한 번이 없더니 필요할 때만 찾네."

"형."

그는 현수의 말에 딱히 반박을 할 수가 없었다. 모든 것이 사실이었기에 그는 현수를 부르는 것 외에 다른 말은 하지 못했다.

"그래서 이번에도 그 여자에 관한 거냐?"

"……이번에는 도원홀딩스, 그곳에 관한 모든 자료가 필요해."

위스키를 입안에 털어 넣던 현수가 의외라는 듯 현우를 바라봤다.

"그 집안하고 엮이기 싫어서 그러고 있었던 거 아니었어?"

"아니."

"아, 너…… 혹시, 설마……."

현수의 가늘어진 눈매에 그는 웃었다. 그리고 말하지 않았다. 말하지 않아도 전화 한 통이면 알 수 있을 이야기였으니 그는 애써 자신의 입으로 쓴 현실을 뱉어 내지 않았다.

"할아버님과 무슨 이야기를 한 거냐."

"내가 굳이 말하지 않아도 형은 알 수 있잖아."

현우는 그를 보며 웃고 있었지만 그저 입꼬리를 올린 것뿐 진정으로 웃지 않았다.

"그 자료만 볼 수가 없어."

"왜 필요한 건지는 말해."

현수가 걱정하고 있는 것을 알면서도 현우는 슬그머니 웃을 뿐 말을 하지 않았다.

"다시, 그 여자 때문인 거냐."

현수는 추측한 바를 결국 입 밖으로 꺼냈다.

"아니. 나 때문이야."

부정하는 현우의 말이 어쩐지 살고 싶어서라고 말하는 것만 같아 안쓰러웠다. 큰아버지가 돌아가신 이후로 현우는 집안에서 지웠던 무게로부터 자유로워졌다.

한때는 그걸 부러워했던 순간이 있었던 현수였지만 어렸던 현우가 아버지의 부재로 인해 혼란을 겪었다는 걸 알고 있었기에 이내 그 부러움마저 흔적도 없이 지웠다. 그렇기에 그는 지금의 상황이 마음에 들지 않았다.

"그 여자가 알고는 있냐. 네가 이렇게 그 여자를 위해 사는 걸."

모든 것을 바칠 만큼 네 사랑이, 그처럼 독해져 가고 있다는 걸 그 여자는 알고 있는 것이냐고 묻고 싶었다.

"아니. 몰라야 해. 그러니까 자료만 줘. 이번이 정말, 정말…… 마지막이야."

현우의 말에 현수는 고개를 저으며 단번에 술을 입에 털어 넣었다.

"아니. 몇 번이고 해도 괜찮아. 대신 난 네가 그 여자랑 행복한 모습을 꼭 봐야겠다."

"형."

"현우야, 나는 꼭 그 모습을 봐야겠어."

현수의 말에 현우의 얼굴이 일그러져 갔다. 그가 결국 참지 못하고 담배를 꺼내 입에 물었다.

서연의 말에 한동안 끊었던 담배가 그의 입에 걸려 태워지지도 못하고 물려 있기만 했다. 그 모습에 결국 현수는 쓰게 웃었다.

모든 것을 원하는 대로 할 수 있는 현우가 목숨처럼 사랑하는 상대. 그 상대를 이미 할아버지가 알고 계셨다. 이야기는 이제 끝이 아니라 시작이 될 것이라는 걸 그는 알고 있었다.

"자료 내일이면 갈 수 있을 거다. 아는 지인이 도원홀딩스 쪽에 붙어서 모으고 있던 게 있으니까. 금방 정리해서 보낼 거다."

"고마워."

"나중에 보여 줘."

그 여자가 그렇게 네게 목숨처럼 대단한 사람인지 내 두 눈으로 봐야겠다, 라고 말하고 싶었지만 현수는 그 말을 속으로 삼키며 더 이상 말을 하지 않았다.

향기로운 커피가 눈앞에 놓였지만 서연은 손도 대지 않았다.

"찾아온 목적이 뭔가요."

그녀는 오직 눈앞에 있는 사람을 바라볼 뿐이었다. 로엠과 일을 하고 있는 것은 어떻게 안 것인지 로엠과 화보를 찍는 날

정확하게 스튜디오를 찾아온 연호의 행동에 서연은 혀를 찼다.

“나는 서진이 언니라는 걸 강연호 변호사님께서는 가끔 잊으시는 것 같네요.”

그를 만난 기억은 오 년 전, 그리고 다시 돌아온 바에서…… 마지막은 연희동 집에서였다. 그가 무엇에 집착하는지는 모르지만 그것이 현실의 자신이 아니라는 것쯤은 쉽게 알 수 있었다.

연희동 집 앞에서 장난을 친 건 서진의 속을 긁기 위함이었다. 막장 드라마의 주인공이 된 건 한 번으로 족했다.

웨딩숍에서는 우연이었을 뿐 다른 의도가 있진 않았다. 서연은 그가 부담스러웠다. 서연의 남자를 빼앗고 싶은 생각도 없었을뿐더러 이 사내가 그토록 말하는 ‘기억’도 사실 궁금하지 않았다.

“서영아.”

철저하게 연호를 무시하고 외면하던 그녀가 대기실을 나서기 전 그의 말에 몸을 굳혔다. 오래전 잊어버렸던 이름을 그가 불렀다는 사실에 대기실 문을 열던 서연은 놀라 얼어 버렸다.

“그거 네 이름이잖아.”

서연은 놀란 마음을 다스리며 그 감정을 티 내지 않으려 노력했다.

“그래서.”

이제야 생각이 났다. 이 남자가 자신이 고아원에 있었던 일 년간 함께 놀았던 '그'라는 걸 이제야 알아차렸다.

서연은 그처럼 친했던 그를 몰라본 사실에 스스로가 멍청하다고 생각했지만 달라지는 건 없었다. 친동생처럼 아껴 줬다고 해도 어디까지나 마음씨 좋은 후원자의 아들인 그가 한 행동의 이면에는 늘 연민이 있었으니까.

"그래서? 나는 네게 미안하다고 말하는 거야. 내가 희원이가 한 일을 알았더라면 막았을 거다."

"그래서."

서연은 그를 돌아보며 붙들고 있던 문을 잡아당겼다는 걸 모르고 있었다. 알아차리지 못한 스스로의 행동처럼 문밖에 누군가가 있음을 느끼지도 못했다.

"너는 내가 나라는 걸 알면서도, 무덤덤할 수가 있니?"

"당신은 내 동생하고 다음 달이면 결혼할 거니까. 가을이 지나고 겨울이 오면 가족이 될 사람에게 내가 뭐라고 답해야 하는지 모르겠네. 안 그래?"

서연은 외려 당당하게 나갔다. 자신이 수그러들어야 할 이유는 없었다. 그 하나를 붙들고 그녀는 덤덤하게 행동했다.

어렴풋한 그 기억들 속에 유일하게 즐거웠던 건 친한 친구와 자신을 귀여워해 주던 동네 오빠의 존재였다.

정말 그 집의 막내딸이 되고 싶을 정도로 다정하게 대해 주던 그 기억은 이제 희미했다. 그만큼의 시간이 흘렀고, 그녀는 새로운 기억을 쌓아 왔다. 비록 그 기억들이 아름답다거나 좋은 시간이 되지 못했어도 그 기억의 주인은 자신이었다.

“오해를 한 모양이에요.”

서연은 선을 그었다. 그녀에게는 다가가지도 그렇다고 멀어지지도 못하는 남자, 현우가 있었다.

습관처럼 몸에 밴 관계를 여전히 깨지 못하는 자신으로 인해 현우는 항상 애매한 위치에 서서 자신을 도와주고 있었다.

이미 그것만으로도 현우에게 넘치는 도움을 받고 있었기에 그녀는 자신 이외의 것으로 그가 상처받기를 원하지 않았다.

“나는 그냥 잘 놀아 주던 동네 오빠로 기억하고 있는데, 그 기억이 그리 대단했나요?”

더욱이 민희원을 동생처럼 아끼고 살았던 연호를 좋은 추억으로 가지고 싶지 않았다. 그녀는 그들과 결코 엮이고 싶지 않았다.

“과거를 붙들고 미련스럽게 살았나 봐요.”

“너 역시 그런 거 아니었나.”

“나는…….”

서연이 무언가 말을 하려고 할때, 그녀가 잡고 있던 대기실 문이 활짝 열렸다. 서연은 문을 열고 들어온 사람이 현우라는 것에 한 번 놀라고, 그가 이야기를 듣고 있었다는 사실에 두 번 놀랐다.

사실 별다를 것 없는 이야기였지만 그가 오해할 수 있겠다는 생각을 한 것 역시 사실이었다. 그녀는 그의 손에 들린 커피를 보고 고개를 숙였다.

이처럼 제 옆에 있으면 힘들어지는 건, 그였다. 그 사실을 알면서도 그녀는 현우의 손을 놓을 수 없었다.

"가세요."

현우가 문을 활짝 열고 연호를 향해 명백한 축객령을 내렸다. 이미 대기실 근처에 있는 스텝들은 이 상황을 흥미롭게 바라보고 있었다. 무언가 더 말하려던 연호는 다음 식사 때 보자는 말을 남긴 채 서연의 대기실을 나섰다.

그 누구 하나 대답하는 이가 없음에도 불구하고 그는 말했고, 인사를 건넸으며 그녀를 안쓰럽게 바라보기까지 했다.

"서연아."

그가 평소처럼 '서연.' 하고 부르지 않았다. 서연은 다정하게 '서연아' 라고 부른 현우의 음성에 얼굴을 들지 않았다. 가만히 테이블에 놓인 옷을 바라볼 뿐이었다.

"서연아."

그가 다정히 자신을 불렀다. 부르는 것뿐만 아니라 다정하게 어깨를 감싸며 테이블만 바라보던 그녀의 시선에 눈을 맞추며 웃어 주고 있었다.

"너 라디오 가기 전에 시간 좀 남잖아. 당분간 아주 잠시라도 편하게 일하라고 네가 지낼 집 알아봤어. 이거 마시고 가자."

그의 말에 서연은 흐릿하게 웃음을 머금은 채로 차마 대답하지 못했다. 호텔에서 지내는 걸 늘 마음에 들어하지 않았던 그가 결국 서울에서 머무는 시간이 길어지자 집을 알아본 것이었다.

단지 그것뿐이었지만 신현우라는 남자가 자신을 위해 하지 않은 일이 없다는 생각에 문득 그녀는 미안했다.

지금처럼 지내고 싶어 하는 자기 자신의 못난 이기심에 진저리가 나면서도 불안함에 한발 앞으로 나서는 것조차 어려웠다.

"응. 가자."

그러자 전처럼 그에게 편안하게 '현우' 라고 부를 수가 없었다. 동시에 이런 상황에서도 안도하는 모습에 그녀는 비웃고 싶었다.

자기 자신을…….

연호는 서연의 대기실에서 본 남자를 알고 있었다. 선진당의 대표였었으며, 전 국무총리였고 동시에 이 나라 사람들이 가장 호감을 가지고 다음 대권을 잡을 사람으로 생각하는 신정훈 의원의 손자였다. 그리고 연호는 어렸을 적 그를 종종 어른들이 만든 모임에서 몇 번 본 적 있었다.

그런 신정훈 의원이 가장 아낀다는 장손인 그 남자가 서연과 함께할 수 있을 리 없다고 생각했다.

"오빠."

그는 로펌 사무실을 이제 안방처럼 들락거리는 서진의 모습에 고개를 저었다. 자신이 이런 행동을 싫어한다는 걸 알면서도 그녀는 늘 찾아왔다.

"왜."

요즘 도원에서 돌아가는 상황을 들으면 도원모직 사장직을 맡고 있는 서진이 바빠야 맞는 일이었다.

"그날은…… 왜 그랬어? 오빠가 진서진 같은 애를 알 리가 없잖아. 설마……. 오빠, 결혼식 미루고 싶어서 그러는 거였으면 그냥 말을 하지 그랬어."

내가 집에 잘 말해 볼게, 라고 수줍게 볼을 붉히는 서진의 뒷모습에 진 회장의 집으로 인사를 갔던 날 본 그녀의 모습이 떠올라 믿을 수 없었다. 저 모습 뒤에 또 다른 가면이 있지 않을까.

"아니. 그냥 해. 어차피 너나 나나 부모님들이 정해 준 결혼 안 할 수도, 미룰 수도 없으니까."

그의 말에 서진의 얼굴이 굳어 갔다. 주춤거리며 자리에서 일어서는 그 모습이 불편해 보였다.

"그리고 나 걔 알아."

"뭐?"

연호는 말을 멈추지 않았다. 애초에 서로 아는 사이일 리 없다고 생각한 것도 조금은 우스웠다. 자신과 서연이 다른 점이 있을까 싶었다.

"내가 말하지 않았니. 한동안 동생 삼고 싶었던 애가 있었다고."

놀란 서진의 얼굴을 마주 보며 그는 입을 열었다.

"희원이 말고 한 명 더 있었어. 아빠가 데리러 왔다고 좋아하길래 난 잘 살고 있을 줄 알았더니. 너네 집에 있었더라."

안다고 뭐가 달라지냐는 서연의 물음에 입도 벙긋하지 못했으면서 연호는 알게 되면 달라질 줄 알았었다.

자신이 미안하다고 말하고, 희원이 역시 미안하다고 이야기하면…… 지금보다는 조금 편해질 줄 알았다.

그런 동화 같은 이야기는 현실에 없다는 걸 알면서도 모나지 않은 서연의 심성을 알고 있었기에 그는 믿었다.

"그래서? 그게 뭐 어쨌다고?"

서진의 말이 맞았다. 동시에 서연의 말 역시 맞았다.

"나도 안 겪는 메리지블루, 오빠가 겪나 보네. 됐어. 턱시도는 알아서 골라 놨으니까, 결혼식 날 그걸로 입어. 그리고 나 당분간 좀 바빠. 오빠가 안다는 걔가 회사를 좀 들쑤셔 놔서. 우리 엄마가 도원모직 팔 생각이거든."

서진의 말에 연호는 혜린이라면 충분히 그럴 수 있을 것이라고 생각하며 창밖을 내려다봤다.

사람들이 분주히 자신의 일을 하기 위해 움직이고 있었다. 저들과 다른 삶을 사는 서진과 혜린의 모습이 비현실적으로 느껴지기 시작한 그였다.

"그럼 우린 아마 결혼식 날 보겠네. 그동안 잘 있어. 걔 찾아갈 생각은 하지도 마. 걔 이미 호텔에서 함께 사는 남자 있어."

오빠도 알겠네, 라고 말하는 서진의 음성에 이죽거림이 잔뜩 묻어나 있었다.

"신현우."

오늘 서연의 사무실에서 만난 남자의 이름을 알고 있었던 연호는 스스로를 비웃듯 짧게 웃었다. 그리고 문을 열고 나가는 서진의 뒷모습을 보기만 할 뿐 붙잡지 않았다.

흘러가는 대로 시간을 두다 보면, 끝내 마지막엔 무엇이 있는지 볼 수 있을 것이라고 생각했다.

이제 자신이 희원과 다를 바 없는 똑같은 사람이라는 걸 부정할 수가 없었다. 연호는 희원보다 자신이 더 나쁠 수도 있겠다고 생각했다.

한강이 한눈에 들어오는 아파트는 넓고 아늑했다. 그녀의 취향을 속속들이 알고 있는 그가 언제 이렇게 자신에게 딱 맞는 집을 마련한 것인지 몰라 서연의 시선이 어지럽게 흔들리고 있었다.

"네가 좋아하는 톤이잖아."

따뜻하고 부드러운 색감을 유달리 좋아하는 서연을 위해 그는 전망이 좋은 집이 나오기가 무섭게 보러 갔다. 창밖으로 보이는 전망의 색감이 딱 서연의 취향에 맞아 바로 계약했다.

"전망도 좋고. 이만하면 괜찮을 거야."

"……현우는?"

침묵을 깨고 드디어 말한 서연의 모습에 그가 웃었다. 희미하게 웃고 있었던 입가가 어느새 불안정하게 흔들려도 그는 서연이 좋아하고 있다는 걸 알고 있었다.

"난 이제 여기 못 있어. 뭐, 호텔이라면 옆방이든 그 앞이든 잡겠지만 여긴 호텔이 아니니까."

그는 말을 하면서도 아쉬워했다. 사실 그가 준비를 하지 않았더라면 조금 불편하더라도 그냥 내내 호텔에서 지냈을 그녀라는 걸 알고 있었다.

"왜……?"

자잘한 입맞춤을 하고 싶을 정도로 그녀의 말간 모습이 그의 두 눈에 가득 들어찼다. 원초적인 서연의 물음에 결국 현우는 그녀의 앞으로 성큼 다가갔다.

"네가 쓸데없는 사람들의 쓸모없는 말을 듣는 게 싫으니까."

어째서, 라는 물음이 서연의 얼굴에 그대로 투영되자 현우는 그녀를 보며 쓰게 웃었다. 저 모습이 자신을 좋아해서라고 어리석게 생각할 뻔했다.

작은 모습 하나하나…… 모든 것이 오직 자신을 위한 것이라고 그렇게 생각할 뻔한 그는 다시 입을 열었다.

"나로 인해 네가 괜한 소리를 듣는 게 싫어. 그러니까 앞으로는 여기서 지내. 네가 서울에 언제까지 있고 싶다고 말한다면, 그때까지 나도 서울에 있을 테니까."

그는 이내 곧 입가를 매끄럽게 올리며 그녀를 향해 웃었다. 아무렇지 않은 얼굴로 웃고 있었지만 사실 그는 진서진의 약혼자와 서연의 전남편이 신경 쓰였다. 그녀가 가는 곳에서 얼마든지 마주칠 수 있는 사람들이었다.

현우는 서연이 그들을 만나는 것조차 싫었다. 아주 단순한 마주침일지라도 그는 그 상황들이 마음에 들지 않았다.

서연에게 말하지 않은 진실은 하나였다. 누구라도 찾아오기 쉬운 호텔이 아닌 자신만이 알고 있는 집으로 서연을 데려가 다른 이들에게 보여 주지 않는 것.

그렇게 오직 자신만이 그녀를 보는 것.

이런 마음을 서연이 모르기를 바라는 그는 그저 그녀의 앞에서 웃었다. 집착에 가까워진 마음을 서연이 알기를 바라지 않았다.

만일 알게 된다고 할지라도 지금은 아니었다. 그는 애써 마음을 억누른 채로 여전히 야경을 바라보는 그녀에게 말했다.

"가자. 데려다줄게."

"괜찮아?"

서연의 말에 현우가 문을 열던 손을 놓고 현관 앞에 서서 서연을 마주 봤다.

"뭘 말하는 거야?"

"이렇게 아무렇지 않을…… 수가 있어?"

서연의 말에 굳어 가는 얼굴을 애써 편 현우는 서연을 향해 대답도 않고 서 있을 뿐이었다. 지금 말하게 된다면 이 어둑한 마음을 서연이 알게 될까 두려웠다.

서연에게 자신은 오랜 습관 같은 것이니 기다릴 수 있다고 자만했던 스스로가 어리석었음을 깨닫게 된 건 서울에 돌아오고 얼마 지나지 않아서였다.

그녀가 전남편을 마주쳤다는 소리를 들었을 때.

그녀의 아버지와 이야기를 나누다 현실을 자각했을 때.

마지막으로 그녀가 오래전 추억 속 사람을 마주쳤을 때.

"무슨 말을 하는지 나는 잘 모르겠는데. 가자."

그는 현실을 무시했다. 서연의 입에서 무슨 말이 나올지 몰라 두려웠던 것도 지금의 현실을 도피하고 싶었던 가장 큰 이유였지만 제일 큰 이유는 따로 있었다.

그는 지금 그가 느끼는 마음을 그녀에게 들키고 싶지 않았다.

"내가 최수빈을 만나도."

서연의 건조한 말이 그를 찔렀다.

"내가 진서진의 약혼자를 앗아도."

그녀가 아주 조금씩 천천히 걸어오고 있었다.

"지금처럼 괜찮을 수 있어? 이렇게 괜찮으면서 왜 나에게 남자가 될 수 없냐고 말했어?"

그녀의 말에 결국 그는 다가오던 서연의 앞에 다가갔다. 겨우 한 뼘 남짓 되는 거리만이 남아 있었다.

"정말 괜찮다고 생각해?"

그가 물었다.

"괜찮……아 보여."

그는 그녀의 말에 쓰게 웃었다. 쓰린 마음에서 얼마나 피를 흘리는지 그녀는 알지 못했다. 그 사실이 그에게는 가시에 찔린 듯 아프기만 했다.

"내 생각이 궁금해?"

현우는 서연과 친구처럼 지내던 순간에는 결코 묻지 않았던 것을 꺼냈다. 그에게 성벽과도 같았던 그녀의 주변, 그 관계들에 대해서.

"나는 네가 최수빈을 우연이라도 마주치는 게 싫어. 그날 네가 호텔에서 마주쳤다는 소리에 나는 밤을 새서 일했어."

결코 그녀는 몰랐을 그의 이야기.

그가 말하지 않고서는 그녀는 알 수 없었다.

"네 아버지, 알고 있어. 널 걱정하는 유일한 사람이라고 생각해서 내가 연락드렸다. 네 가족들 중 유일하게 네가 모델을 하고 있는 걸 알고 계셨던 분이야. 그걸 그분이 스스로 알아냈다고 생각해?"

서연의 두 눈이 놀람으로 커져 가는 것을 보면서도 현우는 말을 멈추지 않았다. 한번 터진 이야기는 멈출 수 없었다.

"네가 네 동생의 약혼자에게 휘둘리는 것도 싫다. 과거 운운

하는 그 사람 역시 널 지켜 주지 못했잖아. 나는 그래서 네가 그 누구라도 만나는 게 싫어."

그는 늘 서연을 여왕으로 만들어 모두의 위에 군림할 수 있도록 해 주리라 생각했다. 그렇게 해야 그녀가 스스로를 지킬 수 있을 것 같았다. 하지만 이제 보니 그 마음은 스스로를 위한 것일 뿐이었다.

그녀는 결코 그를 원한다고 말한 적이 없었다.

"네가 원하는 건 뭐야."

그는 결국 현실을 마주할 준비를 하고 말았다. 벌써 2주 앞으로 다가온 D—day를 앞두고 현우는 서연의 마음을 묻고 있었다.

그녀는 그들에게 받은 만큼의 것만 돌려주기를 원하는 것일까, 고민하던 현우의 얼굴이 느릿하게 흘러나오는 서연의 음성에 놀람으로 일그러져 갔다.

"너."

서연의 음성이 미미하게 흔들리고 있었다. 현우는 그녀를 품 안 가득 끌어안았다.

"내 오랜 습관인 너. 그래서 내가 결코 떠날 수 없는 너."

서연의 말에 현우는 그녀를 놓지 못했다.

"그래서 내가 네게 신경을 쓰고 있는 줄 모르게 한 너."

현우는 서연의 말에 결국 아무 말도 하지 못하고 그녀를 꽉 안을 뿐이었다.

✲ ✲ ✲

결국 마지막에는 원하는 건 뭐든 가지고 말았던 순간이 있었다. 그 순간들은 스스로가 만들었다기보다 주위에서 도와줘서 얻을 수 있었던 것들이었다.

20살이 넘기 전에는 대부분 연호가 도와줬다. 후원자이자 후견인이라는 명목으로 그는 어렸을 적부터 봐 온 자신을 마치 친동생처럼 여겼다. 호적에 오를 수 없다고 할지라도 연호는 늘 가족처럼 자신을 그의 집에서 머물게 했으며 가질 수 있는 모든 것을 손에 쥐여 줬다.

"오빠, 오늘 집에 없어요?"

그녀는 그렇게 수빈과의 관계가 드러나기 전까지 의탁했던 집에 오랜만에 들렀다. 방문해야 할 이유가 없었지만 그녀는 오래전 떠난 수빈의 전 아내를 만난 이후로 심란한 기분을 감추지 못하고 있었다.

"어머, 오랜만에 오셨어요. 사모님 불러드릴까요?"

여전히 집안일을 맡아 하고 있는 문간방 아주머니의 말에 희원은 자신을 반겨 주는 사람이 있다는 사실에 어린아이처럼 기뻤다.

"아줌마 아까 사 오라던 거 지금 사 올래요?"

그 순간을 깨는 건 여지없이 연호의 엄마였다. 차가운 음성에 희원은 어깨를 굳히며 어색하게 웃었다. 아주머니가 나가고 나서야 혜선이 희원에게 말했다.

"최변이 잘 못해 주니?"

"아니요."

희원은 잔뜩 풀이 죽어 혜선의 옆으로 다가갔다. 차갑게 말하지만 정작 제게 잔인하게 말하지 않는 혜선은 다른 사람들과 달랐다.

희원은 처음 이 집에 들어왔던 날부터 혜선이 무서웠다. 말을 하지 않았지만 그녀의 눈에 들기 위해 무던히도 애썼다. 그런 혜선이 잘했다고 말해 줄 때는 날아갈 듯 기뻤고 차가운 시선으로 아무 말도 하지 않았을 때는 더없는 공포를 느꼈다.

"그 아이가 돌아와 신경이 쓰이니?"

혜선이 말하는 '그 아이'가 연호와 결혼할 상대의 언니라는 건 알고 있었지만 희원은 대답할 수 없었다. 정작 수빈의 생각을 알지 못했다.

자신과 예지를 위해 검사직에서 내려오는 걸 마다하지 않은 사람이었다. 하지만 시간이 그를 변하게 한 건 아닐지 그녀는 걱정이었다.

"그건 네 몫 아니겠니."

"저…… 어머니……."

희원은 혜선을 작게 불렀지만 혜선은 그녀의 옆을 스쳐 지나갈 뿐 대답하지 않았다. 그런 혜선의 모습이 차라리 솔직해서 나왔다. 시댁 식구들처럼 앞에서는 좋은 척 웃어 주다가 뒤에서 자신을 욕하는 모습보다 백번 나았다.

이런 상황을 구구절절 설명한다고 해도 사람들은 자신을 손가락질할 걸 알고 있었다. 오랜만에 친정이라고 불릴 만한 곳에 왔다고 여겼음에도 희원은 마음이 편하지 않았다.

결국 그녀는 연호를 보기도 전에 집을 나왔다. 그 어디에도 마음이 편한 곳이 없었다. 그저 예지가 보고 싶어진 희원은 서둘러 예지와 수빈이 있을 집으로 걸음을 옮겼다.

아이가 방 안을 걸어다니며 애교를 부리는 모습에 어른들의 시선이 온통 아이를 향해 가 있었다. 그 틈을 타 희원은 오미자차를 들고 서재로 들어갔다. 어둠이 내려앉은 서재에는 당연히 있을 것이라고 생각했던 수빈이 없었다.

언제 나간 것인가 싶었지만 조금 전까지 아무도 나가는 기색이 없었다. 희원이 더욱 이상하다 생각하며 다시 몸을 돌려 서재 문을 열 때였다.

"차라리 그 목석같은 아이가 낫겠구나."

밖에서 들리는 시어머니의 음성에 희원은 미닫이문을 열려던 손을 떨궜다. 희미하게 열린 그 틈으로 그녀의 목소리가 끊이지 않고 들려왔다.

"그 아이는 제 분수라도 알았지. 예지 엄마는 예지 하나 낳았다고 온통 제멋대로니."

"어머니."

수빈이 시어머니를 말리는 것 같아 희원은 조금만 있다가 나가야겠다고 생각했다. 지금 나가면 시어머니도 자신도 그리고 그도 불편할 것 같았다.

"그 난리만 안 났어도, 아무리 배 속에 네 애가 있다고 해도 같이 살라고 안 했을 거다. 남 보기 부끄럽게 그 난리가 났으니 네가 검사직도 내려놓고 변호사를 하고 있는 게 아니겠니."

늘 엄하긴 하셔도 시어머니는 온화한 성품이라고 믿고 있었던 희원은 책장 틈에 컵을 놓고 떨리는 손을 맞잡았다. 저처럼 솔직한 속내는 처음 듣는 그녀였다.

"어머니. 그래도 예지 엄마예요."

"그래, 어디 근본도 모르는 아이가 낳았어도 우리 집안 핏줄이니 이처럼 아끼는 게 아니겠니. 오늘은 뭐 그리 기분이 별로라고 또 밖에 돌아다니다 오더구나. 네가 한마디 좀 하렴. 시어머니가 집에 있는데 밖에 다녀오겠다고 한마디 하고 사라졌다가 오는 게 어디 배운 애가 하는 짓이니?"

제아무리 그 여자가 이혼소송을 걸어 위자료를 많이 뜯어갔다고 해도 수빈이 한 말을 믿었다.

그 정도쯤 줘도 집에 돈이 없는 것도 아니니 괜찮다고 자신을 다독이던 그의 말을 그녀는 바보처럼 믿었었다.

"게다가 그 난리 통에 집안 기둥뿌리가 다 뽑히고 하나 남은 줄은 모르고 그저 어머니, 어머니, 예지 앞세워 애교나 부리려는 모습은……."

결국 희원은 어둠 속에 홀로 서서 놀란 숨을 가쁘게 쉬었다. 홀로 숨을 죽이며 호흡하려고 노력하는 자신의 모습이 외롭고 쓸쓸했다.

그제야 그녀는 수빈이 왜 혼자 따로 들어가지 말고 그와 함께 있으라고 했는지 알 수 있었다.

그가 할 수 있는 최선의 방법으로 보호한 것이었다. 희원은 자신이 원하는 건 늘 결국 이뤄졌었으니 이번에도 마찬가지일 거라고 생각했다.

그래서 대가 같은 건 없다고 생각했던 그녀는 그 생각들이 틀렸음을 아프게 깨달았다.

아릿한 마음을 통해 그녀는 알 수 있었다. 자신이 이번에 받은 건 연호가 알려 줬던 그 대가라는 걸 알아차렸다. 오도카니 책장에 기대어 선 희원은 흐릿하게 웃었다. 대가가 없기를 바랐던 것일 수 있는 모순된 마음이 어느새 안도하고 있었다.

연호 역시 자신에게 죄가 있다고 말했으니, 그 대가를 받고 있다고 생각하면 조금은 기분이 가벼울 것이라고 믿으며 그녀는 애써 처지는 기분을 밝게 하려고 어둠이 내려앉은 창밖을 한동안 바라봤다.

— 여러분은 사랑을 하고 있나요?

서연의 음성이 라디오를 통해 흘러나오고 있었다. 오늘은 보이는 라디오였기에 지원은 특별히 신경을 많이 쓰는 중이었다. 이 가을 한 계절만 디제이를 맡아 보기로 하고 시작했기에 지원은 앞으로 두 번 더 남은 보이는 라디오도 기대를 하고 있었다.

부스 안의 서연은 여타 다른 연예인들처럼 꾸미지 않았지만 빛나고 있었다. 그런 서연의 모습을 보고 있는 학생들의 모습에 지원은 고개를 내저었다. 모델이라는 말에 관심을 보이는 것 같았다.

— 사랑하는 사람에게 마음을 준다는 건, 어떤 기분일까요.

문득 시트를 보던 지원이 하얗게 질려 서연을 바라봤다. 시트에 없는 멘트가 서연의 입을 통해 흘러나왔다.

— 저는 사랑을 하지는 않았지만 한 번 결혼을 한 적이 있었습니다. 여러분에게는 그런 과거가 있었나요.

서연이 무슨 생각인지 알 수 없는 지원은 손을 흔들어 하지 말라고 했지만 서연은 천천히 말을 이어 갔다.

늦은 시간 방송을 듣는 사람들이 많지 않아도 매니아층이 있는 프로그램이었던 탓에 지원은 등에서 식은땀이 흘렀다.

— 그런 과거를 상관하지 않고, 나라는 사람을 봐 주는 그런 사랑을…… 여러분은 받아 본 적이 있으신가요? 그런 분들이 있다면, 오늘 For you로 문자를 보내 주세요. 함께 '사랑'이라는 주제로 이야기를 나눌 수 있다면 좋겠네요.

지원은 안절부절못하다 서연이 다시 시트에 적힌 멘트를 따라가고 있음에 안도했다.

"헐. PD님. 우리 조금 전에 시말서 쓸 뻔하다가 살아 돌아온 거 맞죠?"

작가들 역시 많이 당황한 모양이었다. 지원은 어색하게 웃으며 노래가 흘러나오는 부스를 바라봤다. 당황해서 진땀을 흘리는 자신들과 달리 서연은 태연했다.

"이제 보니 서연 씨 강심장이네."

막내작가의 말에 지원 역시 동의하는 바였다. 저렇게 덤덤하게 자신의 과거를 털어놓으며 흐름을 깨지 않을 수 있을 것이라고 미처 생각하지 못했다. 서연을 보니 방송에서 모든 것을 다 털어놓은 것이 아니라는 걸 알 수 있었다.

"일하죠. 일."

지원은 결국 서연을 향하던 시선을 돌려 타임테이블을 확인하기 시작했다.

분, 초 단위로 시작하고 끝내야 하는 라디오 생방송은 시간과의 싸움이었다. 지원은 다음에 이어질 노래와 광고들을 확인하며 의자에 앉았다.

여전히 부스 안에는 무미건조한 얼굴로 가만히 앉아 있는 서연이 있었다.

서연의 라디오는 새벽 2시에 끝난다. 현우는 그런 서연에게 가고 싶었지만 운전을 할 수가 없었다.

“아아……. 본부장이 오늘도 빠져나가려는 모양입니다.”

서원의 한마디에 술을 따르려는 사람들 틈에서 현우는 점점 정신을 차리기가 어려워졌다. 결국 어지러움을 느낀 그는 의자에 몸을 기대며 나른하게 앉아 있었다.

“회식 몇 번 한 적은 없지만 왜 그때마다 같은 시간에 사라지는지 도통 모르겠어서 말입니다.”

시간은 벌써 새벽 3시를 향해 가고 있었다. 이미 서연은 방송국에서 나와 집으로 가고 있을 것이었다.

그는 오늘따라 이상한 예감이 들어 대리를 불러 그의 차를 방송국으로 보내 놓아 걱정을 안 할 수 있었다. 그의 예상처럼 서연의 오빠가 끝내 그에게 술을 강권하고 있었다.

거부할 수 없는 상황과 자리에 그는 앞에 잔이 놓이기가 무섭게 비워 냈다. 사업을 하면서 더한 것들도 많이 겪어 본 터라 술은 걱정 없었다.

일단 이 자리를 벗어나면 괜찮을 거라고, 그는 그렇게 생각했다.

"알 거 없습니다."

결국 현우는 서원이 따라 놓은 술을 다시 입에 털어넣었다. 속에서부터 올라오려는 알코올의 알싸한 향이 그의 숨조차 취하게 만들었지만 그는 입가를 비틀어 올리며 서원을 비웃었다. 서연에게 그 누구보다 잔인했던 사람에게 앓는 소리를 하기 싫은 그는 계속해서 버텼다.

독한 사랑의 끝이 궁금하다던 현수의 우스갯소리가 귓가를 때렸지만 현우는 고개를 내저었다. 어제 들었던 서연의 그 말이면 충분했다.

다른 건 알 필요도 없고, 알고 싶지도 않았다.

"그만해 줄래요, 오빠."

사내들로 득실거리는 회식 장소에 나타난 서연의 모습이 처음에는 허상인 줄 알았던 현우는 놀라 그 자리에서 일어섰다.

이제 열흘만 있으면 도원을 집어삼킬 수 있는 전초전이 끝난다. 현우는 그랬기에 서원의 장단에 잠시 놀아 줬다. 그가 의심하지 않도록.

"이게 누구야. 유명하신 동생, 이네."

서원의 이죽거림에도 서연은 그와 현우가 있는 안쪽까지 걸어왔다.

"가자."

서연은 서원이 없는 것처럼 행동했다.

"네 가족은 알은체도 안 하고 이 밤에 남자랑 같이 가는 행동을 하는 게 남들 보기에 부끄럽지도 않나 보구나."

"남들이 어디 있죠?"

그녀는 되려 그를 받아쳤다. 서원은 그 사실에 지금 눈앞에 있는 아이가 자신이 알고 있던 진서연이 맞나 싶었다. 한국에 돌아온 이후의 서연은 그가 알고 있던 서연과 달랐다.

"난 내가 신경 써야 할 사람만 신경 써요. 게다가 이 사람 내일 일하러 가야 하는데, 앞의 술 전부 이 사람이 먹은 거 같네요."

"하. 네가 미쳤구나."

서원은 테이블 위의 빈 술병이 전부 현우가 비운 것이라고 단언하는 서연의 말에 이죽거렸다. 하지만 담배를 꺼내는 그를 향해 서연은 비웃고 있었다.

"나는 이 사람을 알아요. 저 양을 혼자 전부 먹지 않는 이상 이렇게 취할 정도로 술에 약한 사람이 아니거든요. 양주로 이만큼 먹였으면 그만 보냈어야죠."

담배를 태우며 현우의 재킷을 들고 천천히 일어서는 그를 바라보는 서연의 모습에 서원은 묘한 기시감을 느꼈다.

"신현우가 회식 때마다 정해진 시간에 사라지는 이유가 뭐냐."

그는 궁금해서 물었다. 늘 매번 회식을 할 때마다 정확히 12시면 사라지는 현우였다. 게다가 그 시간까지 술은 입에 대지 않았다.

"독한 새끼가 그 시간까지 매번 술은 먹지도 않더라고. 이건 정말 궁금해서니까 대답해라. 뭐냐?"

서원의 말에 서연이 흔들리는 걸음을 들키지 않으려 그녀의 손을 잡는 현우의 팔을 잡았다. 그리고 이내 연인처럼 팔짱을 끼고 그의 옆에 서서 서원을 마주 보았다.

"나예요."

서연의 말에 서원이 어이없다는 듯 웃음을 터트렸다. 함께 회식을 하고 있던 직원들이 가시방석에 앉은 듯 불안해하고 있었다.

"내가 새벽 2시에 일이 끝나거든요. 그 시간에 혼자 집에 가게 하기 싫어서예요. 그러니까 이런 유치한 짓은 그만해 줄래요?"

서연은 말을 마치고 유유히 현우와 함께 사라졌다. 물끄러미 그 뒷모습을 보던 서원은 한참을 웃다 직원들을 모두 돌려보냈다.

서연은 겁이 없어졌다. 그리고 조금 더 맹랑해졌다. 그가 제일 싫어하는 모습을 하고서 도원그룹 안으로 들어오기 시작했다.

그는 그 모습이 마음에 들지 않았다.

04.

# 잘 모르겠어

술을 많이 마신 현우를 방에 눕혀 두고 서연은 차가운 커피를 들고 식탁 앞에 앉아 있었다. 이틀 전부터 내내 그에게 하는 자신의 행동에 적응이 되지 않았지만 그보다 더 힘든 것은 자신 이외의 것이 그를 힘들게 하는 건 싫다는 감정이었다.

그 감정이 무엇을 의미하는지는 몰라도 종국에는 하나가 남았다. 저 사람을 놓을 수 없다. 이 오랜 습관을 버릴 자신도, 그럴 마음도 없었다. 이 감정을 현우가 알게 해서는 안 된다는 생각만이 가득했다.

"네가 그곳에 오면."

어느새 일어난 것인지 그가 거실로 나와 자신을 바라보고 있었다. 서연은 현우의 모습을 보며 입꼬리를 말아 올렸다.

"내가 참을성이 사라져. 알아?"

그의 말에 서연은 발끝이 간질거리는 기분이었다. 딱히 무어라 꼬집을 수 없는 감정의 파동 아래에서 그녀는 흐트러진 그의 모습을 바라만 보고 있었다.

"진서연이 꼭 내 옆에 있을 것 같아서, 내 인내심이 바닥난다고. 알아?"

"알아."

결국 그녀는 그의 말에 대답했다.

"네가 날 숨도 못 쉬게 말려 죽이려고 하는구나."

현우의 말에 서연은 그에게서 시선을 떨어뜨리지 않고 입을 열었다.

"아니. 이번엔 아닐 거야."

그가 자신을 위해 하는 일들을 잘 알지 못했다. 하지만 추측만 했을 뿐인데도 그 사랑은 무거웠다.

마음을 무게로 측량한다면 그의 것을 넘을 수 있는 것이 있을까 싶을 정도였다. 아는 건 그뿐이었다.

그녀는 그럼에도 현우의 옆을 떠날 수 없었다. 차라리 자신이 없는 편이 그에게 더 나을 것이었다. 그녀는 그렇게 생각할 수도, 확신할 수도 있었다.

"내가 변해 볼게."

서연은 자신이 무슨 말을 하고 있는 줄도 모르면서 변화를 입에 올렸다. 단지 무거워진 마음 때문만이 아니었다. 폐부를 깊숙이 찌르는 죄책감도 아니었다. 그녀는 그의 아픈 모습이 이제 더 이상 보기가 싫어졌다.

이유가 있다면 그뿐.

"그러니까, 그대로 있어."

아프지 말고 그 자리에 서 있기만 하기를 바라며 그녀는 메이슨을 찾아가야겠다고 생각했다. 그가 회사로 나가고 나면 그녀는 이제 넉넉해진 시간을 그의 모든 것을 알아보기 위해 돌아다닐 생각이었다.

"그대로……."

조용히 찻잔을 내려놓는 정인은 정훈의 생각을 가늠할 수 없었다.

"아버님."

그녀는 한옥 건물의 구조상 불편한 내부를 결국 신식으로 바꿔 준 정훈의 배려를 알고 있었다.

나중에 현우와 그 안사람에게 물려주겠다고 예스러움을 고집하던 정훈이 뜻을 굽힌 것에는 자신의 의견이 한몫했다는 걸 알고 있었다.

"저는 그 아이…… 그런 아이가 현우의 옆에 있는 게 싫어요."

그녀는 그렇게 맏며느리를 아끼는 정훈라는 걸 알면서 현우의 옆에 있다는 여자의 존재가 싫다고 거리낌 없이 말했다. 그렇게 해서라도 아들의 옆에 그녀의 마음에 드는 반듯한 아이가 서 있기를 바라는 마음으로…….

"어미야."

"네."

"녹차가 모자라지도, 넘치지도 않게 잘 우려졌구나."

차에 대해 말하며 찻잔을 매만지던 정훈의 시선이 창호지를 보고 있었다. 정인은 정훈의 맞은편에 앉아 그의 움직임에도 꿋꿋이 잔을 내려다봤다. 잔을 그러쥐었던 손이 복잡한 마음을 감추기 위해 이내 무릎 위로 떨어졌다.

"현우가 외국에서 지냈던 그 오랜 시간 동안 내가 아무것도 알아 두지도 않고 모르고 있었을 것이라고 생각하고 있는 건 아니겠지."

정인은 정훈의 말에 의아했다. 현우가 외국에서 공부하고 일했던 시간을 입에 담는 것이 지금 벌어진 일과 무슨 상관인가 싶었다.

반반하게 생긴 그 아이가 제 아들을 꼬여 낸 것이라고 생각하고 싶었던 그녀는 영문을 모르는 얼굴로 정훈을 마주 봤다. 세간의 소문이 사실이라고 단순하게 여겨 버리고 싶었다.

"그 아이의 옆에 다가간 것도, 그 옆을 지킨 것도, 그것으로 모자라 그 아이가 하는 일을 전부 지원하고 만들어 준 것도 전부 현우였다. 그러니 내가 허락하지 않는다고 포기할 녀석이 아니라는 것쯤 네가 더 잘 알고 있지 않아."

정훈의 말에 정인은 절망했다.

"그런 독한 마음으로 지금까지 버틴 녀석이라면. 허락을 받지 못한다 한들 그 옆에 설 수 없는 것보다는 나을 거라고 생각할 거다."

정인은 왜 하필 그렇게 말이 많은 아이를 고른 것인지, 알 수 없는 아들의 선택에 말을 쉬이 꺼내지 못했다.

"그러니 허락을 하고, 나한테는 이 신가를 지켜 나갈 손주를 얻는 게 이득이지 않겠냐."

"아, 아버님. 하지만……."

차마 그렇다고 대답할 수 없어 정인은 같은 말을 반복했다.

실리를 더 중요하게 생각하는 정훈이 현우를 자유롭게 놓아준 것도 결국 그의 한 수였다.

현우에게 신뢰와 관계를 받아 내고, 대신 정계로 진출할 현수를 직접 가르치고 다듬어 후계로 손색없이 내어놓는 것.

거기에 현우가 마음에 담고 있는 사람이 도원의 주홍글씨라니 정훈에게는 이보다 호재가 없던 것이었다.

현우가 도원을 삼키고, 현수가 정계에서 더 자리를 넓혀 간다면 이제 신가는 그 무엇에도 흔들리지 않을 가문이 될 것이었다.

"그이의 사고로 포기하신 것이…… 아니셨네요."

순진하게 그녀는 정훈이 큰아들의 죽음을 통해 일부 마음을 내려놓았다고 생각했다.

"저는 그걸 순진하게 믿고, 현우가 그저 평범하고 반듯하게

만 잘 자라면 좋겠다고 생각했네요."

"사는 게 다를 게 뭐가 있다고."

정훈의 말에 정인은 맥이 풀리는 기분이었다. 결국 정훈과 이야기를 한다고 해도 같은 자리를 돌 것이 분명했다. 정인은 끝나지 않을 대화에서 빠져나가기 위해 먼저 일어섰다.

"메이슨."

서연의 부름에도 메이슨은 뉴욕에서 걸려 온 전화를 처리하느라 진땀을 흘렸다. 쇼 직전에 사라진 모델이라니. 생각만 해도 아찔했었던 순간에 마침 시간이 비어 있던 다른 모델을 찾아내지 못했더라면 큰 사고가 날 뻔했다.

겨우 수습하고 한숨을 돌리는 그에게 다시금 말하는 서연이었다.

"메이슨. 말해 줄래?"

메이슨은 서연과 단둘이 대면한 적이 없었기에 이 상황 자체가 낯설었다.

"무엇을 말해 달라는 거야."

"현우가 내게 했던 모든 것."

그녀는 오늘 꼭 그 말을 듣길 바라고 있었다. 태도를 보면 알 수 있었다.

"그걸 알면 넌 부담스러워서 그를 피할 거야."

"장담하지 마."

메이슨은 강하게 반발하는 서연의 모습을 보며 고개를 내저었다. 지난 몇 년간 서연을 봐 온 그는 그녀의 성격을 잘 알고 있었다.

"아니, 넌 분명 그 마음이 부담스러워서 그를 피할 거다."

"아니, 그렇지 않아."

"너야말로 장담하지 마."

메이슨은 한마디로 잘라 상황을 정리하려 했다. 하지만 뜻을 굽히지 않는 서연을 마주한 그는 결국 입을 열 수밖에 없었다.

"그가 네게 한 건……. 전부."

"뭐?"

대답 같지 않은 답에 서연이 반문하자 메이슨은 다시 말했다.

"네가 알든, 알지 못하든 그가 널 위해 한건 네 모든 것이야. 진서연이라는 이름 아래의 것들이 아닌 모델인 너를 위한 모든 것. 그랬기에 네가 그처럼 자유로울 수 있었고, 진서연이라는 이름을 숨길 수 있었던 거다."

현우가 가진 모든 것을 이용하고, 활용하고……. 종국에는 부탁을 하면서까지 그녀를 지켜 내고 있었다고 말하고 나자 그는 아주 잠시나마 후련한 마음이었다.

사실 그는 요즘 현우를 보면서 이 관계를 끝내려면 서연에게 자신이 이 사실들을 알려 주면 되지 않을까라는 일차원적인 생각을 했다. 그런 생각을 두고 진지하게 고민한 적도 있었지만 그녀가 직접 찾아와 물어볼 줄은 몰랐었다.

"그러니, 알고도 피하고 싶으면 지금 해."

이제 고작 나흘 앞으로 다가온 도원모직 매각일을 앞두고 현우가 일을 만들고 있다는 걸 아는 서연은 메이슨의 말이 무슨 뜻인 줄 알고 있었다.

그를 이용하고 버릴 작정이라면 지금 버리라는 말에 서연은 무감각하게 서 있었다. 대답도, 어떤 행동도 없이 그저 그 자리에 서 있기만 했다.

복잡한 마음을 다스릴 길이 없어 서연은 한강에 차를 대고 물끄러미 저무는 노을을 바라보고 있었다. 석양이 아름답도록 눈이 부셨다.

자신이 처한 상황과 현실에 상관없이 아름다운 그 빛깔을 보고 있다가 서연은 한 통의 연락을 받자마자 '여당' 이라는 이름의 일식집으로 차를 몰았다.

"진서연입니다."

그녀는 여당 안으로 들어서자마자 자신을 맞이하는 직원을 보고 말했다. 이미 그녀를 부른 사람이 룸으로 데려오라고 말했을 것이다. 자신을 따라오라는 직원의 말에 그녀는 걸음을 옮기다 문득 자신의 차림을 보고 낮게 혀를 찼다.

청바지에 검은 남방을 입었지만 속이 비칠 정도로 얇은 남방이었다. 안에 민소매 티를 입었다고 해도 단정하지 못하다고 생각할 것이었다.

그녀는 일식당이라고는 하나 돈이 제법 있는 치들이 아니면 이용하지 못하는 여당을 좋아하지 않았다. 수빈과의 결혼을 준비하던 때에 시어머니의 비위를 맞추기 위해 이용했던 정도였다.

"안녕하세요. 처음뵙겠습니다. 진서연이라고 합니다."

그녀는 그런 장소, 똑같은 방에서 현우의 어머니와 마주 앉게 될 줄은 몰랐었다.

"아가씨가 누구인 줄은 알고 있어요. 와서 앉아요."

"네."

서연은 정인의 앞에 마주 앉았다. 이미 정식이 차려져 있는 모습에 그녀는 정인이 한참 전에 미리 와 있었음을 알 수 있었다.

"내가 먼저 나와 있었답니다. 예고도 없이 부른 건 내 쪽이니 신경 쓰지 마요."

"네."

그의 가족사를 많이 알지 못했기 때문에 현우 어머니의 전화가, 그 부름이 그녀에게는 새로웠다.

"현우에 대해서 아가씨는 무엇을 알고 있나요."

"평범한 집안의……."

그렇게 평범하지 않더라도, 적어도 자신의 집보다는 평범한 가정에서 넉넉하게 자란 그런 사람이라고 알고 있던 그녀는 대답을 다 할 수 없었다.

"아가씨, 틀렸어요."

정인이 가볍게 서연의 말을 자르고 입을 열었기 때문이다.

"현우는 다음 대권에 가장 유력한 선진당 대표의 집안을 이어 갈 아이예요."

서연은 까마득히 모르고 있었던 사실에 놀라 대답을 할 수 없었다.

"그 일을 현우보다 나이가 많은 사촌이 처리해 주고 있지만. 아가씨, 그런 현우가 아가씨를 옆에 두는 걸 그냥 지켜볼 수만은 없어서 불렀답니다."

"아, 저……."

그녀는 무슨 말이라도 해야 할 것 같았다.

"현우 아버지가 교통사고로 세상을 등진 이후로 아버님도 현우에게는 가업이나 마찬가지인 정계 진출을 요구하지 않았지만 집안에 든든히 버티고 있어야 할 사람은 다름 아닌 현우라고 생각하고 있어요. 나 역시 그런 현우에게는 반듯하고 구김 없는 아가씨를 소개해 주고 싶었어요."

서연은 정인이 무슨 말을 하는지 명확하게 이해하고 있었다. 차라리 정인이 나았다. 이해와 아량을 명목으로 답지 않은 어색한 분노를 표현하던 수빈의 집안사람들이 했던 행동보다 지금 상황이 한결 편안하고 나았다.

"이런 말을 하는 것 자체가 실례이고, 해서는 안 된다는 걸 알지만. 아가씨는 그런 사람인가요."

서연은 정인의 물음에 쉽게 답을 할 수 없었다.

"어머니께서 말씀하신 여자와 저는 분명한 차이점이 있는 것 같아 쉽게 대답할 수가 없습니다."

서연은 이 상황들이 익숙한 자신이 어색하지 않았다. 외려 편안했었던 지난날의 시간이 어색했다.

"저는 어쩌면, 제 상황들을 놓고 보면 가장 최악의 조건을 가지고 있다고 볼 수도 있겠네요."

그가 우려했던 건 어쩌면 이런 것일 수 있었다. 이혼을 했고, 그 스캔들의 주인공이었지만 아버지의 힘으로 이름 외에는 알려진 것 없는 재벌가의 딸이라는 타이틀만으로도 다른 집에서는 자신을 받아들이기 힘들 것이었다.

여기에 얼굴까지 알려졌으니. 평범한 집안에서도 받아들이기 힘들 텐데, 그 신정훈 대표의 손자라면…….

"아가씨."

정인이 다정하게 부르는 소리가 듣기 좋다고 생각하면서도 서연은 쓰게 웃을 수밖에 없었다.

"아시겠지만 대한민국에서 제가 이혼했던 걸, 그 이혼 과정에서 제가 챙겨 간 위자료를 모르는 사람은 없어요."

서연은 꽤나 덤덤했다. 외려 안절부절못하는 건 정인이었다. 이런 상황이 처음인 듯 어색한 그 모습에 서연은 자신이 정인을 괴롭히는 것 같아 불편해지기 시작했다. 그녀는 단 한 번도 남에게 안 좋은 소리, 싫은 소리를 하지 않은 사람 같았다.

"그런데, 이제 제가 이런 최악의 조건을 가지고도 물러날 수가 없을 만큼 현우가 제 옆에 있던 시간들이 길었습니다. 그 습관이 어느새 삶의 일부가 되었다는 사실이, 그런데 습관이라고 생각했던 것들이 전부 마음이었다는 깨달음이……."

서연은 제법 덤덤하게 말을 이어 갔다. 고요한 그 모습에 정인이 서연의 모습 자체는 마음에 든다고 생각할 정도였다. 현우의 옆에 있으려면 다른 것에 휘둘리는 성격의 여자는 달갑지 않은 상대이기 때문이었다.

"너무 늦어서, 저는 어머니의 바람대로 할 수가 없습니다."

수빈이 그녀를 단 한 번도 품에 안지 않았다고 해서 결혼을 했었고, 이혼을 했었다는 사실이 없어지는 것은 아니었다.

"아가씨, 아가씨 아버지와 현우 할아버지가 사이가 좋았더라면, 그랬더라면 아가씨도 마음고생 덜하고 우리 현우도 마음고생을 덜했을 거라는 생각이 드네요. 솔직히 말하자면 나는 이런 상황이 싫어요. 그래서 내 아들이 아가씨에게 그처럼 독하게 매달리고 있는 모습이 보기가 싫어요."

그런 점은 충분히 이해한다, 라고 말하려던 서연의 말이 정인의 다음 말에 쏙 들어갔다.

"현우가 갑자기 할아버지를 찾아와서 말하더군요. 자신이 모든 것을 포기하겠다고. 할아버지가 원하는 대로 살 수 있다고. 그러니 아가씨를 허락한다고 말하기만 한다면 무엇이든 하겠노라고."

서연은 정인의 말에 놀라 그녀를 바라봤다.

"그 말에 그 아이 할아버지가 도원을 삼키라고 했어요. 그러겠노라고 망설임 없이 대답한 현우가 곧장 뭐라고 말했는 줄 알아요?"

'그 집안 삼키죠. 그렇게 삼켜서 그 여자에게 줄겁니다.'

'모두 줄 겁니다. 삼킨 이후의 일은 신경 쓰지 않으실 거라 믿습니다.'

서연은 이제 짐작할 수조차 없었다. 그녀는 그의 앞으로 달려가 묻고 싶어졌다.

놀라서 말을 멈춘 서연과 달리 정인은 제법 시간이 지난 일이라 덤덤하게 말하고 있었다.

"지금 하고 있는 일이 무엇인지 모르겠으나, 나는 확신해요. 아가씨에게 그 기업을 통째로 안겨 줄 일이라는 걸. 물론, 아가씨도 현우와 함께 무언가 하고 있겠죠. 그러니, 아가씨."

정인은 여느 사모님들처럼 자신을 우습게 여기지도, 가볍게 보지도 않았다.

"나는 이런 상황에 내 아들을 끼어들게 만든 아가씨를 간단하게 받아들일 수가 없어요. 설령, 아버님이 허락하신다고 해도 그건 도원그룹을 가진 아가씨일 것이지 온전한 아가씨가 아닐 것이기 때문이에요."

정인의 말에 서연은 수빈의 집이 떠올랐다. 막대한 돈을 수빈의 집에 건넨 아버지 덕에 그 집으로 시집을 갔던 자신.

혜린의 결정에 토를 달 수 없었다고 하지만 그건 돈을 주고 결혼을 산 것과 다름없었다.

"그러니 온전히 아가씨로만, 그 자체로만 허락받는다면 나도 역시 허락할게요. 그럴 마음이 있다면 놀러 와요."

이미 싸늘하게 식어 버린 상에는 정인도 서연도 관심이 없었다. 다만, 그녀는 그를 당장 보고 싶었다.

눈 앞에 선 그의 얼굴을 보고 그녀는 묻고 싶었다.

나를 위해 네 전부를 바쳤느냐고.

이런 걸 원한게 아니었다. 그녀는 그에게 모든 것을 다 가지기 위해 널 이용하겠다고 말한 적이 없었다.

"물어볼 게 있어서 왔어."

현우가 도원의 본부장이 된 이후로 서연은 회사로 찾아가지 않았다. 서서히 대중들의 관심을 받기 시작한 그녀에게 도원이라는 꼬리표가 어떤 작용을 할지 몰라서였기도 했지만, 그녀는 그가 자신으로 인해 어떤 불이익도 당하지 않기를 바랐다.

"대체 왜……."

"모든 걸 했니?"

멀거니 바라보기만 하는 그를 보며 서연은 다시금 입을 열었다.

“나를 위해 너를 버렸어?”

그 마음을 온전히 이해하기도, 그리고 그 모든 것을 받아들이기도 어려웠다. 추측도 매한가지였다. 하지만 서연은 하나만큼은 인정했다.

“네 그 마음은…….”

그녀는 확실한 것에 집중하기로 생각하고, 마음먹었다.

“부담스러워.”

메이슨의 말처럼 그의 마음은 부담스러웠다. 어쩌면 집착에 가까운 그 마음이 자신을 옭아 목을 조를 수 있다는 걸 알면서도 그녀는 그 마음이 부담스러운 한편 고마웠다.

“하지만.”

모순된 감정에 어지러운 마음에 이런저런 생각을 하다가도 그녀는 그를 놓을 수 없다는 결론에 도달했다.

“미안하고 고마워.”

자신에게 이처럼 맹목적인 관심과 사랑을 주는 이는 없었으니 그녀는 그가 고마웠다.

“그래서, 하고 싶은 말이 뭐야. 오늘이 도원모직 매각일인 건 알고 있어?”

“응. 알고 있어.”

그랬기에 그녀는 더 이상 현우에게 묻는 것을 지체할 수 없었다.

“그런데도 회사로 왔다고…….”

“응. 왔어.”

옆에 있는 것을 당연하게 여겼음에도 약속된 관계로 묶인 적이 없었던 그녀와 그는 사람들 앞에 나선다는 것이 어떤 의미인지 알고 있었다.

진서연이 신현우를 찾아왔다는 이야기가 이제 회장실까지 퍼질 것이었고. 말을 좋아하는 사람들은 이제 두 사람의 약혼을 입에 올릴 것이었다.

“네가 한 행동으로 인해 내가 어떤 행동을 취해야 하는지는 알고 있는 거야?”

그의 말을 알아듣지 못할 그녀가 아니었다. 서연은 고개를 내저었다. 알고 있었지만 그렇게 두지 않을 생각이었다. 메이슨의 말처럼 그를 피하기 위해 찾아온 것이 아니었으니까.

“아니. 그렇게 하지 마.”

“내가 어떻게 할 줄 알고.”

그녀는 그와 이야기하면서도 멀리서 한달음에 달려오고 있는 서진의 모습을 발견했다.

“의미 없이, 마음 없이 다른 여자와 만날 거잖아. 그러지 마.”

“네가 이렇게 하면 난 인내심이 없어져. 알아?”

전에도 말했던 이야기에 그녀는 웃었다.

“몰라. 하지만 그거 괜찮은 거 같아. 그러니까…….”

서연은 천천히 말을 고르고 숨을 한 박자 느리게 내쉬었다.

"나랑 약혼하자."

결혼은 아직 이르고, 또 지금 한다면 무슨 말이 오고 갈지 모른다. 그러니 그녀는 약혼이라는 굴레 안에서 그의 가족을 알아 갈 생각이었다.

자신이 할 수 있는 것이라고는 오직 그뿐이라는 생각에 그녀는 그에게 손을 내밀었다. 이 손을 내밀기까지 너무나 오랜 시간이 걸렸음을 자인한다.

"진서연!"

본부장실의 문을 열고 들어선 서진이 단번에 목소리를 높여 서연을 불렀지만 그녀는 현우를 바라보고 있었다.

마치 이 공간 안에 존재하는 사람이 그와 그녀 단둘뿐이라는 듯 행동하는 서연의 모습에 그가 결국 웃음 지었다.

희미한 미소가 어쩐지 낯설어 서연은 그를 보고 또 봤다. 두 눈에 새기고 싶은 사람처럼, 그렇게 행동하고 말하며 시선을 못 박았다.

오직 그만을 바라보며.

"네 할아버님이 누구인지 알고, 또 네가 어떤 집안 사람인지도 알아. 그래서 더 어렵겠지만."

서연은 힘 있는 목소리로 말하기 시작했다. 현우의 놀란 시선을 보면서도 그녀는 웃었다. 어쩐지 그녀는 스스로가 무지했음에 한바탕 욕지거리라도 내뱉어 주고 싶은 기분이었다.

이토록 무지했음에도 이 남자를 끝내 피 흘리게 만들 정도의 지독한 이기심으로 붙들었다는 걸 인정한다.

그것이 죄라면 죄일 터.

허나, 그녀에게 앞세워진 이름들 중 그 어떤 것도 인정할 수 없었다.

자신이 저지른 죄악이라면 인정할 수 있다.

남편이었던 자의 불륜.

어머니였던 사람이 부정의 증거로 낳은 자신.

그보다 더 최악인 건 이 모든 사실을 끌어안은 그녀가 이미 숨을 수 없을 정도로 사람들 앞에 많이 나섰다는 것이었다.

정치가의 집안이라면 응당 자신을 받아들일 수 없어야 했다. 그러니, 이 모든 조건들은 타인의 시선에서 봤을 때 최악이었다.

"내가 가진 조건들이 최악이라고 해도 나는 이제 너 없이 혼자 있을 수 없을 것 같아."

"하. 진서연, 너 지금 뭐 하니? 도원모직 네 것 아냐?"

불쾌한 불청객이 같은 공간에 있다는 사실을 누구 하나 신경 쓰는 이 없었다.

"그럼. 내가 내 아내가 될 사람을 최악이 아닌, 최고의 사람으로 만들어 줄게. 그러니까 너는 지금처럼 있어."

현우의 말에 서연은 해사하게 웃었다. 그가 웃는 얼굴이 어울린다고 한 말을 기억하기라도 하는 것처럼…….

서진은 단번에 욕지거리라도 하고 싶었지만 회사 내에서는 보고 있는 눈이 많아서 말을 할 수도 없었다.

"뭐 하니?"

"진서진 씨."

그런 서진을 현우가 제재했다. 더 정확하게 표현하자면 막아 세웠다.

"호칭. 제대로 부르시죠."

"그러는 그쪽이야말로 호칭 제대로 불러요."

얼굴을 붉히며 화를 참는 서진의 모습에 직원들은 속으로 혀를 찼지만 누구 하나 현우의 사무실 안으로 들어와 말리는 사람은 없었다.

"진서진 씨는 오늘부로 매각된 도원모직의 전 사장이었으니 무직, 아닙니까."

그 말을 엿들은 사무실 직원들이 웃음을 참는 소리에 결국 서진이 화를 참지 못하고 소리를 질렀다. 그런 서진의 모습을 보며 서연은 소리 없는 경멸의 감정을 안으로 삭였다.

"하. 그깟 거 안 팔면 그만이야."

서연은 단번에 알 수 있었다. 현우가 일부러 자신에게 도원모직이 가는 과정을 공개했다는 것을.

그 과정에서 누구의 도움을 받았든 자신이 결코 접근할 수 없는 도원홀딩스의 정보를 낱낱이 알고 있다는 사실을 알아차릴 수 있었다.

"언니에게 주는 것도 아니고 파는 건데. 싫으십니까?"

현우가 참을성 있게 묻고 있었다. 서연은 그런 현우에게서 새로운 모습이 보이기 시작했다. 전에는 너무나 당연하다고 했던 모든 것들이었지만 지금은 새롭게 다가왔다. 그는 자신을 위해 계획했고 길을 닦아 나갔다.

그를 위해서 한 일들은 없었다.

"뻔뻔한 게 딱 재 닮았네. 그 노인네 손자라더니. 너네 할아버지가 우리 아빠랑 얼마나 사이가 안 좋은지는 알고 여기 들어와서 일하니?"

서진은 이미 말을 반쯤 잘라 먹으며 하대했다. 그런 서진의 모습이 당연하다는 듯 놀라는 이 하나 없었다.

서연은 직원들에게 했던 행동들이 마치 눈에 보일 듯 선해우스웠다. 서진은 이들을 집안에서 일하는 아주머니들과 동급으로 여기고 행동했을 것이었다.

"그럼 팔지 마세요."

그 와중에 현우가 진지하게 대답했다. 그는 이미 책상 위를 정리하고 있었다.

"뭐?"

예상 밖의 전개라고 생각한 것인지 서진은 한동안 말이 없었다. 그런 서진을 대신해 현우가 자켓을 들고 서연의 앞에 다가가며 말했다.

"대신 계약서에 있는 대로 위약금 물어내야 할 겁니다. 이미 대금은 마쳤습니다."

회사를 사고파는 일이 한두 푼으로 되지 않음을 알고 있었다. 서진이 정말 도원모직을 팔지 않겠다고 할 경우 서너 배에 달하는 위약금을 물어내려면 서 여사가 가진 모든 것과 서원의 것을 합쳐서 털어야 할 것이었다.

그게 되지 않는다면 아버지를 몰아서 방도를 찾을 것이다.

"그러니 하고 싶다면 계약서대로 하세요. 그게 아니라면, 도원모직은 이제부터 진서연 씨가 주인입니다."

그는 오직 서연에게 그 회사를 주기 위해 달려왔다. 그녀에게 도원홀딩스와 함께 도원그룹의 모태가 된 도원모직을 내어주기 위해 움직였고, 그것을 차지한다면 이제 진가에서 서연이 더는 무시당하지 않으리라는 판단이었다.

그뿐이다. 그는 다른 걸 바라지 않았다.

이제 그녀가 자신에게 손을 내밀었으니 더는 바라지 않았다.

* * *

현우는 눈앞의 여자를 한 번도 본 적이 없었다. 오래전 미국에 가기 전 아버지와 함께 참석했던 파티에서 보았다고 하는 여자를 기억하지 못했다.

"솜씨가 좋더구나. 매매할 때는…… 뭐더라, 메이슨, 그 사람을 내세웠다지."

혜린의 말에 현우는 고요히 커피를 마실 뿐이었다. 제법 전망 좋은 호텔의 VIP룸으로 불러들인 것도 사람들의 눈에는 꼴사납게 보일 텐데 전혀 신경 쓰지 않는 여자의 모양새가 우스웠다.

이편이 더 조용하고 안전하다는 혜린의 행동들에는 모순이 있었다. 젊은 남자를 끼고 호텔 룸에 있는 모양새가 다른 사람들의 눈에 띄기라도 하면 퍽 좋게는 보이지 않을 것이었다.

그럼에도 불구하고 혜린은 조용한 것을 원한다며 그를 룸으로 불러들였다. 단순한 커피 한 잔이 이토록 비쌀 줄은 미처 예상하지 못한 바였기에 그는 이 상황이 그저 우스웠다.

"커피 한 잔 마시자고 불러내셨으니 전 이 커피 다 마시면 일어나겠습니다."

사실 현우는 메이슨을 앞세워 혜린이 조각내서 파는 도원모직을 헐값에 사들였다. 혜린은 남편을 열받게 할 생각이었고, 현우는 상당한 호재를 놓칠 수 없었다.

그 과정에서 그는 일이 생각보다 쉽게 풀리고 있다는 걸 알았다. 일에 감정을 개입시킨 혜린과 서진 덕에 벌어진 일이었지만 그는 그냥 넘길 수 없었다.

도원모직이 조각나서 팔리는 건 괜찮지만 한 사람의 손에 온전히 떨어지는 건 막기 위해 도원모직 아래에 있는 계열사들을 모두 팔아 치우고 마지막으로 껍질만 남은 도원모직까지 팔아 버렸지만, 결국 그 모든 것들이 서연의 손에 떨어지고 있다는 걸 안 사람은 없었다.

모두 다른 사람이 사들이게 만들었고 그 후 양도의 수순을 밟아 서연의 손에 들어오게 됐다. 그 과정을 오픈하게 한 것도 눈앞의 여자를 열받게 하기 위함이었다.

도원모직은 도원그룹 안에서도 뿌리가 깊은 계열 중 하나다.

"다 마셨네요. 전 그만 일어나겠습니다."

"그쪽에서 거래를 원점으로 돌린다면 이쪽에서도 계약서는 없던 것으로 하고 파기하도록 하죠."

마치 그 과정에서 상당한 손해를 본다는 듯 이야기하는 혜린의 모습에 현우는 결국 소리 내어 혀를 찼다.

"거래의 기본을 모르시네요."

그는 결국 한마디 하지 않을 수 없었다. 혜린이 움직이기 시작하면 도원의 기둥뿌리 몇 개는 휘청이리란 걸 잘 알고 있었다. 그만큼 혜린이 도원그룹 내에서 가지고 있는 지분과 영향력은 무시하지 못할 것이었다.

그랬기에 남편을 휘어잡고 살아온 것이겠지만 그는 그 인생이 어쩐지 안쓰러웠다. 남은 것이라고는 돈과 아집밖에 없었으니.

"회장님께서 자신의 딸에게 도원모직이 그대로 넘어간 것을 아신다면 도원모직 매각으로 인해 감내해야 할 도원홀딩스의 출혈을 그대로 혼자 감당하지 않으실 겁니다. 그걸 누구보다 잘 알고 계실 서 여사님께서 초등학생에게도 하지 않을 거래를 제안하십니다."

그는 매우 기분이 나빴다. 사실 혜린의 태도로 서연이 이 집 안에서 어떤 대우와 대접을 받고 살았을지 짐작할 수 있었다.

짐작만 했을 뿐인데 그는 불쾌한 감정을 맛봤다. 마치 좋은 커피가 주인을 잘못 만나 쓰기만 하게 내려졌을 때 만나는 불유쾌한 기분이 순간 밀려왔다.

"아니면, 그쪽이 우리를 속이고 거래를 했다고 할까요."

혜린은 그럼에도 지지 않았다. 강하게 나가면 언젠가 수그러들 것이라고 생각하는 모양이었다.

"아니죠."

그는 그런 혜린의 오만함에 웃었다.

"하실 수 없으실 겁니다. 사회적으로도, 도의적으로도, 그리고 무엇보다 법적으로도 계약서에 위배되는 사항을 읊으신 건 서 여사님이니까요."

현우의 말에 혜린이 여리게 몸을 떨었다. 필시 삼킬 수 없는 화가 혜린을 강하게 내려치고 있음을 그는 확인할 수 있었다.

"그러니 하시고 싶거든 하세요. 다만 계약서는 조금 더 자세히 확인하시기 바랍니다. 제가 그리 허술하게 작성하지 않아서 말이죠."

그는 완벽히 그에게 다가온 서연을 확인했으니 이제 망설일 것이 없었다. 그는 더 들을 것도 없이 몸을 일으켰다. 그런 그의 걸음을 붙든 건 혜린의 시린 언어였다.

"지긋지긋하게 살아남더니. 그 화냥년의 딸이니 끝까지 살아남을 것이라고 생각했지만."

현우는 그 순간 할 말을 잃었다. 그는 혜린의 얼굴에 역력한 모멸감과 경멸의 기색이 당황스럽지 않았다.

혜린이 화를 참지 못해 말을 가리지 않고 입을 열었다. 하지만 현우는 그런 것으로 놀라지 않았다. 그가 당황한 것은 혜린의 입을 통해 나오는 이야기였다.

"고매하신 회장님께서 결혼한 여자를 건드렸을 줄 누가 알았겠어요. 그쪽도 알 건 알아야 하지 않겠어요."

혜린은 마치 대단한 사실을 말해 준 것처럼 굴었지만 현우는 혜린이 말한 사실에 놀라지 않았다. 다만 그는 친엄마에 대해 아무것도 모르고 있는 서연이 걱정이었다.

고아원에서 살았던 시절이 가장 행복했었던 기억이라 여기는 서연을 알고 있었기에 그는 그녀가 가장 걱정스러웠다.

이 모든 것이 사실이라고 해도, 그는 그녀가 모르기를 바랐다. 차라리 모르는 편이 더 나을 것이라고 생각하고 싶었다.

친어머니에 대한 안 좋은 기억들이 만들어지고, 그 위에 상처가 겹겹이 쌓이다 보면 아픔이 그녀의 마음을 갈기갈기 찢어 놓을 것이 분명했다.

"고아에, 성격이 반듯하고 싹싹해서 내가 가장 좋아했던 회장님의 비서였는데……. 누군들 일이 그렇게 될 줄 알았나요. 결국 아이에 대한 모든 걸 포기하고 평생 먹고살 돈 받아서 해

외로 갔는데. 신정훈 그 사람이 알면 좋아하겠네요."

정치인에게 이미지는 생명 아니던가요, 라고 가볍게 읊조리는 혜린의 말에 현우는 깊은 분노를 삼켰다.

하지만 망설임은 없었다. 그는 이미 할아버지가 모든 것을 알고 있을 것이라고 생각했다. 그렇지 않고서는 사람을 대하지도, 만나지도 않는 분이라는 걸 누구보다 잘 알고 있는 그였다.

"하세요."

그리고 그는 마음속으로 더욱 굳게 다짐했다.

"저희 집안의 다음은 제가 아니라 다른 사람이니까."

그는 확신할 수 있었다. 할아버지는 자신이 뱉은 말은 지키는 사람이었고 현우는 그가 하고자 하는 것을 포기한 적이 없는 사람이었다.

그러니 서연의 출신이 어떻든, 그 과정이 어떠했든 정훈은 결과만 볼 것이라는 걸 확신할 수 있었다.

그는 혜린과 더 이상 같은 공간에 있다가는 소리라도 지를 것 같아 먼저 자리를 털고 일어섰다. 그 순간까지도 혜린의 시선은 자신도 그 무엇도 아닌 허공을 응시하고 있었다.

종알거리는 서연의 음성이 지금처럼 듣기 좋았던 적이 없다고 생각하며 그는 서연이 요리하는 모습을 가만히 바라보기만 하고 있었다.

부엌에서 종종걸음 치며 움직이는 서연의 모습이 그 어느 순간보다 아름다워 보인다고 그는 생각했다.

"그래서 오늘은 스케줄이 없어. 화보 촬영도 끝났고. 오늘 라디오도 생방이 아니라 미리 녹음해 놓은 걸로 나간다고 했으니까."

"너 다음 주부터 있어."

도원모직의 주인은 이제 진서연이였다. 그러니 이제 진 회장을 만나서 세부사항을 진행하면 설계는 끝난다.

어리석게 움직인 서진과 그에 맞장구쳐 준 혜린으로 인해 얻은 기회를 현우는 가벼이 넘기지 않았다.

"스케줄?"

"어."

봉골레 파스타를 내려놓는 서연의 모습에 그는 낮게 혀를 찼다. 저걸 먹고 내일은 또 얼마나 운동을 하려는지 예상이 된 그는 소파에서 일어나서 결국 서연이 서 있는 부엌으로 다가갔다.

"이거 사 왔어."

예전부터 서연이 잘 먹던 훈제 굴과 로제와인을 꺼낸 그는 자신의 것으로 만들어진 파스타를 치우고 냉장고 안을 뒤져 갖은 야채들을 꺼냈다.

"어…… 왜?"

그런 현우의 모습에 서연이 주춤거리며 걸음을 뒤로 물렸지만 비켜서지는 않고 있었다.

"너 저거 먹고 내일은 또 얼마나 운동하려고. 분명 뛰고, 걷고, 그것도 모자라서 수영 갔다가 요가까지 할 거잖아."

그는 그녀가 그렇게까지 운동을 할 때면 몸을 함부로 다루는 것 같아 안쓰러웠다. 그래서 그는 가능한 한 그녀가 자신을 험하게 다루지 않기를 바랐다.

"하지만 먹고 싶은 걸 먹으려면 운동하지 않을 수 없잖아."

스스로에게 이처럼 엄격한 잣대를 가지고 있는 서연이 친모에 대한 이야기를 알게 된다면 그때는 정말로 스스로가 최악의 조건이라고 생각할지 모르는 일이었다.

현우는 그런 일이 벌어지는 것을 바라지 않았다. 그랬다간 그대로 주저앉은 서연을 다시 일으켜 세우는 일이 그에게 있어서 가장 큰 난제가 될 수도 있었다.

그는 그런 일이 벌어지는 것을 진정으로 원하지 않았다.

"그럼, 지금 말고 내일 점심에 먹고 나랑 같이 운동 가자."

그는 최대한 가볍게 상을 차려 냈다. 식탁에 마주 앉고 나서야 그는 그녀를 마주 보며 천천히 그리고 가볍게 입을 열었다.

"네가 주인이니까 출근해야지."

별것 아니라는 식으로 말하는 현우를 서연이 뚫어질 것처럼 빤히 바라보고 있었다.

"별스러울 것 없어. 그 회사 어차피 사려고 설계하고 있었고, 도원홀딩스는 삼십 년을 넘게 지주회사로 버텼으니 이제 도원도 지주회사를 옮길 때가 됐어."

"그렇게 되면 아버지가 도원모직의 주인이 될 거야."

"아니. 이제 더는 그렇게 못 해."

그는 그녀에게 확언했다.

"네 어머니가 도원모직을 조각내서 판다는 이야기 덕에 도원모직의 주식이 폐기처분 수준으로 떨어졌고 난 그걸 주워 담았으니까."

사실상 도원모직의 실제 가치의 20%도 되지 않는 가격에 거래가 됐으니 분명 말이 많을 것이었다. 하지만 그건 혜린과 서원의 오판이었다. 그렇게 하면 자연스럽게 그 손실의 폭을 메우느라 진 회장이 그의 주식을 내어놓으리라는…….

"그러니까 네 아버지가 이 기회에 회사에서 서 여사를 밀어내고 싶거든 네 손을 잡아야만 할 거다."

진 회장이 손쓸 틈도 없이 순식간에 해치운 일은 다음 주가 되어서야 사람들의 입에 오르내릴 것이었다.

"그러니까, 가서 손을 내밀어. 홀딩스가 아닌 모직이 지주회사가 되어야 해. 반드시."

그는 강하게 원했다. 이미 현수가 검찰에 도원홀딩스의 내부 비리를 제보한 상태였다. 도원홀딩스에 대한 정보를 얻게 된 현우가 가장 먼저 한 일이 바로 홀딩스의 비리를 찾아내는 일이었다.

"그리고 회장님은 그렇게 할 수밖에 없을 거다."

홀딩스가 털리면 손쓸 방도가 없다. 현우는 그렇게 되면 가장 안전하고 튼튼한 계열을 골라낸 진 회장이 지주회사를 옮길 것이란 걸 알고 있었다.

거기에 걸맞은 가장 강력한 후보였던 곳이 바로 도원모직이였다. 그러니 그는 진 회장이 분명 서진에게 양도하라는 의사를 표명할 것이라고 생각했다.

회사의 기반에 한몫한 모직이야말로 진 회장에게 적합한 후보군 중 하나일 테니.

“내 손 안 잡으실 거야. 회사가 전부라고 생각하시니까.”

“아니. 회사가 전부라고 생각하시니까 네 손 잡을 수밖에 없어.”

그리고 서연을 도원모직에서 밀어낼 것이었다. 그는 일이 그렇게 되도록 두고 볼 생각이 없었다.

“그렇게 만들 거다.”

현우는 자신에게 다짐하듯 그녀를 보며 말했다. 삼십 분 전만 해도 밝은 햇살이 하늘을 수놓고 있었는데 어느새 잿빛이 하늘에 그늘을 드리우고 있었다.

* * *

곤란한 듯 웃는 여자를 물린 현우가 한호를 마주 봤다.

요정 또는 기생집이라 불리는 반월각에 딸의 약혼자라고 불릴 수도 있는 사람을 불러낸 한호의 의중을 모르겠다. 하지만 한편으로는 짐작할 수도 있을 것 같았다.

“마음에 안 드나.”

“물리시죠.”

그는 좋은 사람의 탈을 쓰고 서연을 대하던 한호와 지금의 한호가 전혀 다른 사람으로 보였다. 그가 두어 번 손을 내젓자 남아 있던 앳된 얼굴의 여자들이 모두 나갔다. 현우는 그녀들이 완벽하게 룸에서 사라진 뒤에야 입을 열었다.

“도원모직 가지고 싶으시다면 제가 아닌 서연이를 부르셨어야 합니다. 부부는 닮는다더니 여사님이 하신 행동과 별반 다르지 않으십니다.”

“내가 도원을 지키고 있어야 서연이가 도원을 물려받지 않겠나. 간단한 서류만 꾸려서 그럴듯하게 주고받는 모양새만 지키면 되네.”

아무런 대가 없이 모직을 넘기라는 한호의 말에 결국 그는 웃었다.

“그렇게 안 되실 겁니다. 모직을 소유하시려는 이유가 도원홀딩스에서 나가는 필요 이상의 출혈을 막기 위해서라는 걸 압니다. 팔렸으니 당연히 모직은 도원그룹의 것이 아니어야 정상적인 것이지만, 그 주인이 오너의 딸이니 직원들도 헷갈려 할 겁니다. 과연 이게 팔린 것이 맞는가.”

그는 차갑게 얼굴을 굳힌 한호를 보며 말을 이어 갔다.

"모직은 도원이 시작할 때부터 함께한 뿌리 깊은 곳인 동시에 유통을 같이 하고 있어 현금을 굴리는 데는 괜찮은 곳이죠. 그 가치를 바닥으로 떨어트린 전 사장만 아니었다면 모직이 이렇게 홀대받는 일은 없었을 겁니다. 일이 이렇게 되지 않았다면 회장님은 분명 지주회사를 모직으로 옮기려고 했을 거고요."

현우의 말에 아무런 행동도 말도 하지 않는 한호를 보면서 그는 서연이 생각났다.

어차피 이런 상황은 다음 주면 사람들 입에 오르내릴 것이었다. 심야방송이라 듣는 사람들만 청취한다지만 그는 서연에게 이번 주까지만 DJ를 하는 것이 좋겠다고 조용히 권했다.

시끄러워질 상황 속에서 그는 서연이 상처받지 않기를 바랐다.

"게다가 이제 반드시 지주회사를 옮기셔야 할 겁니다."

모직만 한 대안이 없을 것이 분명했다. 큰 리스크도 없으면서 오랜 기간 버틴 곳은, 그리고 버틸 곳은 이제 그곳이 유일했다.

"곧 홀딩스에 대한 검찰의 조사가 시작될 겁니다. 워낙 그쪽에서 이상한 움직임이 좀 많았어야죠."

망설이는 한호를 보며 그가 단번에 정리했다.

"물러나세요. 그리고 도원을 가지시는 겁니다. 서연이가 정말 회사를 소유하고 경영을 할 것이라고 생각하는 건 아니시겠죠."

회사밖에 보지 않은 남자는 딸의 성격을 생각하지 않고 있었다.

"분명 회장님께 다시 드릴 걸 알지 않습니까."

"자네."

한호의 말에 현우는 귀 기울였다. 달이 가득 차오른 밤, 그 밤을 수 놓을 서연의 목소리를 떠올리며 그는 조용히 한호의 다음 말을 기다렸다.

"그렇게 한다면 자네가 얻는 것은 뭔가."

사람과 사람 간의 관계는 실리에 의해 움직인다 말씀하시던 할아버지와 비슷한 생각을 가진 한호의 모습에 현우는 애써 마음을 억누른 채로 말했다.

"서연이겠지요."

그 간절함이 드러나지 않기를 바라며 그는 애써 마음을, 그리고 감정을 억누른 채로 고요히 앉아 있었다.

라디오 부스를 나오는 서연의 모습을 보며 엘리는 한숨을 내쉬고 말았다.

"이해가 안 가."

모델로서 인지도가 높아지는 건 좋은 일이었다. 그런데 조금씩 쌓여 가려던 인지도를 버리겠다는 결정을 내린 현우를 엘리는 결코 이해하지 못했다.

"왜. 또 뭐가 그렇게 이해가 안 가?"

"왜 하필 지금 네가 하고 있던 모든 걸 멈추게 한 거야?"

주어가 빠졌지만 서연은 엘리가 누구를 지칭하고 있는지 알 수 있었다.

"나를 위해서."

"뭐?"

"늦었다. 우리 인사하고 나가야지."

아주 잠시간 함께 일했던 이들이었기에 아쉬움은 없었다. 다만 제대로 마무리하지 못한 일에 대한 미안한 마음은 있었다.

"PD님."

그녀는 지원을 불렀다.

"아, 서연 씨."

이제 고작 한 달이 조금 넘게 함께 일했을 뿐이다. 매일같이 얼굴을 마주 봐야 한다는 건 그만큼 가까워질 수 있는 관계라는 것이기도 했지만 그녀는 프로그램 제작진들과 일정 정도의 거리를 유지했다.

"이렇게 끝나게 돼서 죄송해요."

"아쉽긴 한데, 어쩔 수 없죠."

그녀는 지원과 몇 마디를 더 주고받은 뒤에야 방송국을 떠날 수 있었다.

"그래서, 이제 뭐 할 건데? 쇼도 없고, 화보도 없고. 이런 거 다 안 하면 넌 불안해했잖아."

그 불안함의 근원인 곳.

서연은 그러했기에 서울에 돌아오는 것을 그 누구보다 싫어했다. 아무것도 안 하는 건 더욱 그녀를 벼랑으로 몰아세웠다.

아무것도 하지 않는다면…….

그렇게 가만히 하루하루를 허비하기 시작한다면…….

이전의 삶으로 돌아가는 것만 같아 그녀는 불안했다. 그저 숨만 쉬며 살던 그때로 돌아가는 기분에 그녀는 무의식중에라도 움직였다.

"이제…… 괜찮아. 그러니까 이제는 아주 조금 쉴 거야."

쉬면서 그를 위한 노력을 기울일 생각이었다. 그녀는 생애 처음으로 온 마음을 다해 웃고 있다는 걸 자각하지 못했다.

현우가 예고한 대로 검찰의 압박이 시작되고 있었다. 한호는 지금의 상황을 보며 쓰게 웃었다. 지금에 와서 홀딩스에 있는 것들을 다른 곳으로 옮기는 건 무리였다. 그렇다고 지주회사를 그냥 내버려 둘 수는 없는 일.

그는 현우의 말대로 지주회사를 다른 곳으로 옮겨야 하는 상황이라는 걸 직감했다. 아직까지 회사에 나오는 현우의 속내를 한호는 짐작할 수 없었다. 홀딩스에 접근할 수도 없는 현우가 이렇게 자세히 알고 있었다는 사실이 그는 그저 놀라울 따름이었다.

"아직도 회사에 나오고 있는 저의가 뭔가."

그는 가감 없이 속내를 털어 놓았다.

신정훈의 손자가 제 딸을 위해 이처럼 움직이는 것은 반가웠다. 허나 한호는 현우를 신뢰할 수 없었다.

신정훈에게 어떤 저의가 있는 것은 아닌지 다시금 생각해 보지 않을 수 없었다.

서연은 그에게 있어서 가장 아픈 손가락이었기에 그는 서연을 생각하면 미안하고 또 미안했다.

"그 어르신이 날 달가워할 리도 없고, 또 서연이에게 관심을 뒀다면 아이가 모르는 사실까지 이미 알아 뒀을 가능성이 높은데……. 도대체 뭔가."

"저의는 없습니다. 또한 일전에 말씀드렸던 것처럼 제가 바라는 건 서연이 하나입니다."

"그 어르신이 자신의 첫 손자를 그냥 쉽게 놓을 리 없다는 것쯤은……."

알고 있다, 라고 말하려던 한호는 이윽고 이어진 현우의 말에 멈출 수밖에 없었다.

"아니요. 이미 그에 대한 건 해결했습니다. 모든 건 서연이에게 갈 겁니다. 또 서연이의 친어머니가 누구인지 중요하지 않습니다. 제게 중요한 건 서연이가 행복한 것과 서연이가 다치지 않는 것입니다. 그러니 이 사실을 더 알고 있는 이가 누구든 회장님께서 단속을 잘 해 주시기를 바랍니다."

현우의 말에 한호는 어지러운 속내를 숨겼다. 그는 서연을 향한 현우의 마음이 독하고 질기다는 건 알았지만 생각보다 더 깊은 그 진심에 할 말을 잃었다.

"자네의 설계, 내가 동참하지."

그는 결국 백기를 들었다.

서연에게 이미 씻을 수 없는 죄를 지었다. 또 지키지 못했다는 죄책감에 그는 평생 서연이 행복하게 살기를 바랐음에도 더없이 불행한 삶을 살게 한 장본인이기도 했다.

그래서 미래의 어느 날에는 탄탄한 도원을 서연의 손에 쥐여 주고 싶었던 그였다. 그것만이 아이를 버리고도 찾아올 수 없었던 나날들에 대해 속죄하는 길이라고 생각했다.

그럼에도 서연이 직접 도원을 가지겠다고 말했을 때 그는 한걸음 뒤로 물러섰다. 그 이기심이 얼마나 고약한 것인지 잘 알고 있는데도 한호는 단번에 주겠노라고 말하지 못한 스스로가 지긋지긋했다.

이 지긋한 마음에서 그는 편안해지고 싶었다.

"그리고 그 주인은 자네가 아니라 서연이가 되어야 할 걸세."

"그렇게 될 겁니다."

다짐에 가까운 현우의 대답을 얻은 한호는 결국 승낙을 했다.

✻ ✻ ✻

첫 감정은 아픔이었다. 그건 분명했다. 누가 뭐라고 할 수 없을 정도로 지독하고도 끝이 보이지 않는 슬픔이 몸을 감싸 안아도 헤어 나올 방법이 없었다.

생각해 보면, 그 모든 감정들을 걷어 내 준 것도 그였고 해일처럼 밀려오는 자괴감과 나락으로 떨어지려는 마음들을 단단히 붙들어 준 것 역시 그였다.

"놀라셨……나요?"

집 안 가득한 정적을 깨고 서연이 먼저 입을 열었다. 현우가 밖에서 모든 것을 걸고 도원을 거둬들이는 동안 서연은 아무것도 안 하고 있을 수 없었다. 그게 옳은 것 같았다. 그리고 그렇게 해야 할 것만 같았다.

"그렇지 않다면 거짓말이겠죠."

정인은 말과 달리 담담했다. 외려 눈앞에 놓인 차를 권하기까지 하는 그 모습에 서연은 오지 말았어야 하는 것인가 싶을 정도로 당혹스러웠다.

사실 정인이 그녀를 부른 그 이면에는 어떠한 저의도 없었을 것이라고 생각했기에 그녀는 그냥 현우의 집 문을 두드렸다.

"오늘은 그냥 차 한잔 마시고 가는 것으로 만족할게요."

서연의 말에 정인이 그녀를 유심히 살폈다. 손짓 하나하나부터 말, 그리고 이내 시선까지…….

"그래요."

정인은 그런 서연을 살피면서도 선선히 동의의 언어를 내뱉었다. 그녀는 어느덧 해가 뉘엿뉘엿 저물어 가는 모습에 희끄무레한 미소를 머금었다.

해가 지고, 달이 차면 자연스럽게 다시 해가 떠오르기 마련이니 정인은 모든 순간순간이 지나가고 난 후에는 평화로운 햇살이 가득한 집안이 될 것이라는 생각을 어렴풋이 떠올릴 수 있었다.

서연은 정인의 미소를 보며 생각에 잠겼다.

그가 자신에게 다가오기 위해 하는 노력에 비한다면 제것은 가벼운 정도겠지만.

그녀는 그의 주변에 있는 것들과 익숙해지고 싶었다.

그렇게 천천히 노력하고 싶었다.

✻ ✻ ✻

모든 일에는 순서가 있기 마련이었다. 현우는 그를 잘 알고 있었고, 자신의 설계에서 한 치의 오차도 허용하지 않았다. 한호 역시 그랬기에 현우의 설계에 들어가겠노라고 대답했던 것이라는 걸 그는 알고 있었다.

그랬기에 진서원이 저토록 얼굴을 일그러트리고 앉아 있기만 할 뿐이라는 것도 그는 알고 있었다.

"도원모직이 당분간 홀딩스 대신 지주사가 될 거다."

"모직은 팔리지…… 않았습니까, 아버지."

서원의 날 선 음성에 한호는 늘 그렇듯 무미건조한 말을 내뱉었다.

"서연이가 다시 내게 팔았다. 대신 현재 지분 유지와 회사 판매 대금만큼을 지분으로 더 주기로 했으니 도원모직 매각으로 입은 손실분은 잘못이 있는 사람들끼리 알아서 메워라."

다른 때 같았더라면 한호는 분명 혜린의 말을 들었을 것이었다. 하지만 지금 회사는 한 치만 잘못 흔들어도 계열사 하나를 잃을 수 있는 상황이라는 걸 서원도 인지하고 있음에 선을 그었다.

혜린이 요구하는 것이든, 서원이 바라는 것이 무엇이든 그는 이번에는 들어주지 않을 생각이었다.

그 요구로 그는 서연에게 씻기 어려운 상처를 두 번이나 준 셈이 되었으니.

"달라질 것은 없습니다. 다만, 회사 지분 구조가 조금 바뀔 뿐이죠."

"이제 본부장 직함도 유지하고 싶지 않나 보지? 진서연이 회사 지분 조금 들고 있다고 힘이 있을 것 같나."

서원은 아직 계산이 되지 않는 모양인지 현우에게 날을 세웠다. 그런 서원의 모습에 회장실 안에 있는 사람들은 모두 숨을 죽였다. 앞으로 더 살벌해질 공간에 적응하기 위해서.

"아니죠. 앞으로 최대 주주는 진서연이 됩니다. 그러니 달라질 것 없는 이 상황에서 유일하게 바뀌는 주주 명단은 외우고 있는 편이 현명하실 것 같습니다."

툭, 내밀어진 종이 뭉치에 서원의 얼굴이 일그러지는 소리가 들리는 듯했다.

"진서진 양이 가지고 있던 지분, 그리고 진 사장님이 가지고 있던 지분 중 일부, 여기에 회장님께서 가지고 있었던 지분 모두."

현우는 덤덤했지만 서원은 점점 험악한 낯빛을 띠기 시작했다.

"또 한 가지 더. 이외에도 서연 양의 개인 재산으로 사들인 도원 주식까지."

현우의 말에 결국 소리를 내지를 듯 서원은 치밀어 오르는 화를 참는 얼굴이 되었다.

"그러니 동생분은 앞으로 회장님 자리에 앉을 수 있는 최대 주주가 됐습니다."

대충 계산을 해도 이미 50이 넘었다. 얼굴이 붉어지도록 화를 참는 서원의 모습이 생경해 한참을 쳐다보던 현우가 다시 입을 열었다.

어떤 일이든 한 번쯤 쐐기를 박아 주는 것이 중요했다.

그들이 모르고 있는 사이 조용히 처리했을 만큼 현우는 신중하게, 그리고 확실하게 일을 처리하는 것을 좋아했다.

"그러니 절대 무슨 행동을 하든 이기실 수 없을 겁니다."

그 말이 어디 한번 해보라고 이죽거리는 듯 들린 서원이었지만 눌러 참으며 자리를 박차고 일어났다.

그 성질이 향한 곳이야 뻔하다는 생각에 현우는 잠시간 어색한 공기를 들이마시다 조용히 자리에서 일어나 회장실을 나섰다.

산산조각 난 파열음이 귀를 쟁쟁하게 울렸다.

"얘, 서원아!"

"철없이 행동하신 결과가 어떤 건지 이제 아시겠어요?"

서원은 이를 갈았다. 방 안이 이미 아수라장이 되었지만 그는 상관하지 않았다.

"얘! 그래도 그 집안에서 어디 그 계집애를 받아들이겠니? 게다가 어차피 다시 회장님 손에 들어갈 거 내가 잘 거둬들여서……."

"어머니."

서원은 인정하고 싶지 않은 얼굴을 하고선 잔뜩 인상을 찌푸렸다. 그는 지금과 같은 상황을 만들어 낸 서연의 움직임에 찬사라도 보내 주고 싶은 심정이었다.

최소한 어머니를 힘들게 했던 그 여자보다는 현명하게 굴었다. 확실히 변해 돌아온 그 아이가 그는 싫었다.

최근 서연의 모습은 아주 어렸을 때 보았던 그녀의 친모를 떠올리게 했다. 서연을 가지기 전부터 함께 살고 있던 사내와 헤어져 아버지를 마음에 담았다는 여자는 진심이라고 어머니의 앞에서 무릎을 꿇었다.

그 광경을 보게 된 것은 우연이었지만 그는 똑똑히 기억하고 있었다. 자주 보던 아버지의 비서가 어머니 앞에서 현명하지 못하게 굴었던 그 상황들을 잊을 수 없었다.

"이번엔 졌어요. 확실해요. 그 여자가 어머니 자리를 넘보다가 물러났듯, 이번엔 저와 서진이가 그 여자처럼 도원을 절대 가질 수 없어진 겁니다."

서원은 서연이 홀로 이 일을 했을 리도, 그렇다고 상황을 이처럼 극에 치닫도록 해 달라고 부탁했을 리도 없다고 생각했다.

더욱이 아버지는 서연에게 작은 계열사 하나 주는 것으로 좋아했을 위인이었으니 이런 배포를 가진 사람은 신현우 그놈밖에 없었다.

아버지는 늘 생각만 했지 실천에 옮기지 않았다. 진서연의 존재를 알게 된 어머니의 화가, 그리고 그 영향력이 도원 내에서 무시하지 못할 것이라는 걸 안 아버지는 늘 그렇듯 몸을 사렸다.

현명하게 남자를 잘 골랐다고, 그는 그렇게 여겼다. 이제 도원에서 서연의 위치와 신현우 그 남자의 위치가 달라질 것은 불 보듯 뻔한 일이었다.

서원은 생각이 거기까지 미치자 넘실거리는 화를 겨우 가라앉히며 입을 열었다. 명백한 분노를 담은 그 음성이 시리도록 차가웠다.

"역시, 그놈이 문제였어."

"그래도 재주는 잘 부려서 상황을 이 꼴로 만들어 놓지 않았습니까. 어머니, 서진이 강변하고 반드시 결혼해야 합니다."

헝클어진 옷을 단정하게 매만지며 엉망이 된 방을 보던 서원이 다시 입을 열었다. 문 앞에 선 혜린은 그저 가만히 그를 보고 있기만 했다.

"서진이 이제 가진 게 없어요. 아시죠? 무슨 수를 쓰시든 서진이 그 집안에 들어가야 다음이 있는 겁니다. 그 집안 법조계에서 내로라하는 집안이라는 건 아시죠?"

"알다마다. 내 그러니 그 시덥지 않은 서민 흉내 내는 사모님 비위를 맞추는 게 아니니. 걱정 마라, 서진이가 좋아한다는데 안 될 리는 없지 않니."

서원은 지금껏 서진의 결혼에 관심이 없었다. 동생이 결혼할 상대가 누구든 그에게 있어서 그건 자신의 일을 도와줄 수 있는 똑똑한 놈이거나, 집안의 재산을 탐하는 멍청한 놈이거나 둘 중의 하나가 될 가능성이 높다고 생각했기에 그는 관심이 없었다.

하지만 상황이 바뀌기 시작한 지금 그는 그 어디보다도 강변의 집안이 동생에게 제일 좋은 혼처라는 것에 이의가 없었다.

"더러운 소문이 들려서 그러니 어머니가 애들 데리고 밖에라도 돌아다니세요."

"소문?"

"네."

서원은 지난주 옷을 맞추기 위해 들렀던 숍에서 들은 지저분한 소문에 고개를 내저었다. 반문하는 어머니를 보며 그는 아직 소문이 어머니의 귀에 들어가지 않았음에 안도했다. 이 사실이 들어가면 서로 좋을 것이 없었다.

주된 요지는 웨딩드레스를 맞추고 있던 여자와 그 예비 남편이 있었는데 그들 사이에 여자 언니의 남편을 뺏은 내연녀가 함께 왔다더라, 하는 것이었다. 소문이 거기에서만 그치면 좋았을걸. 서원은 다음 이야기에서 혀를 차며 속으로 중얼거렸었다.

그 자리에 여자의 언니가 친구와 함께 나타났다는 것이다. 게다가 여자의 예비 남편이 여자가 아닌 그 언니를 붙들며 자리가 끝났다는 이야기는 삼류 막장 드라마에서도 나오지 않을 이야기였다.

"더러운 소문의 주인공이 진서연이라는 것만 아시면 돼요. 그러니까 서진이랑 강변 단속 잘 하세요."

서원은 서진과 이런 마찰을 빚은 대상이 서연이라는 사실에 더 화가 치밀었다. 행동거지가 가벼웠던 친모를 닮아 그런 것만 같아 그는 서연의 모든 것이 마음에 들지 않았다.

심지어 모델이라는 직업을 가지고 있다는 사실조차도.

＊ ＊ ＊

연호를 보던 혜린은 만족스러운 얼굴로 딸아이를 바라봤다. 누구에게도 뒤지지 않을 만큼 그녀는 서진을 최고로 키웠다고 자부했다.

그런 딸이 법조계에 뿌리가 깊고 명망이 두터운 집안으로 시집가는 건 당연한 수순이라고 생각했다.

그러니 혜린은 격에 맞지 않는 수준으로 딸의 결혼식을 준비하면서도 얼굴을 찡그리지 않았다.

"이렇게 나와서 식사를 하니 좋구나. 저녁만 먹고 난 물러날 테니까 둘이서 오붓하게 시간 보내요."

"그러지 않으셔도 괜찮습니다."

어색한 듯 주춤거리는 서진 대신 연호가 단번에 대답했다. 혜린은 그 모습마저 마음에 들었다.

진서연을 아는 것 같았던 연호가 벌인 불유쾌한 사건도 점점 혜린의 머릿속에서 지워져 가는 듯했다.

"아닙니다. 나도 그 정도 눈치쯤은 있어요. 나이 먹고 젊은 사람들 데이트를 방해할 정도로 심심한 것도 아니고. 서진이랑 시간 보내요."

혜린은 온후하게 말했다. 혜린은 그 말을 끝으로 더 이상 토를 달지 않는 연호의 성격도 마음에 들었다.

과묵하고 가볍지 않으며 진중한 성격은 혜린으로 하여금 남편의 실수를 딸아이가 겪지 않을 것이라는 확신을 심어 주기에 충분했다.

신방 문제만 좀 해결되면 좋겠는데, 하고 그 와중에 속으로 중얼거렸다.

모든 것이 준비된 지금 단 하나 해결되지 않은 것이 있다면 바로 신혼집이었다.

결혼을 하고 나면 연호의 본가에서 분가시킬 생각이었다. 다른 것은 다 맞춘다고 해도 그것 하나만큼은 맞춰 줄 수 없었던 그녀는 요즘 혜선과 대립 중이었다.

혜린은 어느 정도 마무리된 테이블을 보다 자리에서 일어섰다. 그러자 조용했던 테이블이 그녀의 움직임으로 인해 소란스러워졌다.

"아니, 그냥 앉아서들 마저 먹어요."

그녀는 오롯이 연호를 향해 말했다. 남들이 보기에 남부럽지 않은 예비 사위와 다정한 장모의 모습으로 비치고 있을 것이라는 그 만족감이 혜린을 기분 좋게 감싸 안았다.

그녀는 레스토랑을 나서면서도 마음을 그득하게 채우는 우월감에 빠져 기분 좋은 상상을 했다.

지금 서연이 날뛰는 것쯤 잠시 눈감아 줄 수 있다고…….

달그락 소리만이 서진과 연호의 사이를 부유했다. 그 숨 막히는 정적을 깬 건 연호였다.

"네가 생각했을 때 우리가 평생 함께할 수 있을 정도로 잘 맞는다고 생각하니?"

연호의 말에 느슨했던 서진의 입매가 팽팽히 당겨졌다. 마주 앉은 두 사람은 다시금 말이 없어졌다.

"나는 이 결혼을 해도 좋은 가정을 만들 수 있을 거라는 확신이 아직까지도 들지 않는다."

"결혼, 확신을 가지고 하는 사람이 어디 있어?"

서진의 단호한 음성에 연호는 스스로를 비웃듯 입꼬리를 비틀어 올리며 말했다.

"처음부터 끝까지 나는 네가 하는 것들이 마음에 들지 않고, 넌 무조건 내게 맞추겠다고 하는 이 상황이 정상적으로 보이니?"

적어도 양쪽이 맞춰 가야 하는 걸 알지만 서진과 혜린은 그 여지를 남기지 않고 무조건 자신과 자신의 집에 맞췄다.

그 상황이 외려 달갑지 않은 쪽은 그였다. 무언가 돈에 팔린다는 기분을 느끼게 하는 대접과 행동들도 그는 싫었다.

그보다 더 싫었던 것은 집안끼리 서로 사돈을 맺고 싶어 만나게 된 관계라 늘 사무적이었을 뿐 아니라 어느 한쪽이 아주 미미한 책이라도 잡히게 되는 순간 약자가 되고 마는 구조였다.

"오빠나 나나 어른들이 정해 준 혼처 마다할 수 있는 것도 아닌데 왜 갑자기 이래? 지난번에 내가 진서연 때문에 오빠한테 했던 행동들 때문이야?"

연호는 대답하는 대신 가만히 서진을 바라봤다. 관리된 얼굴과 몸은 어느 누가 봐도 아름답다고 할 것이었지만 그보다 기계적으로 배우고 익힌 예의와 예절은 서진에게 어색해 보였다.

그 모습을 보니 연호는 매번 어머니가 서진의 행동들이 어색하다고 말하던 것에 이제야 동의할 수 있었다.

그가 이 결혼을 멈출 수 없었던 건 확신이 없어서였고, 이미 진행된 결혼을 엎을 만큼 스스로가 못된 놈이라고 생각하지 않아서였다.

"아니. 이 결혼 멈추지 않은 건 확신이 없어서였어."

이젠 아무래도 좋았다.

"그리고 그 확신, 이제 생겼네."

그저 희원을 대하듯 서연을 대하고 싶었을 뿐이다. 이제 과거에 얽메이지 않을 서연이라는 걸 알지만 연호는 그저 그 아이가 행복했을 것이라는 추측이 산산이 깨져 가슴 아팠다.

"오빠 미쳤니?"

서진이 날카롭게 말했지만 장소를 신경 쓴 듯 곧 음성이 조용해졌다.

"진서연 때문이야? 걔가 누구인지나 알고 이러는 거야?"

이죽거림이 과하다 싶을 정도로 서진은 이내 듣는 귀를 신경 쓰지 않고 조금씩 언성을 높였다.

"걔 엄마 누군인 줄은 아니? 우리 아빠 비서였던 여자야. 얼굴만 이뻐서 행동은 가벼웠던 여자랑 아빠가 잠깐 놀아났었는데, 그걸 빌미로 돈 뜯어내서 외국으로 뜬 여자 딸이라고, 걔가."

연호의 지금 이 결정은 서연의 존재를 알게 된 것 때문이 아니었다. 다만 오래도록 고민하던 일이었기에 말하려던 그는 서진의 말에 그대로 몸을 굳혔다.

아니, 레스토랑에 있는 모든 이들이 숨소리조차 조용히 죽이며 서진의 말에 귀를 기울이는 것을 그는 느꼈다.

"엄마가 나 임신했을 때 아빠가 걜 집에 데리고 들어왔다더라. 지 엄마 닮아서 뻔뻔하고, 행동도 가볍고, 거기에 얼굴만 믿고 배운 거 없이 군다고 그래서 엄마가 싫어해. 알 만한 사람들은 다 그래서 싫어하는데, 걔가 그렇게 신경 쓰여?"

서진은 이쯤 말하면 연호도 그냥 없던 일로 하고 넘어갈 것이라고 생각하는 것 같았다. 하지만 그는 결혼을 멈추는 이야기를 서연 때문에 결정하지 않았다. 그랬기에 그는 멈추지 않았다.

"네 언니가 신경 쓰여서 결혼 그만하자고 말한 거 아니다. 네가, 그리고 내가 서로에게 잘 맞지 않을 것 같은 이 결혼을 이대로 한다면 결국 나중에 서로에게 상처밖에 주지 않는 삶을 살고 있을 게 분명하니까."

연호는 이제야 주위를 살피는 서진의 어리석음에 혀를 찼다. 조금 전 언성을 높이며 서연의 친모 이야기를 들먹거리지만 않았어도 그들이 앉은 자리에서 한 이야기가 새어 나가는 일은 없었을 것이었다.

하지만 지금은 모두 귀를 기울이며 가십거리를 바라고 있었다.

"그러니까 덜 나쁜 놈이 되거나. 더 나쁜 놈이 되거나. 둘 중에 하나를 선택하라고 한다면 나는 덜 나쁜 놈이 될 수 있는 지금에서 멈출게."

미쳤다고 소리를 지르는 서진을 앞에 두고 연호는 그동안 마음을 무겁게 짓누르고 있었던 문제를 풀어냈다.

"집안에는 내가 잘 말할 테니까. 손해를 입은 게 있거든 말해."

"오빠 미쳤니? 이러고 진서연한테 가려고? 사람들이 욕해. 그런 돼먹지 않은 행동을 어머니가 그냥 두실 것……."

혼자서 막장 소설이라도 쓰는 것 같은 서진의 말에 결국 연호는 쯧, 소리 내어 혀를 찼다.

"아니. 그런 일은 없으니까 너 혼자 그런 말도 안 되는 상상하는 건 접어라. 오랫동안 고민하던 걸 말하는 것뿐이니까."

결국 끝을 고하는 연호를 서진은 막지 못했다.

05.

# 다 버려도, 너는

서연은 자신의 두 손에 도원이 들어오는 날이 있으리라고는 상상하지 못했었다. 늘 그건 서원의 몫이었고, 서진의 놀이터였기 때문이다. 서연은 자신에게 허용된 범위는 늘 집 안이었던 것이 떠올라 서류를 받아 들고도 멍하니 앉아 있을 뿐이었다.

어쩐지 이 현실이 실감 나지 않아서…….

"공식적이지는 않아."

현우가 옆에서 내내 말하고 있었지만 서연은 이 현실이, 그리고 자신의 손에 들려 있는 주식매매서가 거짓처럼 느껴졌다.

"이제 네가 하고 싶은 대로 해."

하지만 서연은 경영에 관심이 없었다.

"지금이라도 주주총회를 연다면 네 마음대로 할 수 있어."

"그랬다간 다른 사람들이 손해를 보잖아. 그건 안 할래."

서연은 자신의 허망하고 덧없는 마음으로 손해를 입을 다른 누군가가 생기는 것이 싫었다. 게다가 그녀는 경영에 뛰어들고 싶은 마음도, 생각도 없었다.

도원을 가지겠다는 건 그저 오기였을 뿐.

그 마음이 정말 실현되리라고는 상상하지 못했던 터였다.

"네가 하고 싶은 대로, 원하는 대로, 마음대로 해."

"그냥, ……아냐."

상황이 이렇게 되고 나니 무언가 맥이 풀리는 느낌이었다. 그녀는 그를 바라보지도 못했다. 자신으로 인해 이 사람이 포기한 것이 무엇인지 알고 있었기 때문에.

얼굴을 제대로 보지 못할 것 같아서 그녀는 그에게서 비낀 시선으로 먼발치를 바라봤다.

"현우야."

"응."

그녀는 조용히 서류를 식탁 위에 올려놓고 일어섰다.

"나, 할아버님…… 만나게 해 줄래?"

서연은 이 모든 것을 신 대표에게 줄 테니 현우를 그리고 자신을 자유롭고 편안하게 해 달라고 청할 생각이었다.

도원을 가지게 된 진서연에게 필요한 건 그였으니까.

놀란 현우의 얼굴을 마주 본 서연이 웃었다. 그 어느 때보다 더 밝게 웃으며 다시 입을 열었다.

"그분 만나게 해 줄래?"

* * *

발 없는 말이 천 리를 간다는 건 알고 있었지만 생각보다 더 저열하고 저속하며 질이 낮은 말들에 결국 정훈은 혀를 찼고 정인은 희게 질려 있었다.

현수는 말을 마치고 조용히 앉아 있었지만 정인은 더 묻기가 어려웠다. 그런 정인 대신 정훈이 입을 열었다.

"보기보다 진 회장이 가벼이 놀았던 모양이구나. 여자도 가벼웠고, 질이 낮고. 현수 네 생각은 어떠냐."

안 그래도 정훈은 현우에게 허락한 바가 있었기에 지금까지와는 비교되지 않을 정도로 꼼꼼하고 자세하게 조사를 해 오라고 현수에게 시켰었다.

"제 생각은……. 서 여사가 지독했다고 봅니다."

현수는 현우가 차마 말하지 않은 일들을 굳이 들춰내서 확인하는 정훈의 행동에 진저리가 났다. 집안을 가꾸고 뼈대를 지켜야 한다는 그 의무가 현우의 어깨에서 아직 치워지지 않았음에도 질린 그였다.

"서 여사가 지독했다……."

"네. 아이를 가진 사실을 안 여자가 진 회장의 옆에 있기를 바랐지만 서 여사는 여자를 외국으로 보냈더군요. 아이는 본인이 잘 키우겠다고 하고. 어차피 그 당시에는 서 여사와 진 회장의 협의이혼 절차가 진행 중이었으니 엄밀하게 말해 아이가 생긴 건 불찰이었던 것뿐이지만, 서 여사는 그 점을 놓치지 않고 도원에서 세력을 넓혀 간 모양입니다."

"그야, 서 여사의 입장에서는 당연하지 않겠느냐."

정훈의 말에 현수는 빠르게 반박했다.

"그렇다고 해도, 진 회장의 집안에 들인 아이를 추운 겨울 밖에 내다 버린 것은 용서받지 못할 일이죠."

그 역시 진서연이라는 여자의 삶이 안타까웠다. 현우와 엮이지만 않았더라면, 그 안쓰러운 마음을 기꺼이 표현할 것이 분명했지만 지금은 아니었다. 그의 눈에는 현우가 더 안타깝고 안쓰러웠다.

"내다 버렸다……."

"진 회장이 아이를 다시 찾기까지 오 년이라는 시간이 걸렸다고 알고 있습니다."

현수는 그 외에도 서 여사가 서연에게 행한 잔인하고도 비겁한 만행들을 간략하게 설명했다.

"그런 면에 있어서 서 여사는 뛰어난 것 같더군요."

"뛰어나다……. 어떤 면을 말하는 거냐."

"아이에게 친구가 생기는 것을 싫어해 학교를 보내지 않았습니다. 실제로 진서연 양은 검정고시를 통해 학력을 채워 넣은 것으로 압니다."

조사가 그러했고, 이런 간단한 것들은 이미 정훈도 알고 있는 사실이었다.

"아, 아이가 무슨 잘못이라고."

평소 온후한 성품의 정인다운 반응이라고 생각한 현수는 다시금 말을 이어 갔다.

그는 지금껏 남몰래 현우가 부탁한 진서연의 일을 처리하면서 알아보지 않은 것이 없었다. 그는 서연을 직접 본 적은 없지만 설령 만난다고 해도 어색하지 않을 정도로 많은 것을 알고 있었다.

"그 외에……."

정훈이 말꼬리를 늘어뜨렸다. 정훈과 마주 보고 앉아 있던 현수는 자세를 반듯하게 고쳐 앉으며 다시 입을 열었다.

"지금 현재 돌고 있는 모든 소문들은 전부 서 여사가 낸 것으로 압니다. 조만간 기사로도 나갈 게 분명하나 제 선에서 막을 수 있는 만큼 막아 뒀습니다."

"잘했다."

정훈의 덤덤한 말에 현수는 정훈이 걱정하는 것이 무엇인지 알아챘다.

"하지만 할아버님. 전부는 아닐 겁니다. 어디서든 한 줄이라도 진 회장의 스캔들이, 그것도 부적절한 관계에 대한 이야기가 터져 나간다면 지금의 도원은 제 살을 깎아서라도 그룹을 지킬 겁니다."

현재 현우의 장난과 현수의 적절한 흔들기로 잠시 주춤한 도원이 최고경영자의 불미스러운 스캔들까지 만나게 된다면 분명 결정을 해야 할 것이었다.

혜린은 그것을 원하고 있는게 분명했다.

"그전에 그 아이가 내게 올 거라고 생각하지 않느냐."

정훈의 말에 결국 현수는 허탈하게 웃었다. 아무리 기를 쓰고 애를 써 봐도, 정훈의 손에서 벗어나려면 아직은 멀었다는 말 같아 그는 서연이 적절한 시간에 적당한 타이밍을 맞춰 정훈을 만나기를 바랐다.

너무 늦지도, 이르지도 않은 적당한 시간.

그 순간이 필요했다.

* * *

굳게 닫힌 문을 바라보면서도 현우는 어지러운 속내를 감추지 않았다. 저 안에서 정훈과 서연이 마주 앉아 있는 것을 떠올리기만 해도 복잡해지는 느낌이었다.

정인은 그런 아들의 모습이 낯설어 적응할 수가 없었다.

정훈의 말처럼 현우에게 서연이 없다면 그 삶이 의미가 없으리라는 생각이 들 정도로 아들은 지금 그녀가 알고 있는 사람이 아니었다.

"현우야."

현수가 어제 마지막으로 남긴 말이 여전히 이명처럼 정인을 괴롭혔다.

"네."

정인은 서연을 만났던 일을 그에게 숨긴 것을 두고 신경 쓰고 있었다. 하지만 정인으로서는 서연을 만나지 않을 수 없었다.

아들이 그처럼 좋아하는 여자.

갖은 소문에 둘러싸여 그 인생이 흔들렸던 여자를 직접 봐야 마음을 정할 수 있을 것 같았다.

"아가씨는 좋더구나."

결국 정인이 서연을 몰래 만났던 사실을 시인했다.

"착해서, 그래서 본인이 당했던 것들이 모두 부당하고 억울했던 상황이라는 걸 모르고 살았던 사람이에요."

단 한 마디만 한 정인의 말에 현우는 마치 작은 틈이 생긴 댐처럼 물을 쏟아 내듯 말을 쏟아 냈다. 깊이 빠져들어 있는 그 모습에 정인은 아들의 새로운 모습이 반가우면서도 동시에 낯설어 적당한 대꾸만 할 뿐 말을 잇지는 않았다.

"그 사람들이 가족이라고 생각하고, 그들이 아주 미약한 친절만 베풀어도 좋다고 했던 여자예요."

이런 순간에도 굳게 닫힌 정훈의 방문에서 눈을 떼지 않는 현우의 모습에 정인은 아들을 멈추게 할 수 없음을 직감했다.

정적이 감싸 안은 방 안에서 먼저 소리를 낸 것은 서연이었다. 조용히 정훈의 앞에 무릎 꿇고 앉아 그가 우려내서 건네주는 녹차를 받아 마시기만 하던 서연은 입을 열었다.

"도원을 드리겠습니다."

"아무리 후원금을 받아도 그룹을 받는 인사는 없으이."

서연은 손에 나는 땀을 쓱 치맛자락에 문지르며 긴장감을 해소시키려 무던히 노력했다.

"그러니, 현우가 하고 싶은 걸 하게 해 주세요."

그녀는 자신이 할 수 있는 최선을 정훈에게 내어놓을 생각이었다. 아버지에게 다시 회사를 주고 싶은 마음은 없었다. 어차피 아버지의 손에 다시 들어가게 된다면 그다음 수순은 어긋남 없이 서원일 테니…….

"젊은 아가씨가 거래에 너무 인심을 쓰는 게 아닌가."

정훈의 말에 서연은 희끗하게 웃었다. 그 얕은 미소가 가냘프기 짝이 없어 무수히 많은 사람을 상대했던 정훈의 마음마저 안쓰럽게 할 지경이었다.

이런 여린 아이에게 그런 악독한 소문들이라니, 우습기까지 했다.

"그 안에는 제 모든 것도, 그리고 현우의 모든 것도 들어가 있어요. 그러니 부디 그걸 받으시고 제가 현우의 옆에 있을 수 있도록, 그리고 현우가 좋아하는 것을 하며 살 수 있도록 허락해 주세요."

"미안하지만, 거래의 순서가 틀렸네."

정훈의 말에 서연의 얼굴색이 다시금 하얗게 질려 갔다.

하지만 정훈은 오늘 진서연이라는 여자가 스스로 찾아왔음에, 그것도 손자를 떨어뜨리고 단둘이 보자고 한 이 상황에 남모르게 후한 점수를 주고 있었다.

"내가 아가씨를 받아들이고, 아가씨가 아무것도 없는 진서연으로서 내게 거래를 제안한다면 고려해 볼 만한 가치가 있지 않겠나."

정훈은 사색이 된 서연의 얼굴에 결국 혀를 찼다.

"네?"

다시금 놀란 얼굴로 저를 바라보는 서연을 향해 그는 천천히 입을 열었다.

"그 기업이야 아가씨에게 준다고 저 녀석이 했던 일이니 조각내서 팔든, 원하는 치에게 맡겨서 관리를 하든 개의치 않네만."

"아……."

정훈은 조금 쓰게 변한 입맛을 다시며 다시 입을 열었다. 오늘 자로 나간 신문을 아직 보지 못한 것 같은 서연을 위해 그는 한 가지 선물을 해 줄 생각이었다.

"오늘 자 신문일세."

그는 신문을 서연의 앞에 던졌다. 1면에 터진 기사는 오래전 서연의 엄마였던 사람과 진 회장의 추문으로 얼룩져 있었다.

그대로 굳어서 얼어 버린 서연을 향해 이번에는 정훈이 먼저 말을 건넸다.

"원한다면, 내 몇몇 인사들은 건드려 줄 수 있다."

"제, 제가……."

나락의 끝까지 떨어지고도 서연이 곧게 서 있다면 정훈은 허락할 생각이었다. 그냥 한 사람일 뿐인 진서연을 자신의 집안에 들이는 일에 이의를 달지 않을 생각이었다.

"제, 제게…… 더 이상 떨어질 곳이 남아 있지 않다고 생각했는데……. 그랬는데……."

"네게는 잔인한 인사들이겠다만. 천륜이라는 건 쉬이 끊기도 어렵고, 그리해서도 안 되는 것이니."

정훈의 말에 스스로의 바닥을 마주한 서연의 얼굴이 서서히 고개를 들었다.

"그저 네가 원하는 방향 몇 가지만 선택할 수 있게 해 주마."

허망한 웃음을 입가에 매달고 있는 서연이 입을 열었다.

"대가가 무엇인지 여쭤 봐도 되겠습니까."

정훈은 서연이 보기보다 눈치가 빠르고 현명하다고 생각했다.

"대여섯 달만 조용히 사라졌다 오거라. 모든 일의 소란이 조용히 가라앉을 그 시간 동안, 네 존재의 이유가 무엇인지를 생각하거라. 그렇게 스스로의 이름으로 살아갈 수 있는 힘을 얻을 때까지 조용히 사라졌다 돌아온다면 이 집안의 안주인은 네가 될 거다."

정훈의 말에 서연은 헛웃음이 밀려나오는지 입술을 아프도록 깨물고 있었다. 정훈은 그런 서연을 나무라지 않았다.

어머니의 존재를 신문으로 알게 된 것도 평범한 사람이라면 겪지 않아도 될 일이었다. 진 회장의 딸이라는 이유만으로 겪어 낸 일들이 많은 아이는 아프게 자랐고, 아픈 만큼 굳은 살이 덕지덕지 박여 무뎌져 있었다.

그 무딘 감각들을 털어 내고, 스스로를 믿고 제대로 설 수 있을 때.

그때가 된다면 분명 그 누구보다 이 집안의 안주인으로 현우와 함께 잘 살아갈 수 있으리라고 그는 생각했다.

"그러하다면."

오랜 생각을 털어 낸 서연이 입을 열었다. 떨리는 손끝을 막을 생각도, 멈추고자 하는 마음도 없는 그녀는 정훈에게 말했다.

"제가 그 회사를 가지겠습니다. 그 누구에게도 빼앗기지 않도록. 어머니와 서원 오빠가 회사에서 완벽하게 물러날 수 있도록."

서연의 말을 들은 정훈이 선선히 고개를 끄덕이자 그녀가 천천히, 하지만 너무 느리지 않게 진심을 다해 말했다.

"도와주세요."

그녀의 말에 정훈은 처음으로 서연을 향해 온화하게 웃어줬다.

✲ ✲ ✲

늘 그는 주기만 하기에 급급했었다. 그녀는 그런 상황에 어느덧 익숙해져 그에게 무언가를 준다는 상황에 어색하다는 감정을 느끼고 있는 자신에게 절망했다.

그동안 그가 그녀에게 한 것들을 생각한다면 지금 자신이 하는 일은 가볍다는 걸 아는데도 그녀는 어색한 감정을 맛보고 있는 스스로가 한심했다.

"뭐 해?"

현우가 커피가 담긴 머그잔을 들고 가만히 멈춰 선 서연에게 물었다. 서연은 일주일간의 시간을 달라고 정훈에게 요청했다. 단 며칠 만이라도 그와 함께 보내고 싶어서…….

내일 이사회에 얼굴만 비추라고 한 정훈의 말을 따라 그녀는 이사회에 나가 아버지와 자신, 그리고 가족들의 회사 경영에 대한 건을 실행에 옮겨야 했다.

그에 대해서는 이미 정훈에게 구두로 들었으니 대략 이해하고 있었다. 그 일에 현우가 끼어들 자리를 만들지 않았다. 정훈의 계획은 현우의 것과 그 성질이 또 달랐다.

그녀는 경영자를 새로이 선임할 생각이었고, 적임자 후보군을 던져 준 정훈으로 인해 그 문제 역시 가볍게 일단락됐었다.

"서연아?"

"아……. 여기."

시원한 아메리카노를 현우에게 건넨 서연은 그의 옆에 앉았다.

"나."

서연은 다른 건 차치하고라도 다음 주에 혼자 떠난다는 말을 해야 했다. 적어도 그가 없는 곳으로 혼자 조용히 사라지는 것이 애초에 정훈의 조건이었다.

"다음 주에 외국으로 나가려고."

"외국? 서울에 와서 힘들었으니까 잠깐 쉬다 오는 것도 괜찮긴 해. 어디로 갈래?"

현우가 금세 스케줄을 확인하기 시작했다. 마치 그게 자신의 일이라는 듯 그의 것과 더불어 자신에게도 아무 일이 없는지 이중 확인하는 그의 모습에 서연은 다시 입을 열었다.

"아니. 혼자 갈 거야."

다이어리를 확인하던 그의 손이 일순 멈췄다.

"이번엔 진짜 혼자 가서 혼자 일어서서 진서연이라는 그 이름으로 살아갈 수 있을 때, 그때 올 거야."

서연의 말에 현우가 결국 모든 것을 내려놓고 천천히 그녀를 향해 고개를 돌렸다.

"할아버지가 네게 무엇을 제안한 거야?"

"없어."

서연은 태연하게 거짓을 입에 올렸다. 이편이 그에게 도움이 된다는 건 일 초만 생각해도 알 수 있는 일이었으니 그녀는 그를 위해 사실을 입에 올리지 않았다.

"아니, 할아버지는 주는 게 있으면 받는 게 있으신 분이야. 서연아, 뭘 제안하고 그걸 하기로 한 거야."

"아냐. 정말 없어."

서연은 조용히 고개를 내저었다.

"그러니까 우리, 남은 날들 재미있게 놀자. 그렇게 보내자."

서연이 결국 현우의 손을 잡았다. 조용히 그의 손을 꽉 마주 잡고 다독이는 손길이 한도 없이 따스했다.

"남은 며칠은 오롯이 너를 위해 쓸게."

오직, 너 하나만을 위해 쓸게, 라고 말하는 서연의 음성이 그 어느 순간보다 듣기 좋았다.

딱딱한 정장들 사이로 유난스러울 정도로 화려한 차림새를 한 혜린이 자리를 한 순간 주주총회가 시작하는 것처럼 보였으나 최대 주주인 서연을 마지막으로 모두 참석하고 나서야 오늘 모인 이유가 드러났다.

사실 이미 주주들은 대부분 서연의 사람이 되었거나 정훈의 사람들이 움직여 놓은 상태였다.

지금의 상황에 적절하고도 좋은 안건이라 모두가 반색하고 나섰지만 오직 혜린만이 기를 쓰고 반대 의사를 피력했다.

주주총회는 싸움이라 할 것도 없었다.

서연은 너무나 싱겁게 끝나 버린 싸움에 그동안 자신을 억압하고 짓눌렀던 것들이 그리 대단하지도 않았음을 깨달았다.

"네가 정신 나간 놈을 만나더니. 정신이 나간 게로구나."

"어머니."

서연에게 다가온 혜린이 조용히 말했지만 그 내용은 악의로 가득해 미워할 수도 그렇다고 안쓰럽게 여길 수도 없었다.

기사와 달리 자신과 엄마였던 여자를 떨어트린 것은 혜린이 분명했고, 그렇게 홀로 남은 자신을 버린 것도 혜린이었다. 아버지가 찾지 못했더라면 고아로 자랐을 것이었다.

"네 어미가 누구인지는 기사에서 보지 않았니. 내게 그런 말은 하지 않았으면 좋겠구나."

"제 엄마였던 사람을 앗아 간 건 어머니셨으니, 제게는 사모님이 어머니이지 않은가요. 게다가 이제 가지고 계신 것을 유지하시려면 지금과 같은 삶은 맞지 않으실 것으로 아는데요."

서연의 말에 결국 깊은 화를 참지 못한 혜린이 한바탕 서연에게 독한 말을 퍼붓고 난 뒤에야 사람들이 회장을 빠져나갔다.

그 가운데 있는 한 사람.

서연은 현우를 보고 웃었다. 안도의 한숨이 입술을 비집고 새어 나오자 정훈이 말한 시간을 보내고 오라는 의미가 무엇인지 깨달을 수 있었다.
현우에게 의지 하지 않는 삶을 살게 되는 순간.

서연에게 그건 숙제와 다름 없었다.

* * *

하얀 포말이 잘게 부서지는 바다를 먼발치에서 바라보던 서연은 현우를 앞에 두고 정작 그를 바라보지 않았다.

바닷가의 적막한 카페에는 손님이 몇 없었다. 그랬기에 서연은 일부러 이 공간을 선택했다.

누구에게도 방해받지 않는 공간.

또한 그 누구도 타인의 사생활에 귀 기울이지 않는 공간.

"내가, 내가……."

서연은 내내 같은 말을 반복하고 있었다. 마치 할 줄 아는 말이 그것밖에 없는 사람처럼 무수히 많은 말을 두고 단 한 단어를 반복하는 서연의 모습에도 현우는 참을성 있게 기다렸다.

"몇 달일지, 몇 년일지 모를 시간 동안 연락하지 않을 거야."

"그래."

서연은 이미 마음을 다잡고 있는 것처럼 보였다. 그런 서연에게 그는 가지 말라고 할 수 없었다.

모델 제인도 아닌, 그리고 도원그룹의 서녀 서연도 아닌.

스스로의 이름인 진서연으로 살겠다는 여자를 그는 말릴 수 없었다. 그가 가장 바라 온 것도 서연이 다른 어떤 것으로 사는 게 아닌 그녀의 존재로 삶을 살아가는 것이었다.

"그렇게 돌아오면 두 번 다시 떠나지 않을 거야."

"그래."

그는 그렇게 서연이 돌아오기만 한다면, 반드시 그러하다면…… 다시는 보내지 않을 생각이었다.

"네가 나를 기다리고……."

서연의 말에 현우는 웃었다.

"내가 그 옆에 서는 걸 받아들이고……."

서연이 무엇을 말하려는지 그는 알 것 같았다. 하지만 이내 입을 꾹 다물고 서연의 모습을 눈에 담았다.

"좋다고 한다면. 나는 돌아와서 네게 먼저 갈 거야."

서연의 진심을 다한 말에 그는 웃음을 먼저 보였다. 그 마음 가득히 서연이 무슨 생각을 가지고 있든 이제 상관하지 않을 수 있었다.

지금의 상태라면 서연은 나락으로 떨어져도 스스로 일어날 수 있을 것이리라.

그는 그렇게 생각했다.

"좋아하지 않을 리 없잖아."

결국 그는 지금껏 수없이 했던 무언의 고백을 언어로 내뱉었다. 달리 표현할 단어가 많지 않음에 한탄하면서…….

"너인데."

어디로 가냐고도 묻지 않은 건 그에게 있어서 고문과도 같은 일이었다. 오래도록 기다린 연인과 이제 함께할 수 있음에도 그는 그녀가 원하는 대로 해 줬다.

언제나처럼 그녀의 편을 들고, 그 옆을 지키며 행복을 기리는 자. 그게 바로 자신이라는 걸 알지만 별수가 없었다.

이런 자신의 모습에 가끔 이골이 나기도 했지만 우습기도 했다.

"뭐 해?"

메이슨의 질문이 현우의 상념을 깨 주었다.

"아, 아버님께서 전문경영인 선정하신다고 해서."

진 회장이 일선에서 물러나고자 하는 의사를 표명했으니 도원그룹을 이끌어 갈 전문경영인을 선임하는 일을 주도하고 있는 그는 할 일이 많았다.

서연은 회사에 서 여사와 서진, 그리고 서원의 그림자가 보이지 않게 되자 바로 회사에 진 회장을 회장직으로 올릴 것을 제안했다.

회사의 수장이 없는 기간이 길어질수록 사원들은 불안에 떨 것이며 그 여파는 고스란히 다시 회사로 돌아간다는 걸 잘 알고 있는 한호가 서둘러 전문경영인 선임을 추진하자고 제안하지 않았더라면 그는 이 핑계를 대고 서연의 길을 막았을 것이었다.

"좀 할 만한 사람은 있고?"

"어느 정도? 선정은 내 몫이 아니라 회장님 몫이니까. 난 추려서 올릴 뿐이야."

"참, 서연은 이미 떠났겠네."

오늘 오전에 출발한다는 것만 알고 있을 뿐 아무것도 묻지도 않았다는 소리를 메이슨에게 할 수 없어 그는 어색하게 웃어 버리고 말았다.

"얼마나 기다릴 생각이야?"

오랜 친구의 물음에 그는 서류를 정리하며 생각조차 하지 않고 단번에 답했다.

"서연이한테 필요한 시간만큼."

오래도록이라도 좋았다. 돌아온다는 확답을 받자마자 그는 기꺼이 그 시간들을 보내겠다 마음먹었다.

"가자고, 회장님께. 그거 결정하시라고 해야 할 거 아냐."

본부장실도 이제 내어놓고 도원을 나가야 했기에 그는 서둘렀다. 그녀가 오기 전 그도 본래 하던 에이전시 일을 다시 시작해야 했다. 그동안 메이슨이 맡아 해 주고 있었다고는 하나 오래도록 관리하지 않아 신경 써야 할 것이 한두 가지가 아니었다.

"그래. 가자."

그녀가 오기 전, 그는 할 게 많았다.

기다리며 관리할 것도, 정리할 것도, 그리고 찾을 것도.

“참. 조용히 사람 한 명만 찾아봐 주라. 네 선에서 찾을 수 있을 정도면.”

“누구?”

“서연…… 친어머니.”

기간이 얼마가 걸리든, 아니면 평생 못 찾든 괜찮았다. 일단 한 번의 시도는 해 보는 것이 좋다고 여겼다.

그는 만일 결혼식 전까지 찾을 수 없다면 포기해야겠다고 판단했다. 이렇듯 그의 모든 건 오롯이 한 여자를 위해 존재했다.

그 사실이 서글프다거나, 억울하지 않았다.

그 사실로 인해 한없이 기뻤으며 즐거웠고 행복했다.

* * *

어느덧 계절이 무수히 지나친 그 어느 날.

날이 더워지는 그 어느 길목에 서연이 돌아왔다.

“어머님.”

마치 어제도 왔었던 사람처럼 서연은 자연스럽게 현우의 집 문을 두드렸다. 정인은 그런 서연을 보고 무척이나 놀랐지만 애써 태연한 척 그녀를 맞이했다.

"할아버님 계세요?"

어디에 있었는지 궁금했지만 정인은 묻지 않았다.

"조금 전 들어오셨단다."

현우가 이 사실을 알면 가장 먼저 기뻐할 것이었다. 그동안 그 누구보다 이 아이를 기다린 것이 바로 현우라는 걸 알고 있었기에 정인은 어떻게 해야 할지 종잡을 수가 없었다.

지금 당장 현우에게 연락을 해야 하는 것인지. 아니면, 그저 일을 마치고 집으로 돌아왔을 때 아이를 보고 좋아하게 둬야 하는 것인지.

"저 그럼 할아버님 좀 뵙고 나올게요. 어머님, 먼저 그렇게 해도 괜찮죠?"

정인은 그러라고 답하면서도 지나간 시간만큼 기다림이 컸던 아들이 떠올랐다.

정인은 그렇게 정훈의 방으로 들어간 서연의 뒷모습을 물끄러미 바라봤다. 현관 앞에 얌전히 놓인 보스턴 백에 걸린 아직 뜯어지지 않은 태그에 결국 궁금증을 이기지 못하고 조용히 태그를 집어 돌려 보았다.

그리고 이내 정인은 조용히 자리에서 일어나 아무것도 보지 못했던 사람처럼 움직였다. 하지만 더욱 강한 궁금증이 생겼다. 그녀는 서연에게 묻고 싶었다.

아프리카에서 무엇을 했냐고…….

"약속 지켜 주셔야죠."

서연은 정훈의 앞에 서자마자 단번에 말했다.

"거참. 현우 녀석이 좋다고 안 할지도 모르는데, 숨 좀 고르고 말하면 안 되겠더냐."

어느덧 더 백발이 성성해진 정훈을 보던 서연이 입매를 느슨히 끌어 올려 웃었다.

"할아버님, 약속은 무슨 일이 있어도 칼같이 지키시는 분이잖아요."

그러니 지키라고 말하는 서연 앞에 정훈도 속수무책이었다.

"헌데 대체 뭐 하느라 그리 까뭇하게 탔어? 희멀거니 창백한 것보다 살짝 탄 편이 보기 좋다만."

"어디에서 무엇을 하든 묻지 않으실 거라면서요. 할아버님 이제 보니 약속 안 지키시려고 그러시는 거죠?"

서연의 장난에 결국 정훈이 웃음을 터트렸다.

그녀가 아프리카로 날아간 이유는 자신이 아닌 다른 누군가를 돕는 삶을 살며 배우고자 함이었다.

서연은 작고 여린 아이들이 깨끗한 물이 없어서, 손바닥만 한 털모자가 없어서, 그 온기가 없어 삶을 채 다 살지도 못하고 저물어 가는 모습을 봤다.

사실 막상 그곳에서의 생활을 시작하고 나니 그녀는 자신이 그들에게 도움을 주는 것이 아니라 그들이 자신에게 베푸는 것이 더 많은 사실에 슬펐었다.

"참, 할아버님."

서연은 이내 정훈의 앞에 종이를 하나 내밀었다.

"할아버님 돈 많으시죠?"

서연이 너무나 당연하다는 얼굴로 정훈에게 웃으며 말을 이었다.

"기부 좀 하세요."

태연한 서연의 말에 정훈이 결국 웃음을 터트리며 그에게 내밀어진 종이를 꼼꼼히 살폈다. 이미 종이의 공란에 기재해야 할 사항들이 전부 적혀 있는 상태였다. 필요한 것은 그의 서명뿐이었다.

정훈은 그런 종이를 물끄러미 보다 결국 사인을 했다. 그가 바라는 대로 서연은 더 단단하고 견고해져서 돌아왔다.

재잘재잘 떠드는 서연의 음성이 저택 내부를 기분 좋게 울렸다.

"그래도 피곤하지 않니? 집에는 연락 드렸고?"

사실 이 부분이 가장 걱정이었던 정인은 결국 묻지 않을 수 없었다. 정훈과 다과를 나누며 맑은 웃음을 터트리던 서연의 얼굴에 유일하게 그늘이 드리운 순간이기도 했다.

"어머님, 저 여기서 자면 안 될까요?"

맑은 눈으로 청하는 서연의 말을 거절하고 싶지는 않았지만 정인은 아직 현우와 결혼식도 안 올린 아이를 집에서 재웠다가 말 좋아하는 사람들이 말을 만들어 낼까 염려스러워 고개를 저었다.

"현우야."

결국 정인은 그 자리를 정리하는 것이 옳은 일이라고 생각했다.

"집에 데려다주고 오렴."

이렇게 둘을 보낸다면 오늘 집에 들어오지 않을지도 모르는 아들이었지만 정인은 차라리 그편이 낫다고 생각했다.

결국 서연이 자리를 털고 일어서며 내일 다시 오겠다고 말하면서 저녁식사 후에 이어졌던 가벼운 다과를 즐기는 자리는 끝이 났다.

"잘 지냈어?"

서연은 오래도록 비웠던 집이 여전히 자신을 위해 존재하고 있다는 사실도 놀라웠는데, 더 놀라운 것은 깨끗한 집 안이었다. 주인이 없는 그 시간 동안 다른 사람이 관리를 해 준 것처럼 깔끔했다.

마치 사람이 살았던 것처럼…….

"넌. 잘 지냈어?"

그녀는 내내 괜찮은 척 굴었지만 사실 그렇지는 않았다. 오랜 기간 동안 옆에 있던 사람에게 의지하던 마음은 몇 달 자리를 비운다고 사라지는 일이 아니었음을 그녀는 그를 떠나고 나서야 알게 되었다.

"응."

서연은 그의 물음에 선선히 대답했다. 하지만 그 대답이 오롯이 모든 것을 표현하고 있지는 않았다. 마치 그 남은 대답을 해 주기라도 하듯 서연의 현우의 손을 잡았다.

돌아서서 나가려던 그가 현관 앞에서 서연에게 붙들렸다.

"나……."

그녀는 할 말이 많았다. 사실 그의 집을 제일 처음으로 간 것도 그에게 보여 주고 싶어서였다. 혼자 아프지도, 다치지도 않고 잘 있었다고…….

"안 보고 싶었어?"

그녀는 내내 묻고 싶었던 말을 입 밖으로 꺼냈다. 그의 손을 꽉 붙잡은 손에서 온기가 타고 올라와 가슴께를 간질이는 기분이었다.

이런 서연의 행동으로 인해 결국 현우는 잡힌 손을 당겨 그녀를 품에 안았다. 품에 안긴 서연의 머리를 쓰다듬던 그는 아주 작게 속삭였다.

"보고 싶었어."

발끝을 간질이는 말, 이라고 서연은 생각했다. 하지만 그게 끝이 아닌 듯 그가 다시 입을 열었다.

"네게 한 약속을 어기고 찾아가고 싶을 정도로."

서연은 이내 현우의 말을 들으며 두 눈을 꽉 감았다.

"네가 있는 곳이 어디든 달려가서 내게 기대고, 의지해서 살아도 괜찮다고, 이렇게 안고 싶을 정도로."

듣기 좋은 현우의 음성이 서연의 귓가를 간질였다.

"기다렸다."

그녀는 원하는 말을 해 주는 현우 때문에 웃음을 터트렸다. 그는 변하지 않았다. 변해서 온 것은 자신이었다.

마음부터 생각 하나하나, 전부 변해서 돌아온 것은 그녀 자신이었다.

마주 앉은 자리가 어색했지만 서연은 내내 웃고 있었다. 그 웃음이 거짓이 아니라는 건 자리에 있는 모두가 알고 있었다.

정인과 한호만이 참석한 상견례 자리였지만 서연은 좋았다. 서울에 다시 돌아오자마자 결혼식 준비가 일사천리로 진행되어 가고 있는 상황도 그녀의 얼굴에서 웃음이 떠나지 않게 만들어 줬다.

"사부인께서는 오시지 않는 모양이네요."

정인의 말에 일순 정적이 찾아들었지만 누구 하나 그게 불쾌하다고 말하지 않았다.

"네."

"적어도 결혼식에는 오셔야 한다고 일러 주세요."

정인은 이미 서연의 가족사를 낱낱이 알고 있었기에 달리 불평하지 않았다. 다만 축복받아야 할 그 시간에 불쾌한 기억을 추가할 서연이 안쓰러웠다.

조금 더 건강하고 밝아져서 돌아온 서연은 하루가 멀다 하고 정훈과 자신을 찾아왔다. 밖으로 나가서 놀아도 괜찮다고 한사코 말해도 요지부동이었다. 늘 집으로 왔고, 늘 제 옆이나 정훈의 옆에서 붙임성 있게 행동했다.

정인은 아이들을 분가시킬 생각이었지만 요즘 상황으로 봐서는 정훈이 그를 간단하게 허락하지 않을 모양이었다.

이제 며느리가 아닌 손주며느리와 함께 더 살고 싶다며 요즘 들어 건강관리에 부쩍 더 신경을 쓰기 시작한 정훈의 행동에 서연을 말려 볼까 싶었지만 정인은 뭐든 서연이 하고자 하는 대로 내버려 둘 생각이었다.

"식장이나 이런저런 것들은 전부 제가 알아서 준비하겠습니다. 아버님께서 시간을 내시기가 어려워 이 자리에 함께 오지 못한 점에 대해서는 양해를 해 주셨으면 합니다."

"물론입니다. 신 대표님이야 워낙 공사가 다망하신 분이 아닙니까."

한호의 말에 정인이 싱그럽게 웃으며 화기애애한 아이들을 바라봤다.

현재 대권을 목전에 둔 아버님이 염려했던 것은 가족들의 추문이나, 불화가 나오는 것이었다. 그랬기에 손주며느리가 될 서연의 스캔들이 잠잠해질 수 있는 시간을 벌고, 그 시간 동안 아버님 나름대로 단속에 나섰던 것이었다.

오래도록 돌아서 이 자리까지 온 아이들이었기에 정인은 아주 많이 행복하기를 바랐다. 절대 그 앞에 무엇이 됐든 방해하는 것들이 나타나지 않기를…….

따사로운 햇살이 눈이 부시도록 아름다웠다.

카페 창가에 앉아 거리를 내려다보던 서연은 무심하게 앉아 있을 뿐이었지만 늘씬한 몸과 어디서든 눈에 띄는 외모가 다른 이들의 시선을 붙들었다. 그 모습에 엘리는 서연이 여전히 아름다운 피사체라고 생각했다.

"내 결혼식 놓친 건 어떻게 할 거야?"

엘리는 일부러 짓궂게 물었다.

"어?"

놀란 서연이 이내 거리에 박아 뒀던 시선을 거둬 엘리를 마주 봤다. 시선이 부딪힌 두 여자는 소녀처럼 웃음을 터트렸다.

"메이슨이 널 얼마나 벼르고 있었는지 모를 거야. 진짜 메이슨이 그렇게 짜증 내는 거 난 처음 봤다고!"

"메이슨이라면 뭐……."

그럴 만한 사람 중 하나라고 서연은 생각했다. 사실 처음 메이슨은 현우가 자신에게 해 준 것들을 말해 줬을 때도 불친절했었다.

그건 오래도록 현우와 친했던 사람이기에 당연한 반응이라 생각했던 그녀는 그럴 수 있다는 생각을 할 뿐이었다.

"그럴 수 있지. 괜찮아, 내가 현우를 고생시킨 건 맞으니까."

"헌데 그…… 시, 할아버님?"

엘리는 여전히 한국의 호칭이 어려운 모양이었다.

사실 메이슨과 엘리는 현우가 이곳에서 일을 하고 있는 것이 아니라면 서울에서 살지 않아도 괜찮았다.

서연은 정훈이 서울을 떠나지 않는 조건으로 지금껏 현우가 했던 일을 계속해도 괜찮다는 확답을 받고 나서야 뛸듯이 기뻐했었다. 그러자 정훈은 그녀가 그렇게 제안하지 않았어도 손자에게 그렇게 하라고 할 생각이었다고 했다.

그랬기에 서연이 먼저 이런 제안을 해 왔을 때 그는 서연의 마음 씀씀이가 마음에 들었다고.

"응. 시할아버님."

"같이 살아야 해? 꼭?"

엘리의 물음에 서연은 말간 웃음을 터트렸다.

"어. 꼭 그래야 해."

현우는 어렸을 때를 제외하고 할아버지와 함께 살지 않았고, 이제 얼마 안 있으면 함께 살 확률이 줄어들 것이었다. 만일 곧 다가올 대선에서 이기게 된다면 함께 살 수 있는 시간은 더 줄어들게 된다.

서연은 그랬기에 신혼이라고 둘이서만 살고 싶지 않았다. 게다가 넘치는 정을 주는 가족들 덕에 서연은 그 집을 나오기가 싫었다.

밖에서 친구도 만나며 놀아도 된다고 정인이 매번 말하지만 서연은 정말 가고 싶어서 가는 것뿐이었다.

"나도 그렇고 현우도 그렇고 할아버님하고 함께 있을 시간이 그렇게 많지는 않을 테니까. 그거 생각하면 꼭 함께 살아야 맞는 거지."

서연은 조용히 생각을 읊조렸다.

"뭐, 난 메이슨 어머니 보는 일도 스트레스라고. 서연은 현우 할아버지라니……. 스트레스받을까 봐 그렇지."

"아냐. 그렇지 않아. 정말 잘해 주시는걸."

사실 말 그대로 너무 잘해 주셔서 탈이었다. 결혼식을 준비하는 신부답지 않게 요즘 서연은 너무 편안했다.

간소하게 치르겠다고 했던 것이 정말이었던지 서연은 예물과 예식에서 쓸 드레스, 그리고 본식에서 입을 웨딩드레스를 고르는 것이 할 일의 전부였다.

남은 것은 전부 정인의 지휘하에 순서대로 준비되고 있었다.

"다행이다."

엘리의 말에 서연은 선선히 고개를 끄덕였다.

오래도록 쓴 오피스텔은 아니었지만 그래도 현우가 골라 준 집이었기에 이 집을 떠난다 하니 서연은 나름대로 아쉬운 기분이었다.

집 안을 정리하는 손길에 아쉬움이 묻어나는 걸 눈치챈 그가 서연의 옆으로 다가왔다. 옷장에서 옷을 꺼내 차곡차곡 상자에 담아내는 서연의 옆에서 현우는 정리를 함께 돕고 있었다.

"여기 치우니까 기분이 좀 이상하다."

"그럼 그냥 둘까?"

현우가 서연의 말을 듣고 단번에 팔지 않으면 되지 않겠냐고 했지만 가늘어진 서연의 시선에 이내 묵묵히 다시 정리를 시작했다.

"그렇게 하면 안 된다고 몇 번을 말해. 게다가 여기 있는 거 나중에 어머님이 아시면 얼마나 싫어하시겠어. 정리한다고 말씀드렸는데 속였다고 생각하실 수도 있고. 게다가 나중에 다시 정리하려면 귀찮아. 지금 하는 게 나아."

"알았어."

결혼식이 이제 고작 일주일 앞으로 다가왔다. 선선한 바람이 부는 늦여름에 식을 올리니 날씨는 딱 적당하다는 정인의 말처럼 서연은 이 계절이 마음에 들었다.

너무 춥지도, 그렇다고 덥지도 않은 선선한 바람이 부는 늦여름.

그 계절에 현우의 손을 잡고 함께 걸어간다는 사실이 그저 믿기지 않을 뿐이었다.

"근데, 이건 정말 궁금해서인데……."

서연은 문득 정인이 했던 말이 떠올라 열심히 상자를 옮기던 현우에게 질문했다.

"나 뉴욕에서 본 게 처음이 아니라고 어머님이 알려 주시던데. 나 언제 봤어?"

서연은 내내 그게 신기했었다. 어디인지는 정인도 잘 기억이 안 나지만 한 번쯤 본 것 같다는 말에 서연은 그를 어디서 봤었는지 궁금했었다.

"나 학교도 안 다니고, 밖에 전혀 돌아다니지도 않고 그랬는데……. 대체 어디서 본 거야? 응?"

서연은 종국에 자신이 집을 치우고 있었다는 사실도 까마득히 잊은 채로 현우의 뒤를 쫓아다녔다.

"파티에서."

20살이 되었을 때 방학을 맞아 집에 들른 그는 정훈의 채근에 자선파티에 나갔었다. 그 장소에서 앳된 소녀를 보았고 그는 그 아이가 누구인지 한참을 찾았었다.

나중에 찾고 나니 이미 결혼식을 올렸다는 소식에 다시 비행기에 몸을 싣고 돌아갔지만…….

"어? 파티? 나 나갔던 파티는 손에 꼽는데……."

계속 곰곰이 생각하는 서연의 모습에 현우는 괜한 얘기를 꺼낸 어머니가 슬슬 얄미워지기 시작했다.

"서연아. 우리 이거 정리하려면 오늘 하루 가지고는 안 될 것 같다."

결국 그는 다른 이야기를 하며 서연의 관심을 돌렸다. 그가 잘 알고 있듯 그녀는 어느새 그를 언제 봤는가에 대한 문제가 아니라 내일도 다시 와서 정리해야 하는지를 걱정하기 시작했다.

그 모습을 보고 현우는 스스로 자각하지 못한 사이 웃고 있었다.

* * *

새하얀 드레스를 입은 모습이 누구보다 더 잘 어울린다고 말했지만 서연의 귓가에는 들리지 않는 모양이었다.

"서연아."

현우가 조용히 그녀를 불렀다. 그도 긴장됐지만 지금 눈에 띄게 손을 떨고 있는 서연을 진정시키는 것이 우선이었다. 화보를 찍을 때도, 본인이 디자인한 옷이 무대에 올라갈 때도 좀처럼 긴장하는 법이 없었던 서연이었기에 그는 더 걱정스러웠다.

"편안하게 생각해."

애초에 상황이 반대가 되어야 더 맞다고 여겼던 그였기에 당혹스러웠다. 사실 서연이 가족과 지인들 사이를 걸어가는 일을 겁내리라고는 상상하지 못했기에 그는 서연을 진정시키는 데 애를 먹고 있었다.

"그냥 평소에 갔던 촬영장하고 별다르지 않다고 생각해. 오늘은……."

그는 적절한 단어를 찾지 못하고 있었다.

"그래, 웨딩 화보 찍는다고 생각해. 그게 낫겠다."

그 말을 듣고서도 진정이 되지 않는지 서연이 현우의 손을 붙들고 심호흡을 길게 했다. 그 모습에 결국 엘리까지 옆에 붙어서 갖은 우스갯소리를 늘어놓고 난 이후에야 서연은 차츰 진정하고 조용히 주위를 둘러볼 수 있었다.

조금 전부터 진행된 것인지 현수가 사회를 보는 소리가 대기실까지 들려왔다.

"진짜 결혼식이네……."

서연은 여전히 지금의 상황이 피부로 와 닿지 않아 그저 구름 위를 걷는 듯 꿈같은 모양이었다. 그런 서연을 보는 현우의 얼굴에서는 내내 웃음이 떠나지 않았다. 사람이 저렇게 좋아할 수 있을까 싶을 정도로 그는 서연을 보기만 하면 웃었다.

"응. 진짜 결혼식이야."

현우는 그런 서연의 모습에도 웃었다. 마치 행복을 온몸으로 끌어안은 사람처럼 그렇게 행동했다.

"네가 내가 될 수 있고, 내가 네가 될 수 있게, 그렇게 내가 더 널 좋아할 거야."

현우가 서연에게 말했다. 그는 이제 지독하게 서연을 마음에 품지 않았다. 그 사랑이 더 이상은 독하지 않았다.

그저 한 여자를 향한 마음에 모든 것을 걸어 사랑할 뿐.

그렇게 그의 모든 것을 바쳐 사랑하고, 마음을 다해 한 사람만을 바라볼 뿐이었다.

그런 그의 마음에 이제 그 누구도 독하다고 하는 사람은 없었다. 다만 그 헌신적인 사랑을 감히 무어라 평가하지 못할 뿐이었다.

"내가 더 많은 것을 할 수 있게 도와줄게. 네가 하고 싶은 것이 무엇이든."

현우가 내내 말했다.

그런 현우의 모습에 결국 서연이 입을 열었다.

"아니야. 그러지 말자."

현우는 서연의 말에 어리둥절했지만 이어지는 말을 기다렸다. 아직 그들을 부르지 않은 사회자는 신나서 식을 진행시키고 있었다.

"이제 우리 뭐든지 같이하자. 내가 원하는 게 있다면 내가 해결해 볼게, 그리고 그래도 안 되면 그때 같이해."

서연의 말에 현우는 낮게 탄식했다.

온전히 그에게 기대어 오던 그녀는 이제 없었다. 스스로 서서 무엇이든 해내려고 하는 여자가 눈앞에 있을 뿐이었다.

그 사실이 그는 서운하면서도 기뻤다.

오래도록 바라 왔던 일이기에 그는 뿌듯했지만 동시에 슬펐다.

하지만 그는 서연에게 이편이 더 이롭다는 걸 알고 있었다.

그는 그래서 입꼬리를 말아 올렸다.

"그래. 그렇게 하자."

선선한 그 대답은 그랬기에 할 수 있는 것이었다. 현우는 고개를 끄덕이며 서연의 얼굴을 매만졌다. 지금의 이 행복을 영원토록 유지하기 위해 그는 지금보다 더 노력하고 일할 생각이었다.

그 순간, 대기실 문이 열렸다.

"신랑, 신부 입장하시래요."

직원이 문을 열고 기다렸다. 현우는 그제야 서연과 함께 나란히 서서 걸음을 맞춰 천천히 걷기 시작했다.

서연이 앞으로 영원토록 이어질 삶의 순간에도 행복한 감정을 느끼길 바라는 마음을 담아…….

그는 다시금 한 여자를 마음에 아로새겼다.

06.

# 단조로운 일상

눈을 뜨면 언제나처럼 그녀는 옆에 누운 남자를 흘긋 바라보고 일어난다.

하얀 침구류는 관리하기 어려워 정인이 난색을 표했지만 그럼에도 서연은 하얀 베개와 이불이 마음에 들어 고집을 부렸다.

개조한 한옥 집이라 아파트나 오피스텔처럼 편리하지 않아도 가끔 드넓은 이곳에서 멍하니 앉아 밖을 보면 마음이 느긋해지고 평화로워지는 것을 느낀다.

“어머니.”

그녀는 아침 7시였음에도 부엌에 나와 있는 정인의 모습에 고개를 내저었다. 내일은 십 분 더 일찍 일어나 봐야겠다는 다짐을 하면서 그녀는 정인의 곁으로 다가갔다.

“왜 이렇게 일찍 나오셨어요.”

“할아버님이 워낙 근래에 잠을 못 이루셔서 말이다. 근래에는 더하시는 것 같구나. 저러다 몸 상하시지.”

사실 서연도 요즘 할아버님의 상태가 걱정스럽기는 마찬가지였다. 새벽 세 시, 네 시쯤에야 불을 겨우 끄고 잠을 청하시는가 싶다가도 이내 다시 일어나서 홀로 바둑을 두고 시간을 보내시는 날이 점점 늘어 가고 있었다.

“이렇게 더워지고 있는데, 정말 큰일 나시겠어요.”

소곤거리며 가족들의 걱정을 할 수 있다는 사실도 서연은 현우의 집에서 처음 배웠고, 알아 가는 중이었다.

밥을 안치는 정인의 옆에서 찬거리를 꺼내며 자잘한 도움을 주려 노력하는 서연의 모습이 결혼식을 올린 지 얼마 안 된 새색시의 그것을 닮아 있어 정인이 웃음 짓는다는 것도 모르고 그녀는 무엇이든 열심이었다.

“아가. 내내 이렇게 집에만 있지 않아도 괜찮단다. 오늘은 친구도 좀 만나고, 현우더러 맛있는 것도 좀 먹자고 해 보렴.”

“하지만 어머니하고 할아버님도 계신데요.”

시 자가 붙은 사람들이 결코 쉬울 리 없지만 정인은 딸처럼 서연을 대했다. 서연은 그런 정인이 고마웠다.

딸이 하나 더 생긴 것이라고 생각하겠다고 말한 정인의 말에 마음 가득하게 따뜻한 바람이 불어왔지만 수빈의 집에서 겪었던 일들이 남아 있던 그녀에게 시댁은 늘 어려운 곳이었다.

조심해야 했고, 지켜야 할 것도 많은 공간이었다.

"아가, 괜찮다. 신혼인데 뭐라 할 사람도 없어. 게다가 지금 아니면 언제 해 보겠니. 저 녀석 나중엔 바쁘다고 모른 척할지도 모르니까. 이때 둘이서 많이 돌아다녀. 젊은 애가 어디 집에만 있어서 쓰겠니."

서연은 사실 스케줄이 조금씩 들어오기 시작하고 있었지만 모두 답보하거나, 거절한 상태였다.

결혼을 한 것도 있고, 정치를 하는 집안에 시집을 왔으니 더는 모델 일을 할 수 없으리라는 생각에 그녀는 조용히 지내는 중이었다.

"괜찮아요. 저는 이렇게 지내는 게 좋은걸요."

결국 오늘도 작은 용기는 버리고, 평화로운 하루를 선택하는 것으로 서연은 하루를 시작했다.

달그락거리는 식기 소리만이 가득한 상 위에서 현우는 할아버지와 어머니의 눈치를 보며 서연의 모습을 살폈다.

"네 색시 어디 안 간다. 거 흘긋흘긋 보기는."

결국 할아버지에게 한 소리를 듣고 나서야 그는 수저를 내려놓으며 입을 열었다.

"저 사람 원래 하던 일 계속해도 괜찮으시겠어요?"

그는 서연이 사람들의 기억 속에서 빛나는 사람으로 기억되기를 바랐다. 어제 더는 활동에 관해서는 말하지 말라고, 모두 거절하라며 상황을 한마디로 정리한 서연은 놀라 두 눈을 동그랗게 뜨고 자신을 봤지만 그는 개의치 않았다.

어제 들어왔다고 말한 제안들 중 그조차도 탐내던 건들이 있었기에 그는 서연이 계속 일하기를 바랐다.

"젊은 사람이 놀아서 뭐에 쓰려고."

"허락……하시는 걸로 알고 저 사람 일하게 합니다."

그는 서연이 하고 싶은 걸, 원하는 걸 하기를 바랐다. 지금도 그가 원하는 건 그녀의 작은 행복과 영원처럼 이어지길 바라는 이 삶이라는 걸 알아주지 않아도 그는 좋았다.

지금의 순간이 오래도록 오지 않을 것만 같았던 삶이었기에 그는 아직도 꿈길을 걷는 기분이었다.

어제 저녁 서연의 시선에서 그는 설핏 미련을 읽어 냈다. 자신의 욕심과 그녀의 미련이 있다면 이 일은 하는 것이 맞다고 생각했다.

더불어 서연이 좋아할 것이라고 그는 판단했기에 아침 식사 자리의 분위기를 살피다가 운을 뗀 것이었다.

"나랑 의논도 안 하고 이럴 거야? 할아버님, 차 들여올게요."

외려 당황스럽게도 그는 그녀에게 좋은 소리를 들을 수 없었다. 그 모습에 정인은 혀를 찼다.

그는 출근을 해서도 그녀가 그렇게 반응하는 이유를 끝내 알지 못했다. 그가 그녀의 일을 입에 올린 이후로 전날처럼 따뜻한 배웅과 말간 미소를 마주할 수 없었다.

회사가 망하기라도 하는 것처럼 고심하는 현우의 곁에 메이슨이 비슷한 모양새로 한숨을 내쉬었다.

"너 뭐 하냐?"

그런 메이슨의 행동에 외려 그는 자신의 고민을 잊고 메이슨을 살폈다. 한창 신혼이라 늘 즐거운 모습으로 다니던 친구가 어둑한 표정으로 한숨을 내쉬고 있으니 걱정이 되지 않을 수 없었다.

"네가 이러고 있었어. 라운지에서 이게 뭐 하는 짓이냐? 딱 봐도 회사 망하기 직전인 것처럼 고민해서 같이 좀 그래 봤다."

의외의 대답에 그는 어이없어서 웃고 말았다. 자신이 그랬을 것이라고는 생각지 않았다. 그는 그저 메이슨이 자신을 놀리고 싶어 하는 말이라고 여겼다.

"밖에 직원들 붙들고 물어봐라. 딱 회사 망해 가는 분위기였다고. 걱정이 뭔데?"

"내가…… 그랬다고?"

그는 어색하게 웃어 버렸다. 그 어설픈 웃음에 메이슨은 혀를 찼다. 분명 오늘 아침에 무슨 일이 있었던 것이 분명했다.

엘리에게 서연을 만나 알아보라고 할까도 싶었지만 그는 요즘 부쩍 만사 귀찮아하던 아내를 떠올리고는 그 계획을 지운지 오래였다.

“어. 네가 그랬다고. 그러니까 뭐냐니까?”

“그 촬영 건 있잖냐.”

그가 말하는 촬영 건이라면 서연에게 들어온 화보 촬영을 말하는 것이었다. 조만간 연락하지 않으면 날아간다는 것도 익히 알고 있는 사실이었기에 메이슨은 사건의 발단이 무엇이든 곧 결말이 날 것이라는 것도 알 수 있었다.

“그게 왜? 서연이 안 한대?”

“하고 싶어 하는 것 같기에 내가 아침에 어른들께 말했더니, 화내던데?”

천진한 그 말에 그는 웃어 버렸다. 웃음이 터져서 막을 수 없었다. 한참을 웃고 나니 직원들의 호기심 어린 눈초리가 느껴져 그는 머쓱하게 헛기침을 하고는 현우의 앞에 의자를 끌고 와 앉았다.

“너 말이다. 서연이 전에 어떻게 일했는지 기억 안 나?”

“뭐?”

일을 하지 않은 지 제법 지났지만 그럼에도 불구하고 해외 유명 디자이너가 찾을 정도로 서연은 유명했다.

그만큼의 이름을 쌓기 위해 그녀는 노력했고, 쟁취했으며 끝내 그 위치에 올랐다. 누군가의 도움이 있었더라도 그건 스스로가 행했기에 가능한 일이라는 걸 모르지 않는 그가 이처럼 실수를 했다는 사실이 그저 웃겼을 따름이었다.

"기억해. 네가 그 손으로 모델 서연을 만들었어."

"알아. 그게 지금 이거랑 무슨……."

"상관이 있지. 대부분 자잘한 것들을 모두 네가 처리했다고 해도 서연은 혼자 스케줄을 정했고, 그 결정에 군소리 없이 진행한 건 너야. 그러니 그 범위를 침범한 네 행동은 함께 일하는 파트너로서 미달이지 않겠냐."

지금껏 해 왔던 관계를 재정립하고자 하는 것이 아니라면 그는 결정을 기다려 줘야 하는 파트너로 머물렀어야 하는 것이 옳았다.

"게다가 의논도 없이 했다면 그건 배우자로서도 옳지 않아. 뭐든 함께 나누기로 하고, 네가 서연의 그 여행을 기다린 거 아니었냐."

옳음과 그름을 구분하는 건 어려운 일이지만 친구의 고민이 깊어 보였고, 그만큼 아내를 생각하는 저 지극한 마음을 알고 있었기에 했던 일이었다.

그는 자신이 나간 이후에도 현우가 그 자리에 그대로 앉아 고민할 걸 알고 있었다. 라운지를 빠져나가면서 그는 고민의 시간이 길지 않기를 바랐다.

"아가."

아침 식사 중에 벌어진 일로 인해 서연은 정인의 시선을 마주치기가 어려웠다.

"어머니, 저 그 일 안 해요. 그 사람이 괜히 그러는 거예요. 실제로 거절하겠다고 말했었구요. 이제 결혼했고, 더는 사람들 입에 오르내리고 싶지 않아요."

"네가 사진을 찍고, 사람들의 앞에 서는 이유가 너를 위해서만은 아니라고 그러지 않았니."

그녀는 현우의 손을 잡았고, 우연치 않게 기회를 엿봤다. 친어머니의 존재를 알고 싶어 내면 깊은 곳에서 미약한 움직임을 보이던 스스로를…… 조금은 편안하게 할 수 있는 그런 움직임.

그녀로서는 보다 많은 화보를 찍고 더 많은 쇼에 올라 유명해지는 것이 첫 시작이었다.

사람들의 앞에 서면 설수록 언젠가 진짜 엄마가 자신을 볼 수도 있다는 생각이 지배적이었다.

죽었다고, 상관하지 않는다고 말했지만 그녀는 독하지 못했다. 아버지의 아내를 진짜 어머니라고 여기지도 않으면서 혜린이 한 말은 떨쳐 낼 수 없었다.

자신을 버리고 간 엄마라는 소리를 그녀는 떨궈 낼 수 없었다.

그 이야기를 듣자마자 그녀는 사람들 앞에 나서는 것을 꺼려하기 시작했다.

"어머니……. 그 여자는 절 정말 버렸을까요?"

서연은 만일 눈앞에 아버지의 비서였다던 그 여자가 있다면 묻고 싶은 것이 많았다.

나를 버렸느냐고.

나를 보지 않고 살 수 있었느냐고.

나를 대신해서 돈을 받았느냐고.

그렇게 나를 잊었느냐고, 그녀는 묻고 싶었다.

모든 아픔을 지우고, 잊고 끝내 행복만이 남았다 여겼던 이면에는 여전히 채 떨궈 내지 못한 불안이 존재했다.

"설마 서 여사의 말을 믿니? 그래서, 네가 일을 하지 않겠다는 이유가 그 때문이니."

"아니에요, 그런 건. 전이라면 했겠지만, 사람들이 저를 기억하고 저와 관련된 루머를 기억하는 한 저는 사람들 앞에 나설수록 할아버님께 도움이 되지 못해요."

그녀는 끝내 입에 올리지 않았다. 무수한 이유를 들어 하기 싫다고 했지만 사실 그건 전부 핑계일 뿐이었다.

그녀는 얼굴도 모르는 그 여자가 보고 싶었다.

보고 싶었고, 궁금했으며 끝내 이 모든 감정을 끌어 올린 여자가 모델 서연이 곧 진서연이라는 걸 알 테니 더는 앞에 나서고 싶지 않았다.

단지 그뿐이라고, 스스로에게 최면을 걸듯 되뇌일 따름이었다.

친구의 조언을 따라 그는 이른 퇴근과 조금 다른 저녁을 아내에게 제안했다.

"아냐. 그냥 할아버님하고 어머니하고 같이 저녁 먹자. 내가 어머니한테서 요리 배우는 중이니까 맛있는 된장찌개 끓여 줄 수 있어."

그런 서연을 보며 그는 남모를 한숨을 내쉬었다. 어째서 서연이 집 안에서만 움직이는 것인지 알 길은 없으나 그는 그녀가 사람들 앞에 나서기를 바랐다.

그러기 위해서 살아왔고, 그런 삶을 지금껏 살았음에도 스스로 은둔자를 자처한 서연의 모습은 그로 하여금 안타까움을 자아낼 수밖에 없었다.

"할아버지 때문이라면 서연아, 그럴 필요 없어."

"아냐, 그런 거."

재킷을 받아 든 그녀가 장 안에 가지런히 그것을 걸어 놓는 뒷모습을 바라보는 것만으로도 하루가 즐거웠다. 그 마음에 변화는 없었다.

다만.

오랜 시간 동안 바라보고, 지켜 주고자 했던 여자가 아무 걱정 없이 무언가를 결정하고 생각하며 그렇게 한 올의 염려 따위도 없는 삶을 영위했으면 좋겠다고 생각했다.

"정리하고 나와. 나 먼저 나가서 어머니 도와드리고 있을게."

하지만 서연이 사람들 앞에 나서서 사진 찍히고 관심을 받으며 이전에 일궈 냈던 걸 다시금 찾고 싶어 할 것이라고 생각했던 그는 자신이 틀렸음을 깨달았다.

어젯밤에는 미처 보지 못한 아내의 행동 그 이면에 존재하는 다른 무언가를 그는 봤다.

보자마자 알아차릴 수 있었다.

지금 서연이 한 일련의 이 행동들에는 무언가 이유가 있다는 걸.

방에서 벗어나는 서연을 붙들고 물어보고 싶었지만 그는 애써 자기 자신을 억누르며 참아 냈다.

지금 묻는다면 분명 스스로를 다치게 만들지언정 걱정거리를 입 밖으로 내어놓지 않을 여자라는 걸 누구보다 그가 더 잘 알고 있었다.

그러니, 기다릴 생각이었다.

무엇 때문에 이토록 은둔자처럼 지내고 싶어 하는지 이유를 말해 줄 때까지.

* * *

어둑해진 거실에 홀로 앉아 차를 내던 정인을 보고 현우는 놀라 걸음을 멈췄다. 현관으로 들어서던 그가 시간을 확인하고는 다시금 어머니의 얼굴을 바라봤다.

"지금 시간이 몇 시인지 아세요? 들어가서 쉬셔야죠."

화보 건을 거절하고, 서연은 더욱 집 안으로 숨어들었다. 밖으로 나가는 일이 거의 없던 이전과 비교한다면 지금은 아예 나가지 않는 편이었다.

그 외에는 달라진 것이 없었다.

적어도 그가 느끼기에는 달라진 점이 없었기에 그는 지금 벌어진 상황의 의미를 파악하기 힘들었다.

"와서 앉아라."

"할 말 있으세요?"

새벽 1시.

어둠이 내려앉은 시간에 어머니의 행동은 어딘지 모르게 수상했다. 그는 정인의 앞에 앉으면서도 선뜻 말을 먼저 꺼내기가 어려웠다.

"서연이 말이다."

다기를 내어놓으면서 느긋이 움직이는 어머니의 손길에 순간 그는 조급증이 일어났다. 강렬한 갈망과 갈증을 합쳐 놓은 그 조급함이 그의 안에서 휘몰아치듯 번져 나갔다.

오랜만에 느끼는 감정이라 그는 사실 생경하기까지 했다.

"말씀……하세요."

"그 아이의 어머니 말이다."

"서 여사를 말씀하시는 것이라면 그만 올라가 보겠습니다. 서 여사에 관한 이야기는 저보다 더 잘해 주실 여사님들을 알고 계시잖아요."

그는 이토록 오랜 시간 자신을 기다린 이유가 고작 서 여사에 관한 이야기라는 사실이 조금 의외일 따름이었다.

"내가 그 여자를 궁금해하겠니? 서연이 친엄마 말이다."

정인의 입에서 나온 말에 결국 현우는 다시 자리에 앉을 수밖에 없었다. 품에 그녀를 끌어안고 쉬고 싶다는 맹렬한 욕망이 한순간에 거짓말처럼 사라졌다.

"내가 찾아볼까도 싶었지만. 나보다는 네가 더 잘 찾지 않겠니."

"그 사람이 찾아 달라, 그렇게 말했나요."

그는 서연이 그와 같은 말을 하지 않으리라는 걸 알고 있었다. 하지만, 어머니가 나섰다는 건 그에 합당한 이유가 있다는 말이었기에 무엇도 확신할 수가 없었다.

"지난번 제가 그 사람의 일에 대해 상의 없이 말한 것 때문이시라면 전혀 신경 쓰실 필요 없으세요. 그 사람, 더는 일하고 싶어 하지 않는 것 같으니까."

"네 눈에는 그 아이가 일을 하고 싶어 하지 않는 걸로 보이니? 내 눈에는 도망치는 걸로 보여서 말이다."

홀로 여행을 다녀온 서연의 모습을 보고 그는 판단했었다. 이제 그 어떤 상처도 받지 않을 수 있게 홀로 서서 돌아왔다고.

"네가 판단하고, 내가 보고, 네 할아버지께서 확신했듯 서연이는 말이다, 이제 너에게 의지하지 않고 혼자 사는 법을 익혔지만 그렇다고 해서 마음속에 남은 것들을 털어 내는 방법을 배운 건 아니지 않니."

하지만 정인이 전해 준 이야기는 그가 예상하는 것과는 전혀 다른 종류의 무엇이었다.

"저 아이가 일을 하지 않겠다고 하는 이유는 나도 아니고, 너도 아니고, 하물며 이 집도 아니라는 건 너도 알지 않니. 그 모든 건 서연이 혼자 짊어지고 있는 상처가 원인이지."

어렴풋이 그도 서연이 친어머니를 찾고 싶어 하지 않을까 생각했지만 말하지도 않았는데 나서서 했다가 공연히 상처만 더 쌓이게 만들까 싶어 이내 그 일을 접었다.

"하지만, 도리어 그게 상처가 될 수 있어요. 거기다 진짜 서 여사의 말처럼 저 사람과 돈을 저울질했었던 거라면요. 그런 거라면 어머니, 서연이가 더 힘들어져요. 전 그 사람 힘든 거 보기 싫습니다."

아파야 뭐든 이겨 낼 수 있다는 말도 거짓이라고 그는 간단하게 치부해 버리고 싶었다. 적어도 자신이 있는 한 이제 서연을 아프게 하는 모든 것들을 치워 버리고 싶었다.

"세상 어떤 엄마가 그렇게 하겠니."

그럴 엄마는 세상에 없다고 정인이 말했지만 그는 오직 서연이 받을지도 모르는 상처가 걱정이 될 뿐이었다.

이미 비워진 잔을 만지작거리는 그의 손이 많은 염려와 망설임을 담고 있음에 다시금 정인이 입을 열었다.

"집 밖에 안 나가는 이유, 거기에 더불어 사람들 앞에 서서 사진을 찍히는 게 일인 그 일을 하지 않는 이유가 말이다. 이제 사람들이 모두 자기에 대해 좋은 것이든 나쁜 것이든 알고 있어서, 그래서 이제 사람들 앞에 나서면 모두 안 좋은 이야기만 할 거라고 생각하는 모양이더구나."

만일 서연이 그렇게 생각한다면 그는 그렇지 않다고 말해주고 싶었다.

"네게 자기가 도움이 되지는 않아도 피해를 입게 만들 수 없다고 생각하니 나도 말릴 수 없고. 그러니 저 아이가 그렇게 생각하게 된 원인인 그 여자를 찾아보는 게 어떻겠니."

만일 서 여사의 말처럼 속물이기만 한 여자라면 서연에게 죽었다고 말해야겠다는 생각을 하며 그는 정인이 다시금 채운 찻잔을 바라봤다.

애초, 서연의 마음이 바뀌길 기다리려던 생각을 접어야겠다고 마음먹은 건 그 때문이었다.

* * *

화랑 앞에 서서 그는 아내를 바라봤다. 서울에 있는 한적한 화랑 안에는 관람객들이 없었다.

"네 동의도 없이 했어. 하지만 누구보다 네게 필요할 거라고 생각했고, 그 생각은 지금도 변함이 없어."

현우의 말에 서연은 떨리는 손을 감추며 얼어붙은 듯 서 있기만 했다. 오랜만에 밖에 나가 식사를 하자는 그를 따라온 곳은 레스토랑도 아니었고 길거리의 카페도 아니었다.

"하지만 후회는 안 해. 너도 만나 뵙는 게 나을 것 같아서."

"그래."

겨우 한 마디 뗐을 뿐임에도 그녀는 힘겨웠다. 바람결에 휘청일지도 모르겠다는 생각을 스스로가 할 정도로 그녀는 바닥에 단단히 발을 딛고 서 있을 수 없었다.

단 한 마디도 친엄마라는 사람에 대해 말하지 않았다. 보고 싶다거나, 그 마음이 언젠가는 열렬한 증오로 뒤바뀌었다거나.

또는 강렬한 미움으로 변모했다는 것.

그런 이야기들을 결코 그의 앞에서 꺼낸 적 없었기에 서연은 더욱 놀랄 수밖에 없었다.

"들어가 봐. 내가 없는 편이 나을 거야."

적어도, 그는 먼저 저 여자를 만났다. 아직은 얼굴도 모르는 여자.

"응."

"필요하거나, 힘들거나…… 아니, 그냥 아무 때나 다 괜찮아. 나는 여기 있을 테니까 불러. 그럼 내가 들어갈게."

곁에서 단단히 뿌리 내리고 버티는 사람이 있다는 것이 이처럼 마음 따스한 일이 되는 것인 줄 그녀는 그를 만나기 전에는 모르고 살았다.

그 삶이 이제야 아쉬워졌다.

떨리는 손을 들어 문을 밀어내고 안으로 들어선 그녀는 두 눈을 감았다. 그리고 다시 떴다. 문 하나를 두고 마치 다른 세상이 된 기분이었지만 그녀는 희미하게 웃었다.

그가 자신을 기다리고 있었고, 이제 돌아갈 곳이 있으며 가족이라 부를 수 있는 사람들이 그녀의 곁에도 있었다.

"네, 네……가."

물기 어린 음성이 그녀의 걸음을 붙들기 전까지 서연은 화랑을 천천히 걷기만 할 뿐 다른 말도, 움직임도 없었다.

그저 그림을 관람하기 위한 객에 지나지 않는 행동을 할 뿐이었다.

"서……영이니?"

오래전, 엄마가 지어 줬던 이름만 남겨 준 혜린으로 인해 그녀는 차가운 겨울날 거리에 이름 두 자와 함께 버려졌었다.

음성이 날아온 곳을 향해 걸음을 돌리자 그녀는 나이를 곱게 든 중년의 여자를 마주할 수 있었다.

그리움 가득한 얼굴과 후회스러운 눈을 하고서 서 있는 여자에게 그녀는 잔인했다.

"저를 버렸나요."

"아, 아냐. 내 아가……."

고운 태가, 비서가 아닌 모델을 했다고 해도 믿을 정도라는 생각을 실없이 하며 그녀는 다시금 걸음을 뒤로 물렸다.

여자가 한 걸음 다가오면, 다시 한 걸음 뒤로.

반복되는 그 상황이 지겹지도 않은지 계속 걸음을 물리고 걷기를 반복했다.

"그럼, 왜. 대체…… 왜."

나를 찾지 않았느냐, 라는 말이 나오지 못하고 안으로 삼켜졌다. 그 말을 대신하는 건 오직 그녀의 행동이었으며 비난을 보내는 시선이었다.

"너를 그 누구보다 잘 키워 주시겠다고. 분명 그랬단다. 나는……."

엄마라는 사람의 말에 그녀는 어이가 없어 웃음이 일었다. 혜린이 한 말은 결국 단 하나의 진실도 없다는 사실이 견디기 힘든 슬픔으로 바뀌었고, 눈앞에 선 사람을 향하던 감정이 이내 안쓰러움으로 바뀌어 가는 스스로의 마음이.

간사해.

하지만 이 모든 것들을 뒤로하고 슬프기만 하진 않았다.

결국 자기 자신을 옭아매고 있었던 건 스스로가 정해 놓은 경계선이었으며, 편견이었다. 그 사실을 알아차리자마자 그녀는 생애 처음인 것처럼 울음을 터트렸다.

단 한 번도 울지 않은 아이처럼 울자 밖에 있겠다던 그가 눈앞에 모습을 드러냈다. 서연은 그런 현우를 끌어안고 다시금 안도했다.

안도하는 만큼 또 울음을 터트렸다.

스스로를 위한 그 눈물을 알아주기라도 하는 양, 그가 다정히 보듬어 안으며 다독였다. 작은 행동에도 이제 위안을 받을 수 있다는 사실이 좋았다.

더할 나위 없는 평범한 삶을 손안에 쥔 것만 같아 기뻤다.

*　*　*

얼마 지나지 않아, 서연은 다시금 밖에도 나갔고 정인과 함께 장을 보러 가기도 했다. 집 안이 아니라 밖에서도 소소한 일상을 마주한 그녀는 사람들은 자신에게 관심을 두지 않다는 사실도 다시금 깨달았다.

"어머니, 저희 오늘은 전골 끓여 먹을까요?"

요즘 부쩍 살이 붙어 고민이라면서도 메뉴를 정할 때 초롱초롱하게 두 눈을 뜨고 말하는 서연으로 인해 정인은 웃음이 늘어나는 중이었다.

"아서라. 너 살 빼다지 않았어. 딱 봐도 전골은……."

"에이, 오늘까지만 먹고 내일부터 하면 되죠."

이번 주도 매일같이 듣는 말에 결국 정인은 서연에게 하고 싶은 대로 하라며, 서연의 편을 들고 나섰다.

친어머니가 운영한다는 화랑에 종종 다녀온 이후로 서연은 조금씩 더 밝아지고 있었고 다른 사람들의 시선을 개의치 않고 지내기 시작했다.

무감각하게 견디던 지난 시간과 달리 이제는 정말 괜찮은 것 같아 정인으로서도 한결 마음이 놓였다.

아무런 감각 없이 살아가기만 하던 그 삶이 얼마나 재미없고 따분한지는 상상하지 않아도 짐작할 수 있었다.

그러니 정인은 이제부터라도 서연이 재미있는 시간들을 보내며 새로운 추억을 쌓아 가기를 바랐다.

그 뒤에는 언제나처럼 가족들이 있다는 것만 기억해 두고서.

# 에필로그 1.
# 그 순간, 그녀 그리고 그

오랜만에 들어온 한국은 모든 것이 달라져 있었다. 그는 어쩐지 집이 낯설기만 했다. 자연스럽게 움직이고 행동하고 생활하는 모든 것들이 부자연스러움과 낯설음의 중간쯤에 머물러 있음을 알면서도 모르는 척 굴었다.

"오늘 파티에는 너도 와라."

현수의 말에 현우는 결국 반문했지만 오늘도 어김없이 그는 자신 대신 할아버지의 뜻대로 살아가고 있는 사촌 형의 말을 들을 것을 알고 있었다.

늘 그 때문에 그는 현수에게 미안한 마음을 가지고 있었다.

"내가 가서 뭐한다고, 그런 자리는."

"원래 네가 가야 하는 자리야. 그러니까 와. 게다가 너 거기서 학교 끝나고 돌아오면 이쪽에서도 아는 얼굴들은 좀 있어야지.”

낯설음의 그 어딘가에서 헤매고 있는 스스로의 마음을 안다. 오랜 시간이 흘렀지만 여전히 그는 아직도 어린 10살의 기억을 더듬고 있었다.

그랬기에 낯익은 사람들 사이에 있는 것이 불편하고 두렵기만 했다. 마치 어린 기억을 헤집어 놓는 순간이 간헐적으로 도래하는 것만 같아 그는 애초에 사람들을 자주 마주치고 싶어하지 않았다.

그것이 서울에 있는, 그리고 가족들을 잘 아는 사람이라면 더더욱.

“올 거지?”

그럼에도 불구하고, 그는 현수의 말에 고개를 선선히 끄덕였다. 이 집안에서 어떤 말을 하든 유일하게 거절하지 못하는 사람.

그 사람이 한 제안이었으니, 그는 기꺼이 그 자리에 나가야 하는 상황에 처했음을 자인했다.

하루쯤, 그곳에 한 시간도 안 되는 시간 동안 있는다고 해서 달라질 건 없을 거라고 스스로에게 주문을 걸듯 되뇌었다.

성장을 한 사람들이 가득한 공간에 들어서자마자 다들 마치 가면무도회에 온 듯 판에 박힌 얼굴로 웃고, 떠드는 모습이 이질적으로 다가와 그는 되도록 멀리 떨어져 있고 싶었다.

"네 위치가 어디쯤인지 아는 것도 나쁘지 않지."

그 순간 차가운 언어가 귀에 걸렸다.

테라스로 숨어든 그가 들을 정도라면 말을 하고 있는 사람도 듣고 있는 사람도 제법 가까운 거리에 있다는 소리였다.

"네. 오빠."

제법 순종적인 언어가 귓가를 두드리자, 그는 불현듯 호기심이 생기고 말았다.

"누가, 네 오빠라는 거지?"

남자의 차가운 말에도 불구하고 여자는 순응했다. 무엇이든 네, 라고 대답하는 여자의 행동에 현우는 혀를 차고 싶어졌다. 어쩐지 여자가 안쓰러워 보였다.

기둥 뒤에 숨어 이 상황을 몰래 훔쳐보는 모양새가 썩 좋아 보이지 않았지만 그럼에도 불구하고 그는 여자가 안쓰러워졌다.

단 몇 분 만에 안쓰러운 감정을 일으킨, 앳된 얼굴의 여자.

"네 위치, 내 입으로 다시 알려 줘야 하나."

"아니요."

남자는 놀랍도록 시렸고, 차가웠다. 그럼에도 여자는 고개를 숙였다. 호리호리한 몸으로 견디기 어려운 무거운 분위기를 담담히 견뎌 내는 모습이 지켜 주고 싶을 만치 안쓰러웠다.

남자가 떠나고 나자 그제야 여자가 고개를 들었다.

그는 여자의 모습에 눈을 뗄 수 없었다. 설핏 보이는 하얀 얼굴과 오밀조밀한 이목구비가 아름다웠으며 독특한 분위기를 풍겼다.

단지 그뿐이었음에도 그는 쉽게 자리를 뜰 수도 없었다. 그렇다고 다가가서 말을 붙여 보기도 어려웠다.

그 순간, 그는 여자와 시선이 마주쳤다.

그리고 마주쳤던 맑은 눈동자는 물 흐르듯 그를 비껴갔다.

찰나와 같은 시간이 지나가자 그는 헛웃음이 일어났다. 여자는 그의 생각보다 더 어려 보였으며 그의 생각보다 생기가 없었다.

마치 인형처럼 생기를 잃은 눈동자가 그의 머릿속에 깊이 각인되었다.

겨우 알아낸 여자의 이름은 서연이었다. 진 회장의 첫째 딸이자, 그 집안에서 내놓지 않고 숨겨서 키우는 자식.

그 하나만으로도 이미 진 회장 집안의 소문은 안 좋게 번져 있었다.

현우는 3년만에 다시 한국에 들어오자마자 진서연에 대한 이야기를 모았다. 어떤 삶을 살았는지, 어디서 볼 수 있는지.

단지 그뿐이었음에도 그는 몹시도 설레었다.

시간이 지난 만큼 여자 역시 자라났을 테고, 조금은 다른 눈빛을 지니고 있지 않을까. 기대감이 그를 천천히 덮쳐 왔다.

"알아봤어?"

한국에서 그가 유일하게 부탁할 수 있는 존재가 된 현수를 만나자마자 그는 성급하게 묻기 바빴다.

“어. 근데 걔는 왜? 알고 있던 사이냐? 내가 알기로는 진서연, 그 집에서 나온 적이 없는데. 몸이 안 좋아서 학교도 안 다녔어. 전부 검정고시 쳤고. 대학도 안 갔고.”

“어, 뭐 좀.”

유일한 접점이라 봤자 예전에 한국에 들어와서 참석했던 파티에서 마주친 일이 전부였다. 그 일련의 일들을 설명해도 이해하지 못할 것이 분명했기에 그는 대충 말을 얼버무리며 다음을 재촉했다.

성마른 사람처럼 행동하는 현우로 인해 결국 현수가 입을 열었다. 테이블 위에 놓인 물로 목을 축인 그가 불편한 재킷을 벗어 의자에 걸며 다시금 말을 하기 시작했다.

“근데, 걔 내일 결혼식이던데? 진 회장이 거의 돈 뿌리다시피 해서 결혼하는 모양이더라. 상대가 최수빈이니 집안도 그만하면 잘 잡은 거고. 나이가 너무 어린 게 걸리는데. 그거야 당사자들 문제 아니겠냐.”

결혼, 이라는 말에 결국 허탈해져 그는 웃어 버렸다. 오랜만에 다시 찾은 한국에서 가장 먼저 하고 싶었던 건 인형같이 움직이던 여자를 찾아 한 번 더 보고 싶었던 것이었다.

그 두 눈에 여전히 생기가 없다면 생기를 불어넣고 싶었다. 하지만 이제 그렇게 할 수 없음에 그는 탄식했다.

* * *

"옷 올려다 놨으니 입고 내려와."

혜린의 말에 서연은 고개를 숙이며 순응했다. 바보처럼 굴어야 이 집안에서 숨이라도 쉴 수 있다는 걸 오래전 터득한 이후로 반항하지도, 의견을 내세우지도 않았다.

집 안에만 있어야 한다고 해서 결코 홀대하지 않는 혜린의 태도는 무언가 이상했다. 그럼에도 이 구도를 힘없는 자신이 깰 수 없음을 알고 있어 그녀는 멍청하게 그들의 말대로 움직였다.

의도가 분명한 그 행동들을 알면서도…….

소박해서 더 초라한, 검은 원피스를 본 순간 그녀는 직감했다. 오늘 어떤 자리를 데리고 가려는 것이든 혜린은 자신에게 다시 한 번 더 위치를 각인시켜 주고자 함이라는 걸.

확신할 수 있기까지 했다.

"Siempre(언제든)."

언제든 이들이 원하는 대로 살아야 하는 삶이 지긋했다. 이런 사람들이 가족이라는 사실이 지겹기까지 했다.

여자들의 웃음소리는 작위적이었으며, 남자들의 자로 잰 듯한 예의는 가식적이었다. 적어도 서연의 어린 두 눈에 들어온 파티장의 풍경은 그랬다.

그랬기에 그녀는 테라스 입구 구석에 서서 선선한 밤바람을 맞고 있을 뿐이었다. 적어도 서원이 다가오기 전까지 그녀는 매우 평화로운 시간을 보내고 있었다. 그 누구의 방해도 없고, 눈치를 보지 않아도 되는 자유로운 시간이 달콤했다.

"네 위치가 어디쯤인지 아는 것도 나쁘지 않지."

그 순간 서원이 다가오지만 않았더라도 그녀는 오늘 하루는 만족할 만한 시간을 보냈다고 말할 수 있었을 것이다.

어떤 대답을 해야 하는지 몰라 그녀는 가장 무난한 말을 골라 입에 올렸다.

"네. 오빠."

스스로가 생각하기에도 순종적이라는 생각이 들자 그녀는 내심 뿌듯했다. 서원은 이제 곧 다시 저 사람들 사이에 섞이기 시작할 테니 조금은 더 평화로운 시간을 보낼 수 있으리라는 생각이 그녀에게 이 시간들을 견딜 수 있게 만들어 줬다.

"누가, 네 오빠라는 거지?"

서원의 말에 그녀는 고개를 숙였다. 어서 빨리 서원이 이 자리를 뜨기를 바라는 마음으로 고개를 숙일 뿐 다른 행동은 하지 않았다.

이내 서원이 혀를 차며 다시 말하기까지는 오래 걸리지 않았다.

"네 위치, 내 입으로 다시 알려 줘야 하나."

"아니요."

순순히 서원의 말에 동의했다. 엄마가 아버지를 만나 자신을 낳은 순간부터 결국 이렇게 될 일이었다고 생각했다. 서원과 서진에게 자신은 지우고 싶은 물건에 불과하다는 걸 아버지 집에 들어가면서 알 수 있었다.

아버지가 더욱더 자신을 챙기고 예뻐할수록 서진은 그 화를 밖으로 표현해 냈으며 서원은 안으로 삭이다 가끔 모난 말로 자신을 찔러 댔다.

그 재미없는 생활에 헛웃음을 터트리며 고개를 들자, 그녀는 테라스 기둥 뒤에 서 있는 어떤 남자와 시선이 마주쳤다.

그 순간 누군가의 호기심 어린 시선이 일순 연민의 감정으로 바뀌는 것을 마주하자 그녀는 웃음이 일어났다.

자신에게는 하루하루가 견뎌야 하고 이겨 내야 하는 시간이었음에도 불구하고 누군가에게는 이 순간이 그저 한 편의 드라마처럼 여겨질 수 있다는 사실이 허망했다.

그 가운데 한 역할을 맡아 꼭두각시처럼 움직이는 스스로가 처한 상황이 서글프기까지 했다.

순간, 그녀는 자신을 향해 안쓰러움을 눈으로 말하는 사내가 고마웠다. 아버지를 제외한 그 누구도 그녀를 안쓰러워한다거나, 가엽게 여기는 사람이 없었다. 그래서 그녀는 더욱 사내의 그 시선이 지금 이 순간을 위로해 주는 것만 같아 고마웠다.

결혼, 이라는 말이 오고 간 뒤 결혼식까지는 오랜 시간이 걸리지 않았다. 가끔 남편이 될 사람의 어머니를 만나 비위를 맞추고 아버지가 미리 건네준 선물들을 넘겨주기도 했으며 가식적인 웃음을 입가에 덧그려 넣었다.

그 모든 것을 하며 생각했다.

결혼식을 올리면 더는 혜린도, 서진도 그리고 서원도 마주치지 않아도 괜찮다는 사실이 그녀로 하여금 이 장단에 놀아날 수 있게 만들었다.

오늘이 지나면 이제 그녀는 아무런 눈치를 보지 않아도 되는 곳에서 자유롭게 돌아다닐 수 있게 된다.

단 하나의 생각과 희망이 그녀를 숨 쉴 수 있게 만들었으며 기쁘게 만들었다.

진짜 가족을 가질 수도 있을지 모른다는 희망이 그녀로 하여금 기꺼이 이 상황을 따르게 만들었다.

그러니 마다하지 않을 생각이었다. 남편이 될 사람의 입에서 자신에게 최소한의 예의만 지키는 사이가 되자는 소리를 들었어도.

그가 만나는 여자가 있다는 소리를 들었어도 괜찮았다. 결혼식을 올리면, 이제 그 사람과의 인연은 정리할 것이라 믿었다.

그렇게 살아야 하는 것이 옳다고 그녀는 생각했다.

아버지처럼, 또는 어머니처럼.

혹은 이 집안의 사람들처럼 살기 싫었다.

# 에필로그 2.

## Momento

오랜 시간 홀로 떠돌며 그녀는 바랐다.

「혜인?」

그렇게 정처 없이 떠돌던 삶에 유일하게 그녀를 믿어 주는 남자를 만나 여느 집처럼 아이를 가지고 가정을 꾸릴 수 있었다.

「헤, 헨리…….」

그런 그녀에게 찾아온 젊은 남자는, 오랜 시간 동안 조금씩 잊으려고 노력하며 살아왔던 기억을 들추었다.

한국에 남겨 두고 온 딸아이. 그 아이의 남편이라는 사람이었다.

「왜, 크리 그놈이 무슨 짓이라도 했어? 사라는?」

아이를 먼저 걱정하는 건 예나 지금이나 같지만 지금 그녀의 넋을 나가게 한 대상이 달랐다. 그의 딸 사라가 아닌, 그전에 있었던 자신의 딸.

처음부터 헨리는 자신에게 아이가 있었다는 사실을 알고 있었으니 그녀는 이 모든 소요의 원인이 된 사내를 빤히 바라보기만 할 뿐 쉬이 입을 열 수 없었다.

"아이가……. 서, 서영이가……."

"살아 있습니다. 그러니, 제가 묻겠습니다. 사모님께서 제 아내인 그 여자. 직접 버리셨습니까."

차가운 말에 심장이 짓이기는 듯했다.

"돈과 아이를 저울질하는 서 여사의 제안을 받아들이신 겁니까."

사내가 하는 말을 이해할수록 혜인은 울음을 터트릴 수밖에 없었다. 지금 당장, 이 공간에 사라가 없다는 사실이 고맙고 또 미안했다.

두 번 다시 보지 않고 살 아이의 소식은 일부러라도 듣지 않고 지냈다. 혜린에게서 쫓겨나듯 한국을 떠나올 때 아이의 삶을 위해 서울은 두 번 다시 가지 않겠다고 다짐하기도 했다.

"나……나는 그런 적이……."

결혼을 했다는 말에 혜인은 목이 막혀 왔다. 떨리는 손을 겨우 맞잡아 고개를 들자 헨리가 언제나처럼 곁에 서 있었다.

혜인은 그제야 천천히 입을 열 수 있었다.

그는 모든 걸 이해하고 받아들였으며, 심지어 묻지 않았다.

"자……잘 자랐나요?"

"원하신다면 언제든 보실 수 있었을 겁니다. 직업이 모델이니까요. 모델이 된 이유, 궁금하지 않으십니까."

무엇인지 알기 힘들었다. 허나, 혜인은 그 이유를 들으면 분명 울음을 터트릴 것 같아 손을 들어 입을 막았다.

쉴 새 없이 흐르는 눈물이, 마치 자신의 눈에서 나오는 것 같지 않았다. 헨리가 위로하듯 등을 토닥이며 쓰다듬어 주는 그 손길에도 그녀는 쉽게 진정이 되지 않았다.

"그 집안사람들에게 보여 주기 위함도 있었지만, 한편으로 친어머니가 봐 주기를 바랐을 겁니다. 그 사람 말은 안 해도 자신의 존재 자체가 잘못된 것이라는 생각을 수천 번도 했을 사람이니까요."

결국 안에서부터 울컥 터져 나오는 울음을 그녀는 막지 못했다.

"그렇게 다른 사람에게서 상처를 받으면서도, 스스로를 상처 내며 살아왔으니 알려 주시겠습니까. 정말 그런 건지. 그래서 제가 제 아내에게 친어머니가 죽었다고 말하는 편이 나은 건지."

혜인은 그 말에 두 눈을 꽉 감았다. 아이를 제 손으로 놓고 혜린의 앞에서 죄인처럼 나오던 날이 기억난다.

허나, 그건 자신이 잘못해서가 아니었다.

그녀가 진 회장을 만나던 때에 그들은 이혼에 대해 협의 중이었으나 혜린이 후일 자신의 존재를 알고 아이를 가졌다는 이야기를 알자마자 이혼을 엎었다.

가정을 꾸려 나갈 생각에 그녀는 아무것도 보이지 않았었다.

"내, 내가……."

「혜인. 힘들면 하지 마.」

무조건 하지 말라는 헨리의 말에 그녀는 고개를 내저으며 그의 손을 감싸 쥐었다. 이 상황에서도 자신을 위로하고 감싸 안는 존재가 있다는 건 고마운 일이었다.

마음 먹먹하도록 감사한 일이기도 했다.

"내, 내가 그러지 않았어요. 아이를 잘 길러 주시겠다고, 이혼을 하지 않으실 거라고, 절대 그럴 일 없으니 아이를 두고 가라고. 아이는 어쨌든 그분 핏줄이니 키워 주시겠다고……."

그 말을 믿었다. 혜린이 그리 흉한 사람이 아니니 충분히 그렇게 자라나게 해 줄 것이라 믿어 의심하지 않았다.

"순진하셨습니다. 외롭게 자랐습니다. 의견을 말하는 법보다는 순응하는 법을, 포기하는 삶을 먼저 배우고 산 여자입니다. 당신의 딸, 오직 서영이라는 이름만 가진 채로 고아원에 버려지기도 했습니다."

사내가 말을 할수록 혜인은 울음을 멈출 수가 없었다. 그런 혜인을 도닥이던 헨리는 결국 그녀를 끌어안아 등을 쓸어내려 줬다.

마음껏 울어도 괜찮다고 말해 주는 듯한 그 행동에 남자의 말이 멈췄다.

"만나시겠습니까."

"고, 곧 제 아이의 결혼식이에요. 그러니 그……전에……."

"괜찮습니다. 언제든."

혜인은 아이의 얼굴이 궁금했다. 무척 궁금했지만 더는 입에 올리지 않았다. 한마디만 더 하면 지금껏 잊고 지냈던 호기심이 광증처럼 마음 안에 번져 스스로의 목을 조를 것만 같아 말을 아꼈다.

"그, 그럼 같이 가……죠."

오랜만에 돌아가는 고향이 그토록 반갑지는 않았다.

오랜만에 마주칠 수 있는 그리운 얼굴들로 인한 설렘과 아린 마음이 아니었다.

단 한 번도 궁금해하지 않는 것이 아이를 위해 좋은 일이라고 스스로를 다잡고 살았던 순간에 대한 후회가 해일처럼 밀려들어 그녀의 마음을 상처 냈다.

목 놓아 울어도 채워지지 않을 갈증이 내면을 집어삼켰다.

그렇게 그녀는 다시금 헨리에게 매달려 울고 또 울었다.

✻ ✻ ✻

"무슨 생각을 하세요?"

모델이라는 아이는 태가 고왔다. 이 고운 얼굴로, 무수히 많은 시간 스스로의 마음을 상처 입히고 상처받고 자랐을 생각을 하면 그녀는 늘 미안했다.

아이의 앞에서는 늘 할 말이 없는 죄인이 된 것만 같아 쉽게 입을 열기 어려웠다.

"사라, 그 아이를 너도 봤다면 좋았을 텐데……."

"결혼식이 코앞이라는 그 아이 말인가요?"

처음 갤러리에서 만난 직후보다는 많이 편해졌지만 혜인은 좁혀지지 않는 간격에 조바심이 일었다.

차라리 처음부터 아이를 데리고 미국으로 건너갔어야 했다고, 요즘 부쩍 후회를 많이 하고 있었다.

그 마음을 이해한다며 원한다면 상속자에 이 아이를 넣어주겠다는 헨리의 마음 씀씀이가 그녀는 무척이나 고마웠었다.

하지만 이 아이는 지금껏 살아온 대로 살아서 행복을 찾았으니 그 사이에 불현듯 끼어들어 혼란을 주고 싶은 생각이 없었다.

지금처럼 간혹 얼굴을 보면 그걸로 족하다 싶었다.

"맞아. 그 아이 요새 결혼식 준비로 한창 바빠서 같이 가자고 할 수가 없었단다. 미안하다. 미안해…… 내 아가."

"죄인처럼 그러지 마세요."

서연이 말했지만 혜인은 그럼에도 쉽게 말을 멈출 수 없었다. 하루에 수십 번을 말해도 부족할 것만 같은 마음은 멈추는 법을 몰랐다.

“저를 버리신 것도, 제 대신 돈을 선택하신 것도, 그렇다고 제게 관심이 없으신 것도 아니라는 걸 알았으니 됐어요. 괜찮아요.”

아이는 이해의 폭이 넓었다. 그 마음이 아니었더라면 아이의 남편이 알려 준 삶을 견디지 못했으리라는 걸 쉽게 짐작하고도 남음이었다.

그래서 그녀는 더 미안했다.

사라는 모든 것을 가지고 태어났으며 심지어 헨리의 과보호 속에서 자라기까지 했다.

하지만 눈앞의 아이는 아무도 없었다.

홀로 아프면 앓았고, 상처에 울고 싶으면 숨죽여 울었다. 그렇게 오롯이 혼자인 삶 속에서 유일하게 같은 편인 사람을 찾았다는 것에 감사했다.

“미안해, 아가.”

알아준다고 해서 미안하다는 말을 하지 않는다면 그건 스스로의 죄를 망각하고 사는 것만 같아 그녀는 다시금 서연의 손을 마주 잡으며 말했다.

“어, 엄……마가 미안하고, 고마워.”

찾아 줘서, 또 이해해 줘서.

그리고 그 순간 너를 놓고 돌아서던 마음을 헤아려 줘서 고맙다고 말하는 손길과 행동에 혜인은 처음으로 서연에게서 '엄마' 소리를 들을 수 있었다.

그 순간이 감사해, 다시금 눈시울을 붉힌 그녀였다.

Momento.

—*fin*

# 외전.
# 너를 이해하는 순간

숨이 턱, 목 끝까지 차올랐다.

날숨을 내뱉어야 할 순간이 아님에도 숨을 쉬는 일이 어려운 적이 종종 찾아오곤 했었다. 물론 심각한 스트레스가 동반한 정신적 압박이 자신을 짓눌러야 생기는 일이었지만 이처럼 끝도 없이 암흑처럼 보이는 순간은 없었다.

「하…….」

「사라. 그게…….」

결국 완벽한 자신의 실수. 그리고 패배.

평범한 남자를 만나 평범하게 살 수 있을 것이라고 믿었다. 기업을 이끄는 아버지의 반대에도 그녀는 눈앞에 선 남자를 사랑한다고 믿었기에 감행할 수 있었던 일들이었다.

「우리 결혼이 24시간도 남지 않은 건 알고 있니?」

너라고도 부르기 싫은 남자가 눈앞에 서 있었다. 이처럼 지독하게 싫은 감정이 자신을 지배한 적은 없었다.

지금 이 순간을 제외하면 그녀는 이처럼 스스로가 싫은 적이 없었다.

「너, 내가 너랑 결혼하려고 아버지에게 어떻게 했는지 알지 않아?」

슬픔.

온몸을 휘몰아치는 그 감정에 손끝이 저려 왔다. 말이야 하루지 곧 해가 뜨면 몇 시간도 남지 않은 결혼식이 그녀를 현실로 불러들였다.

「우리…… 아니, 오늘은 걸리지 말지 그랬니. 지금껏 다른 여자들이랑 잘 놀아났으면서.」

애써 침착했지만 사라는 슬펐다. 우울한 감정을 숨길 수가 없었다. 그 감정이 돌고 돌아 화가 내면에 자리하기 시작했다.

결국 자신은 아버지의 소원대로 살아야 하는 것인가 싶었다. 그건 싫은데, 그 말이 목 끝에 걸려 나오지 못하고 있었다.

「야, 솔직히 네가 좀 비싸야지. 결혼식 날도 받아 놓은 사이끼리 한 번을 안 잤잖아. 그게 말이 돼? 게다가 네 아버지 날 무슨 도둑 취급이셨어. 나도 말하려면 할 말…….」

애써 붙들었던 미련 조각마저 털어 버리는 그를 보며 지금 이 순간만큼은 아버지의 힘이 고마웠다. 그 힘이라면 이 남자의 인기, 모든 것들을 바닥까지 떨어뜨려 버릴 수 있으니까.

「많지. 그럼 그거 네가 바닥으로 떨어지지 않게 잘 붙들고 있어 봐. 난 모든 것을 동원해서라도, 아버지의 힘을 빌려서라도 널 바닥으로 떨어뜨려 줄 테니까.」

「말이야 좋지. 미디어의 황제? 아무리 그렇다고 해도 내 팬들은!」

크리, 라고 불렀던 시간이 아까워졌다. 사라는 정말 그렇게 생각할 수밖에 없었다. 자신이 매일 불렀던 남자가 이 남자가 맞는가 싶었다.

「네 팬들이라고 해도. 넌 우리 집 못 이겨. 내가 작정하고 아버지의 편에 서면 네가 날 이길 수 없다는 것 정도는 알아야지. 이런 상황은 만들지 말았어야지. 너랑 같이 잤던 여자들 찾아내 줄게. 나와 약혼을 하고, 결혼식을 올린다고 방송에서 떠들었던 그 순간에도 다른 여자와 놀았다면 그마저도 찾아 줄게.」

그렇게 터트려 놓기라도 해야 마음이 편안할 것 같았다. 자신의 진심을 무너뜨린 저 남자의 오만을 그렇게라도 무너뜨리고 싶었다. 아무리 세계적으로 유명한 배우라고 해도 아직, 아직은 자신이 조금 더 위에 서 있다고 믿고 싶었다.

지금 이 순간 그녀는 숨고 싶었다. 그에게 말을 하고 나니 무척이나 혼자인 시간이 간절해졌다.

철저하게 혼자인 게 편할 것 같았다. 아무도 자신을 알아볼 수 없는 곳. 그곳이 어디든 가고 싶었다.

「사라!」

숨이 넘어갈 듯이 딸을 찾는 헨리의 소리에 혜인은 고개를 내저었다. 오늘도 이 결혼을 말리려는 게 분명했다.

그녀는 단순히 딸아이가 숍에 먼저 갔을 것이라고 예상했다. 아침에 일어나니 딸이 집 안에 없었다. 신혼여행을 가겠다며 싸 놓았던 가방도 없어졌으니 분명 숍에 가서 준비하고 있을 것이 분명했다.

「헨리, 좀 진정해요. 오늘 당신 딸 결혼식인 거 다른 사람들도 다 안다니까요.」

하나밖에 없는 자식이라 더 애지중지했던 그를 잘 알기에 혜인은 헨리를 다독였다. 사라의 결혼식인 오늘까지도 투닥거리게 할 수 없었다. 오늘만큼은 좋게, 웃으며 보내 주는 것이 더 어울리는 그런 좋은 날이었다.

「지금 진정이! 하……. 기가 막혀서 말도 안 나와. 대체 그 놈은!」

「당신, 내가 모르는 일…… 생긴 거예요, 뭐예요?」

불길한 기운이 불현듯 엄습해 왔다. 헨리가 크리스티안을 마음에 안 들어하기는 했어도 이처럼 화를 내진 않았다. 그저 딸을 뺏긴다는 투덜거림 정도였었다.

「그 자식, 내가 무슨 일이 있어도 밟아 놓을 거야.」

「여보!」

「그놈이 사라랑 결혼한다고 했으면서도 다른 여자랑 놀아났다고! 온 매스컴에 다 터졌어! 오늘 결혼식은 없는 거라고!」

심지어 그걸 몰랐다는 사실에 화를 내는 그를 보며 혜인은 의자에 털썩 주저앉았다.

그럼, 사라는 어디 있냐고 묻고 싶은데 선뜻 입이 떨어지지 않았다. 사라가 이 결혼에 얼마나 많이 기대하고 있었는지 알고 있었기에 무너진 마음이 쉬이 짐작 가지 않았다.

「헤, 헨리……. 그럼 사라는……?」

겨우 꺼낸 말이 돌고 돌아 대답 없는 질문으로 그쳤을 때 그녀는 예감했다. 딸아이가 사라졌다.

사람들의 관심이 싫었던 그 아이가 원했던 건 사람의 진심이었다. 그 바람이 무너졌으니 온전하게 서 있을 것이라고 생각하지 않았다. 하지만, 그녀는 진정으로 마음의 바닥을 보지 않기를 바랐다.

그 바닥을 보면, 올라오기까지 수많은 시간을 흘려보내야 할 테니.

그렇게는 하지 말라고 말하고 싶었다. 지금 제 눈앞에 딸이 있었다면 끌어안고 그렇게 말해 주고 싶었다.

✲ ✲ ✲

아픔이 먼저 자신을 관통했고 그 다음에 찾아온 건 슬픔이었다. 슬픔이 내면을 휘몰아치자 남는 건 이해할 수 없는 스스로였다.

자기 자신을 이해할 수 없었다.

"빈방…… 있나요?"

뉴욕이 아니라면 그 어디라도 좋았다. 자신이 공항에 도착해서 목적지를 정했던 건 그곳에서 가장 빨리 떠날 수 있는 항공편이었다. 헌데, 선택하고 보니 엄마의 고향인 한국이었다.

인천공항에 도착해서 돌아다니는 건 어렵지 않았다. 한국어가 입에 익었고, 귀에 익은 환경에 있었던 그녀는 무엇보다 친근한 기분마저 느낄 수 있었다.

겨우 정신을 차리니 바닷가에 있는 자신을 발견할 수 있었다.

파도가 부서지는 모습을 보며 한참을 앉아 있던 그녀는 방을 구해야겠다는 생각을 했다. 내내 바다만 바라보고 있다간 혼자이고 싶어 온 이 길마저 염증을 낼 것 같았다.

"하나 남았는데. 혼자예요?"

젊은 남자.

사라의 눈에 주인으로 보이는 남자는 그냥 평범한 남자였다. 청바지에 줄무늬 셔츠를 입고 손님을 맞이하는 남자.

"네. 혼자예요."

"음……. 저기 저 방이고, 혹시 필요한 거 있으면 불러요. 제가 가져다줄게요."

여기가 어디인지조차 잊었다.

그렇게 자신이 누구인지조차 모르는 이 사람들 사이에서라면 평범하다는 기분을 느낄 수 있을 것 같았다. 그렇게 나 자신을 이해하고, 누군가를 믿는 일이 가능해질 것 같았다.

그래, 가능할 것 같았다.

"아따! 총각! 해로 총각!"

옆집 아주머니의 우렁찬 부름에 해로는 몸을 돌려 뒤를 돌아봤다. 짐을 한가득 짊어지고 있음에도 대수롭지 않은 듯 빠른 속도로 오는 아주머니로 인해 그는 이 동네의 생활력에 고개를 내젓고 말았다.

"아주머니, 오늘은 또 뭘 이렇게 많이 잡으셨어요?"

"내가 오늘은 아주 일진이 좋았어! 형님들은 죄 허탕이었는데, 내가 좀 오늘 괜찮더라고!"

"어제 허탕이셨으니 이런 날도 있어야죠."

평범한 대화를 주거니 받거니. 해로는 자전거에 실린 짐 위에 아주머니가 잡은 해산물들을 올렸다. 이 무거운 걸 집까지 들고 가시면 몸이 물먹은 솜처럼 느껴질 것이 분명했다.

"헌데 말이여……."

은근히 꺼내는 말이 해로로 하여금 귀를 기울이게 만들었다.

"그 아가씨 말여. 고 인형처럼 생긴 아가씨……. 그 아가씨는 무슨 일이 있기롬서 그렇게 한 발짝도 총각네 집에서 안 나온대야?"

아주머니의 말에 그는 허허 웃을 수밖에 없었다. 사실 그도 무척 궁금했다.

이미지 메이커가 업이었지만, 이 동네 사람들은 잘 알지도 못할뿐더러 그런 것이 직업이라면 이해하지 못할 사람이 대부분이었다.

그런 자신의 눈에 여자는 한눈에 봐도 화려했으며, 눈에 띄는 사람이었다. 게다가 무슨 일이 있는 분위기라 선뜻 물어보지도 못했다.

"그러게요……."

"해로 총각이 이 동네가 얼마나 좋은지 좀 알려 줘!"

"네, 기회가 되면 자세히 알려 줄게요!"

집 앞에 다다라서야 그는 아주머니를 먼저 들어가게 할 수 있었다. 이 동네 사람들의 좋은 점은 다른 사람을 스스럼없이 이해해 주며 함께 어울리고 싶어 한다는 것이었다.

그래서 그는 이곳에서 살았다. 그를 이해하는 사람들 틈에서, 그는 그냥 그렇게 시간을 흘려보내며 아픈 마음을 치유했다.

오늘은 이 방에서 나가야지, 라는 마음을 먹었음에도 선뜻 발을 내딛지 못했다. 오늘은 나가야지, 이곳에 도착해서 봤던 바다를 다시 보러 나가야지……. 수만 번을 마음으로 다짐했다. 그럼에도 그녀는 결국 집 밖으로는 나가지 못했다.

그런 자신의 눈앞에 이 집의 주인이 나타났다. 점심이 지나 더운 시간도 지나가면 시장을 보러 나갔던 남자가 돌아왔다.

"이름, 물어봐도 돼요?"

"내가 이상하죠?"

그녀는 결국 자신의 이름조차 모르는 남자에게 물었다. 묻지 않고는 견딜 수가 없었다. 이처럼 밖으로 나서지 못하는 자신을 이해하지 못할 것이라고 생각했다.

"아니요. 이유가 있겠죠. 지금도 나가고 싶어서 여기 있는 거 아니에요?"

그의 말에 도리어 사라는 자신이 멍한 기분을 느꼈다.

"정말 그렇게 생각해요?"

"사람마다 이유는 있는 법이니까요. 그게 무엇이든 말하기 싫은 것도 있고, 말할 수 있는 가벼운 것도 있고."

이처럼 자신에게 말한 사람은 없었다. 자신의 곁에 있던 사람들은 자신이 듣고 싶었던 말만 했다. 앵무새처럼…….

네가 이상한 건 없어. 널 이해하지 못한 그들이 이상해.

"이름이 뭐예요?"

결국 먼저 입을 열어 궁금증을 드러낸 건 자신이었다. 이런 이상한 성격마저 이유가 있다고 생각하는 집주인을 향해 그녀는 먼저 말을 건넸다.

"제 이름이 이제야 궁금하나 봐요."

웃음을 터트리는 남자가 괜찮아 보였다. 아니, 뉴욕 거리 그 어디에서 만난 남자보다 근사해 보였다.

지금 이 순간만큼은.

"이해로예요, 제 이름은. 여기서 일주일이나 계신 분의 이름 정도는 저도 물어봐도 괜찮죠?"

"전, 사라예요. 그냥 사—라. 근데, 해로? 이해? 그 이해예요?"

"보통 남자가 해로라고 하면 웃던데. 좀 다른 포인트라 그것도 뭐 신선하네요."

한발 다가서니 쉬웠다. 생각보다 쉽게 좁혀진 거리감에 그녀는 웃음이 일었다. 이럴 수 있었는데, 그동안 뭐가 무서워서 이 공간 안에서만 있었나 싶었다.

"근데, 사라? 외국에서 살았어요?"

"아……. 뭐……."

"별로 말하고 싶지 않으면 하지 마요. 괜찮으니까. 어차피 여기 쉬러 온 거죠?"

사라는 그의 말에 고개를 끄덕였다.

"여기 평상에 앉아 있어요. 내가 끝내주는 저녁 해서 올 테니까. 먹고 뭐 괜찮다고 하면 동네도 구경시켜 줄 수도 있구요."

서슴없이 다가서는 남자의 친절이 더는 왜곡돼서 보이지 않았다. 이 남자의 친절은 진심에서 우러나오는 행위였다.

그 분명한 사실을 인지한 순간 그녀는 이해로라는 남자를 마주 볼 수 있었다.

어느새 그는 그녀를 마주하고 있었다. 사라, 라는 이름의 여자. 그런 여자가 하는 이야기에 귀를 기울이고 있었다.

"음, 그럼 뉴욕에서 살았던 거예요?"

궁금해하지 않은 척 궁금한 것들을 곁에 앉아 물었다. 자세히 보니 이 여자, 한국 사람처럼 생기지 않았다. 그만큼 더 특별한 생김새로 외국에서 혼자 살았던 걸까……. 문득 궁금해졌다.

"뭐, 그렇다고 볼 수 있어요. 근데, 해로는 여기 혼자 살아요?"

언뜻 어색한 말들이 나오는 것으로 그는 알 수 있었다. 한국어가 익숙한 외국 사람. 그런 여자라는 걸. 헌데, 하필…… 왜 이곳으로 오게 된 것일까.

"여기 혼자 살아요. 뭐, 그냥 이렇게 오며 가며 들르는 사람들 받을 때도 있고. 나도 궁금한 거 있는데 물어봐도 돼요?"

"음……. 해로니까 괜찮아요."

그녀의 입을 통해 흘러나오는 자신의 이름은 조금 특별하게 들렸다. 아주 조금은 특별하게 느껴졌다.

"왜 슬퍼하고 있었어요?"

알 수 있었다.

한눈에 이 여자가 슬픔에 몸부림치고 있었다는 걸. 놀란 여자의 시선에 그는 웃었다. 아픈 곳을 정확하게 찔렀던 것일까. 아니면 아직도 그 슬픔을 견디지 못하고 있는 것일까.

그도 아니라면 자신이 너무 무례하게 굴었던 것일까. 그의 머릿속에 수많은 생각이 떠돌았지만 답을 알려 줄 수 있는 건 오직 평상에 나란히 앉아 담장 너머를 바라보고 있는 사라뿐이었다.

"슬프지…… 않아요. 이제 더는 그렇지 않을 것 같아요."

여자의 말이 남자를 움직였다. 꼭 자신을 바라보는 것만 같아서 그는 움직였다.

"나랑 놀러 갈래요? 뭐, 말 그대로 놀러."

"네?"

해로는 가볍게 몸을 일으켜 사라를 바라봤다. 자신을 물끄러미 올려다보는 여자. 그렇게 자신의 모습에 신경을 곤두세우는 여자.

"내가 다른 건 뭐 잘하지 않아도 그건 잘하거든요. 내가 여기 와서 제일 많이 했던 게 노는 일이라."

스스로가 말하고도 웃음이 터졌다. 사라의 눈에 자신이 어떤 사람으로 보이든 상관없었다. 아픈 마음 바다에 털고 갔으면 좋겠다, 라는 마음이 먼저 그의 이성을 그리고 마음을 움직였다.

"양양에 온 걸 환영해요."

"양양? 여기가 양양이라는 곳이에요?"

사라의 말에 해로는 피식, 웃음이 터져 나왔다.

"여기가 어딘지도 모르고 온 거예요?"

우물쭈물 대답하지 못하는 사라가 이 순간 무척 귀여웠다. 그는 다시 입을 열었다.

"여긴 해조대 해수욕장 근처예요. 뭐 바다가 예쁜 마을이니까. 어디를 가도 좋을 거예요. 근데, 이 아가씨 큰일 날 아가씨네. 여기가 어딘 줄도 모르고 왔으면 주변 사람들한테 어디에 있다고 알리기는 했어요?"

그 순간, 사색이 된 여자의 얼굴을 보며 해로는 직감했다.

"제가, 여기 온 지 얼마나 됐……어요?"

"일주일도 넘었어요. 아마 오늘로 한 8일? 9일? 그쯤 됐을 거예요. 헌데 정말 안 알렸어요?"

오랜 기간 제 집에 묵은 사람이 없었기에 그는 사라의 모든 것이 신경 쓰였다. 이처럼 오래 있다 가면 제게도 허전함이 찾아들 것이 분명했다.

"저, 저기……. 제가 잠깐…… 잠깐 좀……."

애초에 이 여자의 머릿속 그 어디에도 누군가에게 알려야겠다는 생각이 자리 잡지 않았던 것이 분명했다. 그만큼 슬픔이 몸과 마음을 지배했다는 말과 같아 그는 방 안으로 서둘러 사라진 그녀를 기다렸다.

그 자리에 서서 저 방문을 열고 나올 사라를 기다렸다.

"혜인!"

해로의 말에 사라는 사색이 될 수밖에 없었다. 마음을 추스르고 나니 돌아오는 정신이 서서히 자신의 행동을 일깨웠다.

어디로 갔는지 정도는 알렸어야 엄마의 마음이 걱정으로 물들지 않는다는 것 정도는 알고 있었음에도 하지 못했다.

[사라! 얘! 너 지금 어디니?]

"나 지금 한국……이야."

방 안에 구비되어 있던 전화기로 전화를 걸었다. 뉴욕에 있는 집이 그립지는 않았다. 그 요란한 거리가, 사람들의 시선이 그립지는 않았다. 그냥 엄마는 늘 그렇듯 자식 걱정으로 하루를 보낸다는 사람이니까.

사라는 그래서 전화했다.

알리고 나온다는 걸 생각도 못 했다. 자신에게 필요한 건 혼자가 되어 보낼 수 있는 얼마간의 시간이라는 걸 알렸어야 했음에도 알리지 못했다는 명료한 사실에 놀랄 수밖에 없었다.

"미안. 말한다는 게……."

'잊었어.'

입 밖으로 나오지 못한 말은 가슴속을 메아리쳤다.

'잊을 수도 있다는 걸 처음 알았어.'

그 말이 내내 자신의 마음을 흔들어 댔다.

[사라, 괜찮아. 괜찮아. 걱정하지 마. 네가 있고 싶을 때까지

있다가 들어와. 헨리는 내가 잘 붙들 테니까. 너무 걱정하지 마.]

괜찮지 않은 걸 안다. 그럼에도 돌아가기 싫었다. 여전히 집 밖과 거리에는 자신과 크리스티안의 이야기로 궁금해하는 기자들로 넘치고 있다는 걸 알고 있었다.

"응, 미안. 정말 미안."

미안, 그 말밖에 달리 나오는 말이 없었다. 전화기를 내려놓은 그녀는 그 일이 있은 후 처음으로 울었다.

미안해서, 그리고 이런 자신이 싫어서…….

* * *

예쁜 바다를 보여 주겠다고 했던 이해로는 정말 노을이 저무는 예쁜 바닷가를 자신에게 선물했다.

"잠깐 여기 있을래요? 난 저기 가게 가서 마실 것 좀 사 올게요."

그런 그에게 그녀는 말해도 괜찮지 않을까, 라는 생각을 가졌다. 빗장 하나가 풀린 마음은 어느새 무뎌져 갔고 이해로라는 사람을 향한 생각에 서서히 무엇인지 모를 믿음이 자리하기 시작했다.

저 사람은 나를 있는 그대로의 사람으로 봐 주는 사람. 그런 생각이 머릿속을 가득 메우기 시작하자 잊을 수 있었다. 잊고 바닷가의 풍경을 볼 수 있었다.

하얀 포말이 넘실 흘러넘치는 파도는 마치 거품처럼 부드러워 보였고 백사장의 모래는 그 어떤 부드러움으로도 설명이 되지 않았다.

"여기."

내밀어진 캔에 사라의 고개가 바짝 들어 올려졌다. 맨발로 모래를 밟고 있는 그녀의 발을 해로의 시선이 좇았다.

"아무리 모래사장이 부드러워도 발 다칠 수 있으니까 내 뒤를 따라 밟아요. 지난여름에 동네 사람들하고 한번 치우긴 했는데……. 혹시 모르니까."

어느새 그는 운동화를 벗고, 양말을 벗어 제 신발과 그의 것을 손에 들었다. 그렇게 자신의 앞에 서서 걷고 있었다.

이 길을 따라 걸으면 안전하다, 라고 말하고 있었다.

"해로. 당신은 내가 이상하지 않아요?"

"이상하죠, 당연히. 처음에 방을 달라고 하더니, 그 이후로는 집 밖으로 나가지 않고. 이상하지 않다면 그건 거짓말이지만. 말했듯이 이유 있을 거잖아요. 사라 씨만이 가지고 있는 이유, 분명 있을 테니까. 그걸 묻는 건 예의가 아닐 것 같아서."

묻지 않는다, 라고 그가 말하고 있었다. 너른 남자의 등 뒤에 서서 걷는 기분이 생경하게 사라의 마음을 파고들었다.

누군가가 자신의 앞에 서서 지켜 주는 일은 없었다.

돈이 많을 테니 그런 건 경호원에게 맡기라고 권하는 사람들이 대부분이었다. 주위 사람 그 누구도 진심으로 자신을 대한 적이 없었다. 그들에게서 진심을 찾았던 스스로가 우스웠다. 대체 자신은 무엇을 바라고 그들에게 그 같은 마음을 바랐던 것일까.

"이상한 여자가 있어요."

사라는 그래서 자신에게 진심으로 친절하고 자신을 진정으로 걱정해 주는 그에게 말을 꺼내기 쉬웠다.

뒤를 돌아보려는 그를 막았다. 그렇게 그녀는 파도가 넘실, 자신의 발을 적시고 흩날리던 치마를 적셔 발을 휘감아도 멈추지 않았다.

"사람들의 관심이 싫었고. 평범하게 살고 싶었는데. 그게 되지 않았어요. 그 여자는 어떤 근사한 남자를 만났어요. 그 남자가 자신에게 하는 행동들이 전부 사랑이라고 믿었는데. 남자는 그냥 여자를 하나의 수단으로 봤더라구요. 사랑이 아니라. 그냥, 서로가 서로에게 바라는 것이 달랐다고 할 수 있지만 여자는 슬펐어요. 평범하게 사랑하는 남자와 함께 사는 것만을 바랐는데. 그게 되지 않을 것 같다는 생각이 들자마자 숨었어요. 그런 여자…… 해로 생각에는 이상해요?"

이미 이상하다고 스스로가 말했음에도 물었다. 정말 이런 내가 이상한 사람이냐고 묻고 싶었다. 아무것도 모르는 사람이 봤을 때도 내가 이상하냐고 물어보고 싶었다.

"아니. 여자는 이상하지 않은 것 같아요."

그가 어느새 뒤돌아 자신을 바라보고 있었다.

"모르는 것 같은데, 나는 사라가 좋은 사람 같아요. 내가 여기에 왔던 이유와 비슷한 걸 가지고 있는 것 같아서 제법 친근하게 느껴지기도 하구요. 사라에게 나는 그저 잘 노는 한량 같을지 모르겠지만."

"한량? 그게 뭐예요?"

"일은 안 하고 느릿느릿 잘, 아주 잘 노는 사람?"

사라가 해로의 말에 웃었다. 영롱하게 부서지는 파도처럼 웃음이 밀려나왔다. 감출 수 없는 즐거움에 이곳에 온 후 처음으로 마음을 다해 웃을 수 있었다.

대체, 어쩌자고 이곳까지 온 것인지 헨리의 행동을 이해하기 힘들었다. 게다가 이곳에 오면서도 경호원을 대동하고 나타난 아버지의 존재가 그녀의 안에서 까슬거렸다.

「여기까지도 저들을 데리고 다니시네요.」

「가자.」

「혼자 가세요.」

남의 집 앞에서 이렇고 있는 게 예의에 어긋난다는 걸 알고 있었다. 엄마가 끝내 아버지를 말리지 못했음을 알아차렸다. 검은 양복을 입은 남자들이 해로의 집 앞에 나타난 순간부터.

「아버지가 오셨다면 이 나라 사람들도 알겠네요. 결혼식을 업고 도망간 신부.」

「사라!」

「크리…… 크리스티안과 그렇게 되길 바라셨으니. 아버지는 좋으시겠어요.」

하지 말아야 할 말과 해선 안 될 말의 경계를 넘나드는 사라는 위태로워 보였다. 그 칼이 결국 자신을 찌를 수밖에 없다는 걸 알면서도 그녀는 아버지를 향해 칼끝을 겨눴다. 아직 아물어지지 않은 상처가 그녀를 들쑤셨다.

「사라 제이슨!」

「여기, 이제 그 이름 모르는 사람 없게 만들어 주셔서 참 많이 고맙게 생각해요. 아버지를 모르고, 제 얼굴을 모르는 사람들 사이에 숨었더니. 결국 이렇게 찾아 주신 것도 감사해요. 정말 궁금한 건 꼭 이렇게 하셔야 했어요? 제가 그렇게 슬퍼함에도 불구하고.」

「혜인이 네 걱정에 슬퍼하는 건 왜 생각을 안 하는 거냐. 집으로 돌아가자.」

손 내미는 아버지를 사라는 그냥 바라보기만 했다. 해로가 잠시 시장에 간 사이 들이닥친 사람들로 인해 사라는 슬펐다.

그에게만큼은 인사를 하고 싶었다. 자신의 지친 마음을 달래줘서 고맙다고.

자신에게 진심을 다한 행동들을 보여 줘서 고맙다고. 그 하나를 위해 사라는 헨리에게 말했다.

「먼저 가세요.」

「네가 가지 않으면 나도 갈 수 없어.」

「갈 테니까, 먼저 가세요. 다만 여기 이 집의 주인에게 인사는…… 하고 갈게요.」

못 미더운지 사람을 남기고 간 아버지를 보며 사라는 고개를 내저었다. 늘 이렇게 사람들 사이에 섞여 보려고 하려면 아버지가 나타났다. 그도 아니면 아버지의 힘이 궁금한 사람들이 나타났다.

그게 싫었다.

못 견딜 정도로 싫었던 유년 시절을 지나 어느 정도 괜찮아졌다고 믿었는데. 여전히 싫다는 감정이 자신을 지배하고 있었다.

평상에 앉아 자신을 맞이하는 사라의 모습에 해로는 슬며시 웃음이 일어났다. 헌데, 무언가 다른 분위기가 오늘따라 걸렸다.

"해로."

자신을 부르는 사라의 물음에 그는 서슴없이 다가섰다.

"사라, 왜 나와 있어요?"

"좀 급하긴 한데, 가야 할 이유가 생겼어요. 해로, 전에 해로가 이미지 메이킹을 한다고 했었죠?"

말이 좋아 이미지 메이커이지, 그냥 사람을 포장해 주는 직업이었다. 제법 사람들을 잘 포장했고 한번 의뢰를 맡고 나면 어느 정도 돈을 벌어 불만은 없었다. 그런 직업을 사라가 되물으리라고는 생각하지 못했기에 그는 놀라서 그녀를 마주했다.

"뭐, 그렇긴 한데 난 그쪽에서도 유명한 사람은 아니라. 헌데 그건 왜 물어요?"

"나중에 만날 수도 있을 것 같아서……. 해로 좋은 사람이잖아요."

좋은 사람.

그것만으로는 세상을 살아갈 수 없다는 말을 수도 없이 들었다. 결국 그가 찾은 것은 도피였음에도 이 여자는 그런 면을 보지 않았다. 저 역시 그녀와 다르지 않았다. 도망을 쳤고, 자신은 조금 더 나아가 돌아가지 않았다.

그냥, 이곳의 한적함이 좋았다. 사람들의 선한 마음씨가 자신을 치유했다.

"좋은 사람……이라고 생각해요?"

"난 그렇게 생각해요. 해로, 좋은 사람."

좋은 사람이라는 말에 그는 웃었다. 아직 자신을 그렇게 봐주니 고마웠다. 이해로를 아는 사람들에게 자신은 그저 여자에게 버림받은 멍청한 놈이 되어 있었는데. 적어도 이 여자는 자신을 모르니 이렇게 생각할 수 있겠다 싶었다.

그게 좋으면서, 한편으로 착잡했다.

아직 버리지 못한 미련이 제 안에 똬리 틀고 있었던 것인가 싶었다.

"그러니까 해로, 우리 나중에…… 나중에 다시 만나요."

제가 저 여자에게 어떤 의미였든, 자신이 어떤 의미로 다가간 것이었든. 열흘이라는 시간을 제 집에 기거했던 여자가 사라진다면 말로 다할 수 없는 종류의 느낌을 느낄 거라는 걸 짐작할 수 있었다.

그랬기에 그는 쉬이 답할 수 없었다.

바닷바람이 오늘따라 눅눅하게 느껴졌다.

* * *

한국에서 돌아온 지 열흘.

사라는 꼼짝하지 않고 있었다. 말 그대로 저택인 집에서 나가지도, 그렇다고 휴식을 취하지도 않았다.

그가 생각났다.

그녀가 방 안에 오도카니 앉아 있으면, 늘 방문을 두드리며 천진하게 웃던 그 남자. 결국 그녀는 결정을 내렸다. 그를 다시 마주하고 싶었다. 어떤 형태로든 이해로라는 그 남자를 다시 보고 싶었다.

그런 평범한 기분을 다시금 제게 불러일으켜 줄 사람. 그 사람이 현재로서 유일했다.

「세일라. 나 부탁이 있어요.」

죽어도 부탁이라고는 하지 않는 제이슨가의 아가씨가 먼저 부탁이라고 입을 열었다. 어머니가 잠시 나간 틈을 타 그녀는 집안일을 도맡아 하고 있는 세일라에게 말했다.

「이 사람, 데려와 줄 수 있나요? 이미지 메이킹을 하는 사람이니. 제이슨가의 딸이 의뢰를 한다고 해서 데려와 줘요. 아무에게도 말하지 말고.」

지난번 그 누구에게도 알리지 않고 크리스티안의 문제를 터트렸던 걸 아는 세일라가 고심하는 눈치였다. 그때와 같은 일이라면 이 정도의 관심으로 그치지 않을 것이라는 건 쉽게 추측하고도 남았다.

「아니, 그런 거 아니에요. 그냥 한국에서 만난 사람인데 좋은 사람이라, 그래서 다시 만나고 싶어서 그러는 거니까.」

좋은 사람은 없다고 헨리가 말했지만 사라는 해로만큼은 좋은 사람이라고 믿었다. 자신에게 그토록 진심을 다해 대한 사람은 없었기에…….

믿기 힘든 광경에 잠시 해로는 말을 잃었다.

「제가 그렇게 유명한 사람이 아닐 텐데요. 한국에 있는 유명한 사람들은 얼마든지 있지 않나요?」

제이슨가라면 누구나 한 번쯤은 들어 본 그룹인데, 어째서 그 유명한 글로벌 그룹에서 굳이 자신에게 제안을 하는 건지 알 수 없었다.

「의뢰를 부탁한 분이 이해로 씨를 원하셨거든요. 이해로 씨, 제안 수락해 주시는 건가요?」

「하지만…….」

마음에 걸리는 부분이 많았다. 여전히 방문을 열고 나올 것 같은 여자의 모습이 그려졌다. 앞으로 장기투숙객은 받으면 안 되겠다는 마음으로 하루를 보내고, 이틀을 지내고, 그리고 며칠이 흘렀다.

「저희가 일체 비용에 관한 부분은 전담하겠습니다. 그 정도는 저희가 하는 것이 맞죠.」

「어디로 가야 한다고 하셨죠?」

손에 들린 한 장의 서류에 사인을 하면 당분간 바닷가 마을에서 멀어져야 함을 알고 있었다. 그럼에도 미련이 남는 것은 며칠 되지 않지만 자신과 같은 눈을 하고 있었던 여자가 여전히 있는 것만 같아서였다.

떠난 지 수일이 지났음에도…….

「뉴욕으로 저희와 함께 가면 됩니다.」

「뭐, 제가 할 수 있는 일이 있겠죠.」

이곳에 있으면, 사라가 더 떠오를 것 같아 그는 일을 받아들였다. 일을 하면 다시금 허전한 마음을 잊고 지낼 수 있을 테니.

뉴욕으로 돌아오니 여전히 매스컴에 진흙탕 싸움을 만들려는 크리스티안이 있었다. 인기를 등에 업고 자신을 향해 비난의 화살을 돌리려는 그가 이제 지긋지긋했다.

왕왕 떠들어 대는 남자가 이제 안타까울 지경이었다. 결혼은 그로 인해 깨졌는데 무슨 할 말이 더 남아 있을까.

생각에 생각이 꼬리를 물고 이어졌다. 그럼에도 결론은 나지 않았다. 지나간 사람이라는 결론은 변하지 않으니.

「어머, 사라!」

멀리서부터 한눈에 알 수 있을 정도로 화려한 여자가 다가왔다. 모든 것을 가지고 싶은 욕망에 가득 차, 늘 돈 많은 치들만 상대한다던 아일린.

모두가 알 정도로 유명한 배우이자 모델인 그녀는 보기보다 똑똑하게 굴지 못했다. 사라는 그런 아일린을 알고 있었다. 제게 다가온 것도 그런 돈 많은 남자들을 만나게 해 줄 수 있는 다리라고 여겼기 때문이었다.

「사라, 크리스티안은 정말 안된 일이야. 대체 어디 갔던 거야?」

슬쩍 눈물을 훔치는 시늉을 했지만 그녀는 그마저도 아일린의 진심이 아니라는 걸 알고 있었다. 지금 파파라치들과 기자들의 표적이 된 자신의 곁에 있으면 사람들의 입에 오르내릴 수 있으니까. 그래서 곁에 서 있는 것을 기꺼이 자처하고 있다는 걸 알고 있었다.

「그래, 고마워.」

「근데, 여긴 어쩐 일이야? 여긴 파파라치도 많은 곳이잖아. 너 지금…….」

생각 없이 말하기로 유명한 아일린은 본인 스스로가 똑똑하다고 여기는 것이 분명했다. 그렇지 않고서는 당사자를 앞에 두고 당시의 일을 언급하지 않을 테니 말이다.

「파파라치가 여기 들어오면 일단 저 사람들이 가만히 두지 않는 건 너도 알잖아. 근데, 넌 요즘 영화 찍어?」

어느새 제 곁에 붙어서 예쁜 척 걷고 있는 아일린을 보며 사라는 고개를 내저었다. 이렇게 온몸으로 티를 내는데 모른 척하고 싶어도 할 수가 없었다. 그래도 차라리 아일린은 나은 편이었다.

이렇게 적당한 말과 생각 없는 행동에는 상처를 덜 입는 편이니 어쩌면 이게 나을 수도 있었다.

「아니. 참, 나 그이 만나잖아.」

아일린이 말하는 그이는 일주일 단위로도 바뀌는 사람이라 사라는 감을 잡기 어려웠다.

「세바스차—안. 말이야.」

일부러 끝을 길게 늘이며 자랑하는 폼에 사라는 적당히 응해 줬다.

「아, 그 감독?」

만들어 내는 영화마다 대박을 친다는 그 감독이 아일린을 만난다니 의외였지만 사라는 충분히 축하해 줬다. 하필 제게 와서 이런 자랑을 늘어놓는 아일린에게 속내는 없는 걸 알지만 그럼에도 불편한 건 어쩔 수 없었다.

「아일린. 나 미안한데 먼저 가 봐야겠다.」

「응? 아. 그래! 그럼 나중에 연락해! 좋은 파티 열리면 알려줄게!」

그녀는 아일린에게 등을 보이며 돌아서서도 웃을 수 없었다. 아직, 이런 상황에 웃을 수 없는 자신은 덜 자랐음을 안다. 그럼에도 그녀는 어쩔 수 없었다.

너무 이르게 나왔다는 걸 자각하자마자 그녀는 깨달았다. 이곳에 크리스티안도 잘 왔다는 걸.

「하. 여행은 즐거웠나 봐?」

눈앞에 선 크리스티안으로 인해 그녀는 말을 잃었다. 사람들의 시선이 호기심으로 반짝이는 걸 목격하자마자 이 자리에서 벗어나고 싶었다.

저런 시선이 싫었다. 그래서 도망간 곳은 자신에게 천국이었다. 호기심 어린 시선 따위는 존재하지 않던 곳. 자신이 원하던 공간이었다.

「누구 덕분에 예상하지 못한 시간을 보냈어. 근데, 그러고 싶니? 네가 깨트린 결혼인데 잘못을 내게 뒤집어씌우려고 노력하는 것 자체로 자존심 안 상해?」

「누구처럼 자존심 세우며, 이미지를 깎아서 인기마저 잃을 수 없으니까.」

「너, 날 좋아하긴 했니?」

늦었지만, 물어야 했다. 이 남자에게 자신은 정말 수단에 불과했던 것일까 싶었다. 정말 그뿐이라면 제가 너무 안타까웠다.

「네가 가진 것들이 좋았으니. 너 역시 좋았다고 하는 게 맞는 표현 아닌가.」

무너지는 모습을 보이기 싫었다. 이곳에 계속 있는다면 그 무너지는 모습 하나하나가 전부 퍼졌을 테니 그녀가 할 수 있는 최선의 선택은 도피였다.

「고마워. 네가 한 번에 정리해 줬어. 약혼 때도 함께 영화 찍고 있던 배우 만나고 있었더라, 너.」

「야!」

소리를 버럭 내지르는 그를 향한, 그리고 그의 옆에 선 자신을 향한 시선이 더욱 흥미롭게 반짝였다. 자신은 분명 동물원 우리 안에 갇힌 원숭이가 아니었음에도 이런 취급을 받았다. 자의였든, 타의였든.

그게 싫어서 평범하게 자신을 사랑해 주려던 크리스티안이 고마웠었던 사라였다. 이제 와 생각하니 그 모든 건 자신을 통해 더 많은 것을 얻어 내려던 그의 계획에서 비롯된 행동이었다.

「내가 말했잖아. 철저하게 바닥을 보라고. 결코 그냥은 안 넘어갈 거라고. 사람의 진심을 이용했으면 그 정도, 가벼운 거 아냐? 너와 나 그냥 사이도 아니고 결혼식이 8시간 남았었던 신랑 신부였으니까.」

많은 것을 버리고 왔음에도 여전히 남아 있는 크리스티안을 향한 반감은 지워지지 않았다. 차라리 이 자리에서 만나지 않았다면. 아니, 그보다 자신이 집 밖으로 나오지 않았다면 이렇게 마주치는 일은 없었을 것이라는 생각이 들었다.

허나, 평생 집 안에서만 살 수는 없는 노릇이었다.

결국 그녀는 걸음을 옮겼다. 불같이 화를 내는 그를 두고 걸음을 옮겨 다시금 사라지고 싶었다. 한적했던 바닷가 마을이 보고 싶었다. 그 마을 안에서 자신마저 포근해지는 기분이었다. 그 기분에 웃을 수 있었다. 그런 마을이 보고 싶었다.

「일은 언제부터 하면 되나요?」

「저희와 함께 저택으로 가서 사셔도 좋으실 텐데요.」

요지부동인 여자였다. 세일라라는 사람이 공항에 나와 자신에게 인사를 한 순간부터 계속 제이슨가의 저택으로 가기를 종용했다. 하지만 그곳에 발을 딛고 싶지는 않았다. 어쩐지 그곳은 거부감이 일어났다.

「아닙니다. 호텔이 더 편합니다.」

「그럼 일정에 관해서는 내일 제가 알려 드리러 다시 오겠습니다.」

게다가 이 사람들 다 한결같이 의뢰를 부탁한 사람에 대해

서 입을 다물었다. 그 점이 수상해 해로는 다시 입을 열었다.

「헌데, 제가 맡아야 할 분이 누구시죠?」

「벌써부터 일하지 않으셔도 괜찮으니, 그냥 이번 주는 푹 쉬신다고 생각하세요. 어차피 아가씨도 이번 주는 쉬셔야 할 듯 싶으니까요.」

말을 마치고 나간 세일라를 눈으로 좇던 해로가 결국 체념하고 창가에 드리운 커튼을 걷어 냈다. 어쩐지 자신이 지금 뉴욕에 있다는 사실 자체가 현실로 다가오지 않았다. 마치 무언가 홀린 듯 꿈을 꾸고 있는 기분이었다.

뉴욕에 있는 유명인사를 알아 둬야 하는 것인가, 라는 생각을 가지던 그가 이내 생각을 거두었다.

어차피 시간이 지나면 누구인지 알게 될 테니 저들의 말처럼 일은 그때 하면 된다. 그냥 자신은 여행을 하는 겸, 일을 하고 돌아가면 그뿐이었다.

그래, 그뿐이었다.

호텔을 지나치던 사라의 발길을 붙든 건, 멀리서 보이는 그 남자였다.

"해로."

입가를 비집고 나오는 웃음에 그녀는 스스로가 생경할 수밖에 없었다. 좋은 사람인 그가 여기 있었다. 하지만 쪼르르 달려가는 철부지처럼 행동하지 않았다.

그와 이야기할 수 있었던 시간들이 그리웠다. 그처럼 자신을 진정으로 대했던 사람은 보지 못했다.

그래서 그를 이 먼 곳으로 올 수 있게 제안했다. 제 진심을 오해하지 않았으면 좋겠다, 라는 마음이 잔잔한 수면 위에 파동을 일으켰다.

늘 자신이 진심을 다해 사람들을 대해도 그들은 결국 대가를 바라는 사람들이었다. 심지어 사랑했던 남자마저 그랬으니 그녀는 끝없는 어둠이 자신을 옥죄어 오는 기분이었다. 그 아득한 기분이 극에 달했을 때 현실에 서서 자신을 본 사람이 저 사람이었다.

모든 걸 알면 저 사람도 자신에게 무언가를 바랄까, 라는 생각이 고개를 들었다. 허나, 그녀는 그가 그렇게 하지 않을 것이라고 확신했다.

누군가를 향해 확신을 가지고 단호하게 말할 수 있던 순간이 없던 사라에게 이는 큰 변화였다.

그런 그녀의 앞에 어느새 그가 서 있었다.

"여기……에서 보네요."

자신이 불렀으니, 그가 올 것이라는 걸 알고 있었다. 하지만, 오지 않을 수 있다는 것도 알고 있었다. 일을 받아들일지 말지는 오롯이 그가 결정하는 문제이니.

그녀는 머쓱하게 웃었다. 사람들의 이야기가 그의 귀에 들어가지 않았으면 좋겠다는 생각만이 그녀의 마음속에 가득 번졌다.

'당신은 내 좋지 않은 모습 따위 보지 않았으면 좋겠어.'

그 진심이 사라의 마음 안을 가득 메웠다. 그렇게 천천히 사라는 그와 한걸음 더 가까워지고 싶었다. 좋은 사람 한 명쯤 제 곁에도 있으면 좋겠다는 욕심을 부리고 싶었다. 그게 자신만의 이기심이라고 할지라도 그렇게 하고 싶었다.

"나 여기 잘 모르는데, 구경시켜 줄래요?"

이렇게 우연처럼 만날 줄 몰랐는데, 라고 말하는 그를 보며 사라는 머뭇거렸다. 내가 당신을 불렀다고 말이 쉽게 나오지 않았다.

천진한 얼굴로 웃는 그를 조금 더 보고 싶었다.

제 안에 자리한 이기심을 마주한 그녀는 이제 놀랍지도 않았다.

"해로. 내가 왜…… 여기 있냐면요. 그게……."

진심.

그 하나를 바랐으면서 쉽게 입이 떨어지지 않았다. 이기적이어도, 이번 한 번은 꼭 당신과 친구라는 울타리라도 가지고 싶어서……. 그게 미치도록 그립고 간절해서 돈으로 사람을 사는 일 따위 경멸했지만 이번만큼은 할 수밖에 없었다고 말하고 싶었다.

열흘이라는 시간이 사라에게 가져다준 의미는 치유였다.

"여기에서 산다고 그랬잖아요. 그거 기억 못 할 정도로 기억

력 나쁘지 않아요, 나."

"아……."

하고 싶었던 말이 그게 아니었는데, 순간을 놓치니 어느 틈에 다시 말해야 할지 몰랐다. 이런 걸 알려 주는 수업이라도 있었다면 좋았을 텐데…….

"'아'가 뭐예요. 나랑 만난 거 안 반가워요? 난 그렇게 오랫동안 있었던 손님은 처음이라 조금 허전했는데. 뭐, 이렇게 만난 게 안 반가웠다면 어쩔 수 없구요."

해로의 말에 사라가 다급하게 대답했다.

"아, 아뇨! 반가워요. 진짜, 정말 반가워요."

당신은 이해하지 못할 일들이 내게는 이해해야만 하는 범위의 것들로 다가오는 순간이 많다. 그러니 이해로라는 사람은 사라 제이슨이 아닌 '사라'를 기억해 주길 바랐다. 그랬으면서도 사라 제이슨이 되어 그를 불렀다.

못난 이기심과 욕심이 자신을 괴롭혔다. 이 사람은 제 곁에 있던 이들과 다르다는 마음이 이기심을 그리고 욕심을 부추겼다.

"그, 그럼 내가 가장 맛있는 브런치를 먹을 수 있는 곳 알려 줄게요. 해로 입맛에 맞을지 모르겠지만……."

사라는 딱 열 살에 처음 친구라는 존재를 사귀기 시작할 무렵으로 돌아간 기분이었다. 그 어색한 감정들이 싫지 않았다.

"좋아요. 분명 제 입맛에도 맞을 거예요."

우연이 아니라고 말한다면 이 만남들이 달라질까. 사라의 근심이 깊어 갔다. 만일 그렇다면 해로는 자신에게 차갑게 등을 돌릴까.

그렇지 않으면 좋겠다.

요란한 사이렌 소리에 깜짝 놀라기를 여러 번, 해로는 이 도시에 적응하려면 시간이 많이 지나야 할 것 같았다. 정말 운이 좋다면 사라를 마주칠 수 있을 것이라고 생각했다. 정말 운이 좋다면…….

헌데, 짐을 정리하고 밖으로 나와 가볍게 늦은 아침을 먹을까 했던 그의 눈에 사라가 보였다. 검고 긴 머리를 한, 하얀 얼굴의 예쁜 그녀.

인형처럼 예쁜 얼굴로 멍하니 자신이 서 있는 쪽을 바라보고 있는 여자를 향해 그는 주저하지 않고 다가갔다. 이런 우연은 지나칠 수 없는 종류의 것이었으니, 그는 망설이지 않았다.

사라는 제집에 방을 달라고 왔을 때와 달라지지 않았다. 달라진 것이 있다면 조금 더 움츠러들지 않는 모습 정도.

그는 무언가 말을 하려다 못 한 그녀를 알아차렸다. 무슨 말을 하고 싶은 건지 계속 망설이는 그 모습에 그는 묻지 않았다. 하고 싶은 말이 있지만 머뭇거리는 것이라면 아직 정리가 되지 않아서일 것이라는 생각에 그렇게 했었다.

그는 문득, 제가 이곳에 여행을 위해 온 것이 아니라는 걸 깨달았다. 우연히 낯선 곳에서 아는 얼굴을 만났다고 설렘에 들뜬 모습이라니.

재희가 떠난 후 처음이었다. 무언가에 설렌 건. 마음을 다잡고 그는 일을 하려 노트북을 열었다. 일을 제안받고 난 후에 이곳으로 바삐 올 준비를 한 탓에 자신에게 일을 맡긴 사람에 대해 알아볼 틈이 없었다.

아주 조금은 스스로에게 놀랐다.

이처럼 해야 할 일을 잊었다니…….

자조적인 웃음이 터졌다. 오랜만에 느낀 기분은 그에게 낯설었다. 낯선 만큼 이해의 온도가 차갑게 식어 있었다. 그 식어 버린 온도가 따뜻해질 날이 있을까.

스스로에게 반문했다. 그리고 그는 이내 자신이 그런 감정을 가질 리 없다는 결론을 내렸다. 누군가에게 호감은 보일 수 있어도 그 이상은 힘들다는 것이 자신이라는 놈이니.

이번에도 그저 좋은 사람 한 명 알아 가는 것으로 그치리라고 생각했다. 그렇게 그는 인터넷을 열었다. 제이슨가에 대해 알기 위해.

온몸을 감싸는 불안이 사라를 초조하게 만들었다. 이 불안감을 표 내지 않으려 그녀는 태연한 얼굴로 걸었다. 이 층에 있는 제 방까지만 가면 이런 가면 따위 쓰지 않아도 괜찮았다.

「내가…… 모르는 무슨 일은 없는 거냐.」

헨리의 말에 사라는 입가에 호선을 그리며 웃었다.

「그럼요. 아버지가 모르는 일이 뭐가 있겠어요.」

「너, 그놈하고 만날 때도 그 소리 했던 거 나 아직 안 잊었다. 그놈이 쓸데없는 말을 하고 다닌다지.」

「그러라고 두세요. 어차피 약혼식 날에도 다른 여자를 안고 있던 사람이니 변명이 통하지 않을 거예요.」

내 말을 듣지 않으니 그런 놈을 만나게 된 거라며 잔소리를 늘어놓으려던 그를 두고 사라는 걸음을 옮겼다.

「어쨌든 아버지가 원하는 대로 되셨잖아요. 좋으시겠어요.」

결국 오늘도 그녀는 헨리를 향해 따뜻한 말을 꺼내지 못했다. 무엇이든 네가 내 말을 듣지 않아서 이렇게 된 것이라고 말하는 그를 향해 좋은 말이 나오지 않았다.

따스한 말 한마디 하지 못하는 사이. 언제부터 이렇게 된 것일까.

사라는 이 모든 상황이 슬펐다. 자신을 뒤덮는 외로움보다 지금 이 순간은 아버지라는 존재로 인해 슬펐다. 불안이 더는 자신을 초조하게 만들지 않을 만큼.

걸음을 걷고, 방문을 열어 침대에 걸터앉을 때까지 그녀는 지독한 악몽이 되살아나는 기분이었다. 꼭 이렇게 견딜 수 없는 슬픔이 자신을 압도할 때면 기억나곤 했다.

어두운 방.

그보다 더 무서운 사람들.

그리고 자식의 안위보다 본인이 쌓은 걸 걱정하던 그.

"하."

얕은 숨이 터져 나온 후에야 그녀는 주위를 볼 수 있었다. 긴 머리를 신경질적으로 넘긴 그녀는 두 번 다시 생각하기 싫은 그때에 진저리 쳤다.

9살, 어렸던 시절.

애초에 내가 아무것도 몰랐던 무지했던 날들.

그날들이 그래도 가장 행복했을 수도 있다고 말할 수 없게 되어 버린 그날. 진심을 바라기 시작한 건 그 이후부터였을지 몰랐다. 어쩌면 그건 너무 자연스럽게 바라게 된 것일 수 있었다.

「아가씨.」

세일라가 제 방에 들어와 있는 일은 드물었다. 그 누구도 제가 방 안에 있다면 들어오지 않았다.

「제가 아가씨를 모르는 것도 아니고, 그분 아가씨 모르시죠?」

그런 사람들 중 세일라만은 예외였다.

「아냐. 알아.」

「당연히 아시겠죠. 그냥 사라라는 이름은 아시지만, 사라 제이슨은 모르시는 거 맞죠?」

아직 그에게 하지 못한 말. 그걸 알아차린 세일라의 말이 자신의 마음을 찔렀다.

「맞네요, 모르는 거. 하, 근데 왜 이렇게 만나는 걸 미루세요? 저한테 비밀로……!」

「쉿! 조용히 좀 해.」

언성을 높이는 세일라의 입을 막은 사라가 안도의 한숨을 내쉬며 가슴을 쓸어내렸다.

「그러다 누가 듣겠어.」

「누가 들으면 뭐 어때서 그러세요? 게다가 그분 제가 보기에도 괜찮아 보이던데요.」

「그치? 세일라가 보기에도 그렇지?」

사라는 마치 자신이 칭찬을 받은 것처럼 기뻤다. 그 마음을 감추지 못하고 활짝 웃었다. 오랜만에 입가를 타고 번진 웃음이 그를 향한 믿음을 말해 주고 있었다.

'이해로는 진짜 좋은 사람이야.'

그 마음이 가득 번져, 스스로가 알지 못하는 사이에 어느새 그를 믿고 있었다. 한 달 전까지 알지 못하는 사이였음에도 불구하고.

「아가씨. 회장님이 아시면…….」

'한바탕 난리가 날 거예요.'

소리가 되어 나오지 못한 언어가 허공을 울렸다. 세일라가 하려는 말이 무엇인지 정확하게 알고 있던 사라는 슬쩍 웃으며 미루려던 대답을 꺼냈다.

「알아. 아버지가 안다면……. 그래서 좋은 사람이라고 생각했던 그가 그렇지 않다는 걸 안다면, 이제 더는 회복할 수 없을 정도로 내 믿음은 망가지겠지.」

말을 하면서도 그녀는 웃고 있었다. 그럼에도 그 모습이 행복하거나, 즐거워 보이지 않았다. 체념을 알아 버린 처연한 모습이었다.

「그럼에도 포기할 수 없어. 내가 우연처럼 붙든 희망을 놓을 수가 없어. 나에게도 단 한 사람 좋은 사람이 있었으면 좋겠다는 바람을 버릴 수가 없어. 적어도 내 삶에 그런 사람 한 사람쯤 있었으면 좋겠다는 내 소망을 놓을 수가 없어. 그러니, 이번이 마지막이야. 정말, 마지막이야.」

그 안에서 피어 버린 간절한 소망 하나를 끌어안은 이의 얼굴이었다.

「정말, 마지막이야.」

마지막이라고 끝내 스스로에게 중얼거리는 사라의 모습이 안타까웠다. 주위에 사람들이 아무리 들끓어도 진정을 담은 사람은 없었다.

그들은 모두 사라가 아닌 그의 아버지를 보고 있었다. 그의 눈에 들어 이 집안의 모든 것을 가지길 바라고 있었다.

「그래도, 만나셔야죠.」

여기까지 부른 사람. 저대로 둘 것이 아니라면, 그렇다면 만나야 하지 않겠냐고 세일라는 말했다. 맞는 말이었으나 아직 준비가 되지 않았다.

제가 철없는 철부지처럼 돈으로 당신을 불렀다고 말한다면 해로는 분명 화를 낼 것이다.

지금 한 순간을 모면하고 싶다는 생각으로 도망치고 싶었다. 더는 슬픈 순간을 기억에 남기기 싫었다. 슬펐던 모든 건 과거에 일어난 것으로 족했다. 이제, 정말 행복하게 웃고 싶었다.

사람들 사이에 있어도 진심을 의심하지 않아도 되는, 그런 순간을 가지고 싶었다.

차가워진 공기가 어색했다. 그녀는 그를 향해 무슨 말이라도 꺼내야 한다는 걸 알았지만 쉬이 꺼낼 수가 없었다.

"미안. 미안해요. 이러려고 했던 게 아니었는데……. 정말, 진심이에요. 미안해요."

제가 말하기도 전에 그가 알아차렸다. 어쩌면 모르고 있었던 건 순전히 그가 외딴 곳에 살아서였을지 몰랐다.

"사라 씨가 날 얼마나 이상한 놈으로 봤으면."

그의 분노가 이해하지 못할 종류의 것이 아니었다. 충분히 이해하고도 남음이었다. 그럼에도 그가 화를 내지 않았으면 좋겠다는 마음을 품었다. 그는 좋은 사람이니까.

그러니까, 그냥 제게 이렇게 볼 수 있어서 신기하다는 말을 해 줬으면 좋겠다는 생각을 했었다. 허나, 그는 제가 아는 어떤 사람과도 닮지 않았다.

그래서 그가 있었으면 좋겠다고 생각했던 것일 수 있었다.

"재미있었어요? 아무것도 몰랐던 날 앞에 두고."

그의 분노가 심상치 않았다. 그럼에도 말을 하기 두려웠다. 제 진심을 듣고 더 화를 낼까 봐. 그렇게 다른 사람들처럼 당신도 나를 버리고 갈까 봐.

"정말, 진짜 미안. 해로, 미안해요."

"일은 없던 걸로 하죠. 나는 다시 갈 겁니다. 한국으로."

그의 말에 사라는 할 말이 없었다. 사실대로 말했더라면 당신도 나를 보지 않았을 거 아니냐고 묻고 싶었다.

흔들리는 믿음이 가볍게 이는 바람에도 휘청였다. 자신을 호텔 로비에 두고 밖으로 나가는 그의 뒷모습을 보며 사라는 정신을 차렸다.

지금 놓치면 정말 갈지도 몰라, 라는 생각이 그녀가 생각하기도 전에 걸음을 옮기게 만들었을 수 있었다.

"해로!"

「사라 제이슨!」

'맙소사. 크리스티안이 왜 여기에 있는 거야?'

이미 모든 것을 알고 있는 그에게 더는 차가운 시선을 받기 싫었다.

「너도 남자 생겼나 본데. 우리 서로 이쯤에서 끝내지…….」

"놔!"

붙들린 팔을 아무리 흔들어도 남자의 완력을 이기기 어려웠다. 일순 찾아든 소란에 사라가 주위를 둘러보기 시작했다. 어느새 해로는 보이지 않고 사람들의 구경하는 시선만이 가득했다.

「사라. 우리 즐거웠잖아. 네가 바라는 걸 나는 줬을 뿐이야. 너도 알잖아.」

안다. 그 대가가 참혹했으니, 정말 새롭게 시작하고 싶었다. 내가 나라는 사실이 싫을 만큼 진정으로 이 남자를 만났던 자신이 미웠다.

「놓으시죠.」

그런데 그때, 낮은 목소리 하나가 그녀와 크리스티안 사이에 끼어들었다. 사람들 사이에 가려 보이지 않던 그가 어느새 자신을 바라보고 있었다.

「이 여자 유명한 것 같던데. 경호원도 좀 데리고 다닐 정도의 집인 것 같고. 배우 크리스티안이 전 약혼녀에게 이런 추태를 부렸다는 걸 알면 이번엔 아무리 당신 팬들이라도 더는 감싸지 못할 겁니다.」

울고 싶었다. 이 사람, 내가 자신을 무시했다고 생각하면서도 감싸 줬다. 파리하게 질린 안색을 하고서도 그녀는 그의 안색을 살폈다.

해로가 전처럼 자신을 대했으면 좋겠다는 마음을 담아.

하얗게 질린 얼굴을 하고서도, 태연한 척 앉아 있는 사라를 보면서 해로는 한숨을 내쉴 수밖에 없었다.

대체 어떤 환경에서 자랐기에 저 상황을 감내하고 서 있는 것인지, 그는 궁금했다. 대체 당신은 어떤 사람들 사이에 있었던 것이냐고 묻고도 싶었다.

"대체……."

말이 되지 못한 언어가 허공에 흩날렸다.

"대체, 나는 왜 이러고 사는 걸까요. 해로가 알면 나한테 말을 좀 해 줄래요?"

알고 싶다고, 정말 이러기 싫다고 말하는 그녀를 두고 더는 화를 낼 수가 없었다.

자신이 아는 것은 고작 언론을 통해 얻은 정보. 그들은 사라 제이슨이라는 여자에 대해 부잣집 딸 혹은 이해할 수 없는 사람이라는 평이 대부분이었다.

그처럼 남들이 부러워할 재력을 가진 집안을 배경으로 가지고 있으면서 늘 사고가 끊이지 않았다.

"내가 아는 사라와 사라 제이슨은 같은 사람인가요?"

진정 궁금했다.

"사라. 당신은 어떤 사람이에요?"

"나도 모르겠어요."

사라의 말에 해로는 웃었다. 이 여자가 한국에 왔던 것도 저

잘난 남자 덕이라고 사람들은 신나게 떠들고 있었다.

도망간 신부에 대해 그들은 모두 재미있는 구경이 생긴 양 행동하고 있었다.

"저들은 사람의 기분 같은 건 상관하지 않아요?"

"저 사람들은……."

사라의 시선이 쓱, 창밖에서 사진을 찍는 파파라치들을 향했다. 그들에게 중요한 건 대상이 될 인물의 기분 같은 게 아니었다. 그저 더 좋은 거리를 잡아내는 일.

"나 같은 사람은 신경 쓰지 않아요."

"사라도 사람이잖아요. 같은 사람인데, 대체 왜……."

언뜻 들은 적이 있었다. 우리나라의 파파라치나 기자들과는 전혀 다른 류의 사람들이라고. 헌데 눈앞에서 직접 마주하고 나니 매몰차게 대할 수가 없었다.

"저들에게 가장 흥미로운 건 내가 제이슨이라는 성을 달고 있다는 것이고, 얼마 전 엎어진 결혼식이 거기에 기름을 부은 꼴이죠. 나도 이렇게 될 줄은 몰랐지만……."

시끄럽게 울려 대는 목소리들 중 하나는 또렷하게 들을 수 있었다.

「사라!」

그 분명한 외침에도 그녀는 고개를 돌려 외면해 버리고 말았다. 제집을 두드렸던 이 여자의 눈빛이 그제야 떠올랐다.

자신과 같은 눈으로 비슷한 마음을 가지고 쉬고 싶어 하는 것 같았던 여자. 그 여자와 눈앞에 있는 여자는 다른 사람이 아니라는 걸. 해로는 그제야 인정했다.

마치 다른 사람이라고 생각해야 사라 제이슨이라는 사람에 대해 궁금해하지 않을 수 있었다.

그는 자신에게 스스로가 누구인지 말하지 않았던 그녀와, 더 나아가 스스로를 속이면서 돈으로 사람을 이곳까지 부른 그녀에게 말조차 하지 않을 작정이었다.

헌데, 그 마음들이 무너졌다.

아픈 상황에서도 사람들에게 찔리고 있던 사라를 보자마자.

화가 난 것일까.

아무리 생각해도 답은 나오지 않았다. 그렇다고 호텔 로비에 앉아 마냥 저치들이 가기만을 기다릴 수 없는 일. 사라는 해로의 셔츠 자락을 잡아당겼다.

아무도 눈치챌 수 없을 정도로 작은 움직임에 오직 해로만이 그녀와 시선을 맞추고 있었다.

"나가요, 우리."

답은 돌아오지 않았지만, 그렇다고 부정하지도 않았다. 심지어 자신과 눈을 마주치는 그를 보며 사라는 손을 들어 직원들이 들락거리는 문을 가리켰다.

저리로 먼저 가라고 말했지만, 그는 꼼짝도 하지 않았다.

"내가 조금 더 있을 테니까. 먼저 나가서 저 사람들 사라지면 알려 줘요."

"그보다……."

지금 자신이 뭐라고 더 말을 한다고 할지라도 그가 믿을 수는 없을 것 같다는 생각이 들었지만 그럼에도 말을 해야 했다.

"괜찮으니까. 나가서 누구를 보내든, 전화를 하든 알려 줘요."

괜찮다고 말하는 그는 괜찮지 않은 것 같았다. 자신으로 비롯된 것이 아니길 빌고 싶었다.

"해로, 미안해요. 정말 나는 그냥, 그냥……. 해로 같은 사람이 옆에 있으면 좋을 것 같다고 생각했어요."

못난 이기심으로 불쑥 해로가 즐기던 평화를 앗아 간 건 아닐까 싶었던 사라는 그제야 진심을 토해 냈다.

"그거 되게 이기적인 거 알아요?"

그의 말에 대답은 못 했다. 다만, 아니라고 할 수 없는 자신의 모습을 보며 고개를 숙였다. 그 순간 생각하지도 못한 말이 이어졌다.

"괜찮아요. 조금 이기적이어도."

놀란 사라의 시선이 그를 향했다.

"저 사람들도 이기적이잖아요. 이 정도쯤, 넘어가 줄 수 있어요."

자신이 사랑하는 만큼 그렇게 자신을 사랑한다고 한 치의 의심도 하지 않았던 여자마저 잔인할 정도로 이기적인 세상.

도망치듯 달려온 한국에서 자신이 누구라고 말하기는 어려웠을 것이다.

게다가 그런 성격도 아닌 사라가 제게 말을 하기는 더욱, 힘들었을 것이라는 걸 안다.

"사람들은 다 잔인할 정도로 이기적이에요. 그러니까 난 사라가 생각하는 것만큼 좋은 사람이 아닐 수 있어요. 그게 보고 싶어요? 좋은 사람인 척 행동하는 내가?"

당신이 본 단편적인 일부분, 그건 이해로라는 사람의 일부분에 불과했음을 인정하면 더는 그 말을 들을 수 없을 것 같았다.

'해로. 좋은 사람이잖아요.'

그 말을 듣지 못해도 상관없을 것이라고 스스로에게 말했던 날은 어디로 가고, 이제는 조바심마저 일어났다.

"아뇨. 난 해로가 원래 좋은 사람이라고 믿어요. 그러니까, 좋은 사람인 척 행동 안 해도 해로는 좋은 사람이잖아요."

믿을 수 있는 사람이라고 덧붙인 사라의 앞에서 해로는 결국 얼마간의 일탈을 합리화하기 시작했다.

나와 같은 아픔인지는 모르겠으나, 상처 입은 이 모습이 사라지는 순간까지만 일을 맡아서 하자고.

"그럼, 친구 해요."

✻ ✻ ✻

아픔을 잊고 살아가고 있다고 믿었다. 분명 내 목을 조르던 그 아픔들은 멀어져만 갔다고 느꼈으니까.

"지금부터, 사라 제이슨에게서 제이슨의 이미지를 없애는 겁니다."

애초에 자신이 이런 직업을 가졌다는 것 자체가 모순된 일이었지만. 그럼에도 그는 이 직업을 고수했다. 이것만큼은 버리고 싶지 않았다.

다른 것은 모두 자신을 버렸어도, 제 손으로 선택한 직업만큼은 자신을 버리지 않을 것이라는 확신과 함께 그는 믿음을 뿌리내렸다.

"그럼……."

"그냥, 열어 놔요."

사라가 가장 먼저 해야 하는 것.

그것은 자신이 해야 하는 것과 다르지 않았다.

다른 사람의 문제를 집어내고 해결책을 찾는 것은 어렵지 않았다. 하지만 자신에게 문제가 일어나자 자신이 해야 할 일을 찾아낼 수 없었다.

이렇게 나는 나에게 무지하다.

무지해서 실수를 하고, 또 그 어리석음이 나를 실망하게 만들더라도 차마 간절한 바람을 버릴 수는 없었다. 내가 하지 못한 걸, 이 여자가 할까.

의문과 기대가 자신을 채우고 있음을 앞에 앉아 있는 그녀는 모를 것이다.

"사라가 지금껏 하지 않은 행동. 우린 그걸 해야 해요."

이처럼 공격적으로 한 사람의 사생활에 따라붙어 사람들에게 보여 주려고 하는 것은 알려 달라고 아우성치는 관심의 또 다른 말이었다.

"저들에게 그냥 보여 줘요."

당신이라는 여자를, 그리고 상처받은 사람을…….

그렇게 하지 않고는 절대 지금 만들어진 사라 제이슨을 버릴 수 없을 것이라고 말하고 싶었다.

제가 사람들 사이에서 사라졌듯, 그렇게 사라지고 싶은 것이 아니라면.

"하지만……."

망설이는 기색이 역력한 그녀에게 그는 다시 말을 이었다. 조금 더 확고하게, 그리고 완강하게 그는 입을 열었다.

"그 정도면 충분히 혼자 노력했잖아요. 그러니까 사람들에게 보여 줘도 괜찮아요. 사라도 상처받을 수 있는 사람이라는 걸."

"해로는 왜 나한테 이렇게 잘해 줘요?"

"사라가 나에게 요청했잖아요."

두 눈을 크게 뜬 여자를 앞에 두고 그가 웃었다. 모처럼 웃음이 입가에 일어났다.

"당신의 모든 것을 바꿔 달라고."

어느 날.

평온하고 다소 따분할 정도로 지겨운 일상들이 이어질 무렵 제 삶의 전부인 여자가 말했다.

'우리 헤어지자.'

'재희야?'

놀란 자신을 앞에 두고도 재희는 웃고 있었다. 귀찮은 일을 해결하겠다는 생각이 그 틈으로 보여 자신을 나락으로 떨어뜨렸다.

언제나처럼 환하던 그 웃음은 어느새 섬뜩하리만치 잔인해졌고, 듣기 좋았던 그 목소리로 전하는 말들은 비수가 되어 날아들었다.

'나도 고아고, 너도 고아잖아. 난 미래의 내 아이한테 진짜 돈 많고 좋은 가족을 주고 싶어. 너 그거 없잖아.'

벼락을 맞은 듯, 그 자리에 서 있던 자신이 있었다.

'재희야.'

지울 수 없는 과거가 있다면 그것이었다. 부모에게 버림받은 기억, 혼자가 된 과거. 그 안에서 만난 재희는 그 무엇과도 바꿀 수 없는 전부였다.

자신이 살아온 모든 기억들에 재희가 있었고, 어느 날부터 재희가 없는 순간을 생각해 본 적 없을 정도로 삶은 평온했다.

'그러니까 난 네가 싫은 게 아냐.'

그녀는 제게 어떤 행동을 하고 있는지 인지 못 하고 있는 것 같았다. 나를 위한다는 그 이기적인 생각, 그 하나로 남의 상처를 들쑤시고 있었다.

잔인하게도…….

'네가 아무것도 없어서……. 그래서 난 그게 싫을 뿐이야.'

애써 상처를 주지 않으려는 말이 더 상처로 다가왔다. 이미 식어 버린 커피를 보며 해로는 웃었다.

"해로?"

이국의 땅에서 자신과 비슷하다고 생각했던 사람을 만나고 나니 갑자기 생각났다. 이미 무뎌진 감각이었으니, 그는 이 여자가 사람들 속에 섞이는 걸 도와주고 싶었다. 지금 자신이 이곳에 있는 건 그뿐이었다.

정말, 그뿐……이었다.

덤덤하게 식사를 하고, 차를 마시고, 길거리 곳곳에서 발견되는 파파라치를 신경 쓰지 않고 걸어 다니는 일이 여전히 어색했다.

여전히 달라붙는 그들을 신경 쓰지 않는 일은 손바닥에 흥건할 정도로 땀을 흘리게 했지만 조금 달라진 자신을 볼 수 있지 않을까, 하는 마음에 그녀는 그가 하자는 대로 했다.

오만하고 이기적인 사라 제이슨이 아닌 그냥 사라이고 싶었다.

해로가 전부를 이해한다고 생각하지 않았지만, 사람들조차 이해하지 못하는 자신을 그가 이해한다고 생각하지 않았지만…….

그녀는 그가 자신을 있는 그대로 보려 한다는 것 정도는 알 수 있었다.

사람들이 아는 사라 제이슨은 사실 겁을 먹고 숨은 모습이었다. 자신은 그저 다시 상처를 받을까 봐 먼저 숨어 버린 것이었다.

고작 9살 아이의 눈앞에 총이 있었다. 자신을 향해 총구를 겨누고 있던 사람들을 보며 겁을 먹었다.

고작 9살인 자신에게 힘은 없었다. 힘이라면 아버지에게 있다는 걸 그들도 알고 있었으니 그들이 원한 건 자신의 목숨으로 아버지를 흔드는 것이었다.

그 이후, 원하든 원치 않든 사람들은 자신의 얼굴을 알게 되었다. 전 세계 미디어를 손에 쥐고 흔드는 아버지로 인해 원하지 않게 그 사건의 일부를 사람들이 기억하고 있었다.

정말 원하지 않았다. 집으로 돌아간다면, 그냥 너른 품에 안기고 싶었을 뿐이었다. 그러나 집에 돌아왔을 때 아버지는 없었다.

제가 알던 아버지는 그저 자신이 바라고 생각했던 사람이라는 걸 그때 알았다.

아버지는 처음부터 없었다.

그 사실을 뒤늦게 알아차렸을 뿐이었다.

✻ ✻ ✻

헨리의 음성이 서늘하게 룸을 울렸다.

「그래서.」

세일라는 흠칫 몸을 굳혔다. 이처럼 차가운 음성을 들은 적이 없었다. 헨리 제이슨을 안 지 꼬박 40년이지만, 그녀는 이렇게 화를 내는 그를 본 적이 없었다.

「내가 알지도 못하는 놈이 내 딸 옆에 있다는 소리를 지금 하는 건가?」

「하지만, 위험한 사람은 아닙니다.」

세일라는 자신이 본 해로를 있는 그대로 전했다.

「그래서, 그걸 단정할 수 있는 근거는?」

사라의 부탁이었기에 근거 따위는 없었다. 그저 사라의 부탁으로 일을 처리했을 뿐 다른 건 조사하지 않았다.

나이, 이름, 사는 곳, 직업.

자신이 알고 있는 것은 단 4가지밖에 없었다. 세일라는 그 순간 할 말을 잃었다.

「지금 나에게 알지도 못하는 놈을 내 하나밖에 없는 딸 옆에 붙여 두라고 하는 건가? 정말 그렇게 하라는 건 아니겠지?」

세일라는 입술을 깨물었다.

이 남자의 철저하고 잔인한 속성을 잊고 있었다.

헨리가 해로에 대해 알게 되는 건 시간문제라고 생각하면서도 사라의 부탁이니 그 남자의 과거와 현재에 대해 알아보지 않았다.

사라의 9번째 생일이 다가올 무렵 닥친 일로 헨리는 사라의 곁에 있는 모든 사람에 대해, 그리고 다가가는 모든 이들에 대해 조사했다.

그들의 과거와 현재 어떤 상황인지까지. 남김없이 털고 난 뒤에야 다가갈 수 있었고 만날 수 있었다.

그래서 사라의 곁에 있던 마음씨 좋은 사람들은 모두 사라졌다. 그들이 드러내고 싶지 않았던 상처까지 알아야 비로소 헨리는 결정을 내렸다.

그것을 분명 알고 있는 세일라였지만 이번엔 조사를 하고 싶지 않았다.

「원치 않으셨습니다. 그리고 그렇게 하지 않아도 될 사람처럼 보였습니다.」

「그건 내가 결정해. 당장 가져와.」

지금의 사라는 9살 어린 아이가 아니라는 걸, 헨리는 인정하지 않고 있었다. 그의 눈에 여전히 사라는 작고 여린 딸이었다.

그에게 유일한 자식. 그런 아이를 잃을 뻔했던 기억에서 그는 아직 나오지 못하고 있었다. 이미 나갈 준비를 마친 아이를 두고, 그는 여전히 그 악몽을 두려워하고 있었다.

이곳이 한적한 바닷가가 아닌 요란스러운 소음이 배경으로 깔린 도시, 뉴욕이라는 것이 익숙하지 않았다. 그럼에도 해로는 공원에 앉아 버스킹하는 뮤지션들을 바라보고 있었다.

자유로운 도시, 그렇게 나는 모든 소음들이 어울리는 도시.

그게, 아름다운 도시.

“해로, 라떼? 더치?”

자신의 앞에 어느새 사라가 서 있었다.

그녀가 자신의 시야를 가리며 ‘그들’과 자신의 사이로 들어왔다. 그럼에도 사라의 얼굴에 번진 미소가 보기 좋아 그는 웃었다.

자연스러운 웃음이 그의 입가에 번졌다.

"라떼 줘요. 잘 마실게요."

고마워요, 라고 해로가 말하자 사라는 천진한 아이의 웃음을 머금었다. 이런 웃음을 사라도 오랜만에 가져 본 것이기를 그는 바랐다.

자신이 가진 것만큼 똑같은 크기의 감정을 느껴 행복해지기기를 바랐다.

"뭐, 일이 잘 안 돼도 해로, 나랑 친구는 할 거……죠?"

자신을 바라보는 그 얼굴에 퍼진 바람이 간절하다는 것을 알고 있었다. 아이의 소망처럼, 푸르고 여린 마음으로 사람들에게 다가가고 싶었던 사라의 마음을 어렴풋이 알 수 있을 것 같았다.

제가 받은 상처보다, 이 여린 여자가 받은 상처가 더 깊고 클 것이 분명했다. 해로는 그런 사라를 앞에 두고 자신의 상처가 아프다고 주춤거리지 않았다.

사라는 모르겠지만, 그녀로 인해 자신은 풀 수 없었던 마음을 풀어내는 중이었다.

재희가 남긴 상처, 슬픔, 무너진 절망감. 그 모든 것이 재희가 있어야 견뎌 낼 수 있는 일이라고 생각했던 자신이 우스웠다. 이 여자는 결혼식 전날에도, 그리고 평소에도 사람들에게 그만한 상처를 받고 있었다.

"그럴 수 있게 친해져야겠어요, 우리."

해로가 사라를 향해 입을 열었다. 그의 말에 사라는 일곱 살 난 아이처럼 웃었다. 해사하게 웃는 그 웃음소리가 음악소리처럼 듣기 좋았다.

# 작가 후기

안녕하세요.

봄에 시작한 글이 여름에 끝을 맺습니다.

또 다음 다른 글을 쓰는 동안 계절이 바뀌겠죠. 그동안 읽으시는 모든 분들의 순간(Momento)이 행복하시기를.

서연처럼 모든 끝에 행복을 잡으시기를 간절히 바랍니다.

# 모멘토

1판 1쇄 찍음 2015년 7월 15일
1판 1쇄 펴냄 2015년 7월 21일

지은이 | 론 다
펴낸이 | 정 필
펴낸곳 | **(주)뿔미디어**

편집장 | 이재권
기획 · 편집 | 이은정, 박경희

출판등록 | 2002년 9월 11일 (제1081-1-132호)
주소 | 경기도 부천시 원미구 소향로 17, 303(두성프라자)
전화 | 032)651-6513 / 팩스 032)651-6094
E-mail | scarlets2012@hanmail.net
블로그 | http://blog.naver.com/dahyangs
홈페이지 | http://bbulmedia.com

**값 9,000원**

ISBN 979-11-315-6610-7 03810